Memory House

虽 则 如 云　　匪 我 思 存

21

FEIWOSICUN

匪我
思存 著

爱情的开关

江苏凤凰文艺出版社
JIANGSU PHOENIX LITERATURE AND
ART PUBLISHING, LTD

目录
CONTENTS

我什么都没有，就只有他。他对我好，我
也只有他；他对我不好，我也只有他。

　　　　　　　　　　　　　　　　——周小萌

当初我要让她走了，就真的一辈子再也见不到她了。那时候我想过，与其一辈子见不到她，不如把她留在我身边，多一天也好，哪怕万劫不复，后患无穷，我也这么干了。

——周衍照

Chapter

01

来日不可追

【一】

　　周小萌还在洗澡，孙阿姨已经来敲过一次门，第二次只是隔着门说："小姐，您上课要迟到了呀。"

　　家里不算司机和厨师一共六个用人，其中有四个可以上二楼，这四个人都知道，周家二小姐早上洗澡的时间总是特别长，最快也得一个多小时。本来家政助理是不敢来催的，偏偏在餐厅里吃早餐的周家大少爷今天似乎心情不好，扬了扬下巴，说："上去叫她下来吃早饭。"

　　于是孙阿姨又上去催了一遍。

周小萌也知道用人没胆量来催促自己，而背后发话的人又是谁。她匆匆忙忙关掉花洒，皮肤被滚烫的热水冲了这么久，变得又红又皱。她低着眼皮，拿浴袍裹自己，头发被她洗了很多遍，最后却忘了抹护发素，又干又涩。她拿着梳子试了试，梳不动，干脆放弃，拿起精华素乱喷一气，终于能梳动了。她抓着吹风吹得半干，匆匆忙忙往脸上抹了点面霜，就换衣服下楼。

周衍照早就等得不耐烦了，正把手里的报纸往餐桌上一摔，却见周小萌踉跄着奔下最后几阶楼梯。

"爸爸，早。"她对餐桌那头的老人微笑，然后努力继续微笑，"哥哥，早。"

餐桌那头的老人给她一个婴儿般的笑容，口齿并不清晰："小萌……今天没……穿裙子。"

周彬礼花白的头发剪得很短，露出头皮上巨大的伤疤。他头部受过重创，留下很严重的后遗症，智力只等同七八岁的孩童，而且半身神经瘫痪，常年只能坐在轮椅上。

周小萌十分温柔地跟他说话："今天我要去学校，所以没有穿裙子。"

"去学校……"老人倾斜的嘴角开始流口水，旁边的护理连忙拿口水巾替他擦掉，继续喂老人吃鸽子炖粥。老人脖子里跟孩子一样，围着口水兜。平常老人都在自己房间里吃饭，因为只能吃流食，厨房总是给他单做。而且他肠胃萎缩，少食多餐，每天要吃四五顿，跟常人的三餐时间都对不上。

只是周衍照最大的兴趣就是全家一起吃早餐，只要他在家，周彬礼也好，周小萌也好，都得出席奉陪。

比如现在。

用人把周小萌的早餐送上来，万年不变的三明治配热牛奶。她一点食欲都没有，不过拿起来，麻木地，填鸭似的吃进去。

"你今天上午有四节课。"周衍照眼中含着一抹笑意，似乎是好心提醒她似的。

周小萌一口牛奶不知道为什么差点呛住，顿时咳嗽起来。周衍照伸手拍着妹妹的背，说："慢点，又没人跟你抢。"

周小萌渐渐止住咳嗽，又喝了一口牛奶，抬起眼皮看了周衍照一眼。他的手还有一下没一下，正轻轻拍着周小萌的背。周小萌今天穿着件白衬衣，他掌心的热度几乎可以透过薄薄的衣料，令她全身的汗毛都竖起来，只想冲回楼上再洗个澡。

她的不自在明显被周衍照看出来，他嘴角上弯，那抹笑意更明显似的。周小萌被刺激得坐不住，指尖用力捏着那只牛奶杯，似乎那是仇人的脖子，可以被她捏得生生窒息。看着她因为用力而发白的指关节，周衍照眯起眼睛："你要迟到了，我今天正好要去城南，可以顺路送你。"

周小萌变了脸色，她不觉得周衍照有这样的好心。

自从周彬礼出事之后，周衍照的随身保镖就增加了一倍的人手，但真正每天跟着他形影不离的，仍旧是那个小光。小光远远看到周衍照就打开车门，根本没有理会跟在周衍照后头、拎着书包亦步亦趋的周小萌。

周衍照手底下的人都学会了将周家二小姐视作无物，周小萌自己也识趣，每次见到他们就眼观鼻鼻观心，尽量不惹人注目。但今天不惹人注目不行，周衍照一扬下巴，她只好在众目睽睽之下，很老实地坐进车后座。还没有坐稳，就听到周衍照对司机说："你和小光，都上后边的车。"

小光变了变脸色："十哥！"

"去！"

没人敢对周衍照说"不"字，小光不敢，司机更不敢，一齐上了后边的车。周衍照这才瞥了一眼周小萌，不用他再说任何话，周小萌乖乖重新下车，坐到副驾驶的位置上。

周小萌很多年没坐过周衍照开的车了，因为周家大少爷也很多年没亲自开过车了。只是他开车还是那么猛，一脚油门下去，周小萌就不由自主地往后一仰，紧贴在车椅背上。她抓紧了书包带子，仿佛想要抓住什么救命稻草似的。

"你放心，这车全防弹玻璃，九个安全气囊。再说，你今天上午还有四节课，我可不舍得把你给撞死了。"

最后一句话，说得轻描淡写却又带着一丝嘲讽似的挖苦，单独相处的时候，周衍照的语气永远是这种腔调。周小萌紧紧闭着双唇，早上喝的牛奶堵在胸口，她觉得自己晕车了。

红灯。

"嘎"一声猛然刹住，周小萌脸色更惨白了，觉得胃里翻江倒海。她忙乱地按下车窗想透透气，车窗只降了半寸，周衍照已经眼疾手快锁上中控。车窗玻璃严丝合缝地升回原处，车门自动上锁。周衍照回手就扇了周小萌一耳光，"啪"一声，既重且狠。

周小萌被打蒙了，这才想起来当初周彬礼出事，就是在路口等红灯的时候放下车窗抽烟，才被狙击步枪击中头部。从此周衍照在车上的时候，永远不会放下防弹玻璃窗。她今天真是昏头了，才会忘了这天大的忌讳。

她捂着火辣辣的脸颊，连眼泪都不敢掉。看到她这副样子，周衍照似乎比较满意，他伸出手，微凉的食指勾起她的下巴，瞧了瞧她脸上迅速肿起来的指痕，说："一耳光一万，你陪我睡一晚上才五千，相比而言，还是激得我打你一巴掌比较划算。"

周小萌死死咬着嘴唇，抑制自己扑上去掐住周衍照脖子的冲动，她如果有任何的反应，只会激起他的愤怒，倒不如沉默着忍受。但明显，周衍照不打算放过她："昨天晚上的五千，再算上刚刚这一万，这个月你都从我这儿挣了五六万了。看来，你妈这个月的医疗费，又有着落了。"

周小萌睫毛微颤，硬生生把眼底的水汽逼回去。周衍照的规矩，哭一次她要被倒扣三千块，她哭不起。她用发抖的手指攥着书包带子，牛仔布都被她攥潮了，她本能地想要蜷缩起来，最好缩到这个世界看不到的角落去。但这是在车上，她绑着安全带，动弹不得。尽最大的努力，也不过是朝着车门缩了缩，离他稍微远了几厘米。

可是这样轻微的动作也刺激了周衍照，他伸手就扣住她的后脑勺，一俯身吻在她的唇上，周小萌不敢拒绝，任凭他霸道地撬开她紧闭的双唇，肆意掠夺。他的吻从来充满血腥气，今天又把她舌头咬了，周小萌痛得全身发僵。周衍照这才放过她微肿的嘴唇，略略移开，却又噙住她的耳垂，不轻不重地啃噬着："要不，我们把规矩重新立一立，好不好？"

他呼吸间的热气喷在她的颈中，语调旖旎，仿佛情人间的呢喃："这两年物价通胀得厉害，一晚上五千呢，夜总会的头牌小姐，也不止这个价了，何况你是我的妹妹，我总不好折了你的身价……我们就改成……一次五千怎么样？没准你一晚上，就能挣个两三万的。"

昨天他需索得实在太厉害，周小萌明知道哀求也不会让他心软。但那当头水深火热，她实在连最后的力气都没有，"嘤嘤"地哭喘着，徒劳地偏开脸，说了一句"我明天上午还有四节课"，结果激得他勃然大怒，摔门而去。

直到今天早上，他气都还没消，要不然，这会儿也不会一再拿话来激她。周衍照就是这样的性子，谁让他一时不痛快了，他就百倍千倍地还回去。

周小萌身子还在发抖，一只手却本能地抓住了周衍照的胳膊，她努力地让自己发出声音："你说话算话……"周衍照倒笑了，说："当然算话。"说完，又在她嘴唇上轻啄了一下，不知道为什么心情大好似的，吹了一声口哨，看着绿灯亮起来，踩下了油门。

车子停在了大学的南门外，今天是周一，很多不住校的学生返校，所以南门外停了一溜的车。饶是如此，周衍照的车驶过来的时候，还是显得十分醒目，再加上后面还跟着一辆坐着保镖的奔驰，更是招摇。车未停稳，周小萌只想快快下车去，周衍照偏偏一手搭在中控锁上，就是不开门。

周小萌无奈，只好飞快地俯过身去，亲吻他。

每次她主动吻他，周衍照倒又是一种冷若冰霜的样子，仿佛全身皆是戾气。周小萌吻了半分钟，他仍旧不为所动。不远处就是学校的南门，虽然车玻璃上都贴着深色的反光膜，但周小萌还是怕被人看见，只得匆匆放弃，低着头小声问："你今天晚上回家吗？"

这算是举白旗了，周衍照似笑非笑地反问："那你是希望我回家呢，还是不希望我回家？"

托今天挨了一巴掌的福，她已经攒够了妈妈这个月必需的医疗费，当然巴不得他最好不回家。但是，她勉强笑了笑："不管你回不回家，我都回家。"

周衍照似乎很满意她的表态，终于按下中控锁。

周小萌逃也似的下车，低头拿着书包，匆匆忙忙朝南门走去。

周小萌是走读生，虽然在寝室有床位，但几乎没有住过校。只有特殊情况，像今天这样，上午有四节课，下午还有两节课，才去食堂吃午饭，然后去寝室睡午觉。

寝室里另外三个女孩子都是住读生，自然相处得比她熟络多了。三个人叽叽喳喳地讲最新的电影和明星，还有新来的辅导员萧思致。

萧思致才二十出头，长得特别帅，还没开口说话反倒先笑眯眯，所以全班女生都着了迷似的，成天张口闭口萧思致。她们是护理专业，整个系都几乎是清一色的女生，不知道院系领导怎么想的，反倒派了个男辅导员来。

周小萌就是半个月前，开学班级会议的时候，见过萧思致一次，完全没留下深刻的印象，因为那天正好是周五，她惦记着去医院看望妈妈，只想着快快开完会。所以她对萧思致和电影明星都没什么兴趣，此时躺在上铺，正蒙眬睡去，突然手机"嗡"一响，正是有短信。

周小萌这么多年来已经有点神经质了，睡得再沉，只要短信一响，立马一激灵坐起来，唯恐是医院发来的。这次却不是医院，而是一个陌生的号码，短信内容是："您订的新书无法投递，请到校南三门自取。"

　　短信有自毁软件，她看完之后就消失不见。周小萌抓着手机起床，寝室里三个同学都还没睡，躺在床上看她梳头，问她："怎么啦？"

　　"有个快递，我去取一下。"

　　周小萌到了学校南三门，却见四下无人，只有护理学院的大红人、辅导员萧思致站在那里跟门卫聊天。周小萌迟疑了一秒钟，萧思致已经看到她了，竟然一口叫出她的名字："周小萌？"

　　这下周小萌也不能不礼貌地回话："萧老师好。"

　　萧思致一笑，两只眼睛眯起来，果然有那么几分帅气不羁："你到这里来干什么？"

　　周小萌语塞了一下，但很快答："我来取个快递。"

　　地址不清或者没写上寝室号，又或者电话打不通的快递，一般都放在南三门的门卫这里，她这样回答，不会有任何人生疑。偏偏萧思致手一扬，问："是这个快递吗？"

　　牛皮纸包着包裹，上面却贴着一枚邮票，是枚纪念邮票，周小萌瞬间如遭雷击。萧思致把东西递给她，笑眯眯地问："你回寝室吗？正好，我要去图书馆，顺路，我跟你一起走。"

　　周小萌把所有的疑惑都放进肚子里，她只是点点头，两个人从南三门折返，却没有走车道，而是沿着小树林，一直往湖边走去。那是去图书馆的近路，而周小萌住的东区十四号宿舍楼，就在图书馆后面。

中午太阳正大，大家都在寝室里睡午觉，小路上一个人都没有。萧思致见前后无人，才低声说："老板叫我来的，你不要怕，连学校领导都不知道我的身份。"

周小萌只是抓着那个牛皮纸包，里面确实是书。但她神经太紧张，当她紧张的时候，总是会下意识抓住什么东西，如同溺水的人，想要徒劳地抓住最后一根浮木。

萧思致说："以后你要是有事，可以直接发短信给我，就说想要问一下关于实习的安排。"

周小萌仍旧没有说话，她只是咬着嘴唇，微微点了点头。

萧思致又问："你听到什么消息没有？"

周小萌摇头，说："周衍照什么都不跟我说，他在家里，也从来不讲外头的事。"

"没有人到家里见他吗？"

"有的，但我不认识。"

"回头我会发一些照片给你，你尽量记下来，照片上的人要是去家里见他，如果可能的话，你想办法听到他们的谈话内容。"

"一般如果有人来，都是去地下室的桌球室，或者去吸烟室。这两个地方，有人的时候，周衍照都不准我进去。"

"能够想办法吗？"萧思致又赶紧补上一句，"当然如果实在不行就算了，你的安全最重要，千万不能让周衍照察觉。老板说了，他特别多疑，千万千万不能打草惊蛇。"

周小萌仍旧咬着嘴唇，过了半晌才放开，她唇上一点血色都没有，萧思致觉得，她肯定贫血。只听到她声音细细软软的，却说："我会试，看能不能想到办法。"

萧思致不放心，又叮嘱一句："不要勉强。"

周小萌垂下头，仍旧紧紧抓着那个牛皮纸包。萧思致突然说："匪我思存。"

"什么？"

"这里头的书，是两本言情小说，你们女孩儿不都喜欢看言情小说吗？所以我包了两本匪我思存的书，不知道好不好看。你无聊的时候，也可以看看。"

周小萌恍惚听过这个名字，还是在寝室里睡午觉的时候，室友们叽叽喳喳，大骂后妈虐心。可是任何小说再虐，能虐得过真实的生活吗？

周小萌说："我从来不看言情小说，这两本书要是带回家，我哥哥会生疑的。"

萧思致挠了挠头发，问："那你看什么小说啊？下次我好带给你。"

周小萌随口说："我看翻译小说。"

萧思致笑了，说："那好！下次我给你找几本东野圭吾的。"

周小萌也不看东野圭吾，但萧思致笑得那样明亮，就像是树林里漏下的阳光，她什么也没有再说。

晚上回家之前，想了再想，还是把两本言情小说送给了室友，说自己上网买书的时候买错了。

室友高兴地拿走了，同学们都相约去食堂吃饭，只有她踏着夕阳的影子往校门外走。周衍照哪怕不回家，周家也会有司机来接她的。

"小姐。"

司机老远就看到她，下车来替她打开车门，又接过她手里的书包。

车上冰箱里有可乐，周小萌打开一罐可乐，可是并没有喝，只是借由那点冰凉，让自己潮热的手心冷却下来。

萧思致的出现意外又不意外，自从上次那场秘密接触之后，她一直等着人来，等了将近三个月没有任何消息，她都已经绝望了，觉得也许对方已经放弃，没想到今天却等到了。而且安排得这样周密，萧思致就是她们班的辅导员，这样与她有所接触，也不会让别人生疑。

但这个"别人"里面，绝对不包括周衍照。

一想到周衍照三个字，她就不由得一凛。车子已经驶进周家大门，镂花铁门后迎面皆是葱茏的树木，只有周小萌知道，树底下高墙的各个角度都是摄像头，监控严密。

周衍照手下的那些人，将她视作洪水猛兽。不管怎么讲，她都是周衍照的妹妹，但偏偏周衍照随性惯了，不分场合，有时候兴趣来了，在走廊里遇见她都能把她按在墙上辗转深吻。负责周家内外所有监控记录的小光见了她，就像见了一条蛇似的，甚至连眼皮都不肯抬一下。

方阿姨迎出来替她开门，说："小姐回来啦？"很殷勤地问，"热不热？要不要先喝杯果汁？"

周家拿几百万豪车接送她上下学，车内空调永远是二十三度，怎么会热？

"小光打过电话，说十少爷今天不回来吃饭。"

家里老用人都称呼周衍照十少爷，这是南阅本地的规矩。旧时有钱人家，若是家里只有一个独子，便称为十少爷，显得人丁兴旺，亦是讨个口彩好养活。周衍照是周彬礼的独生儿子，所以用人都将他称作十少爷。

周小萌觉得很疲倦，听说周衍照不回来，整个人都像是一只冰激凌，刹那融塌了下来。她说："那我也不吃晚饭了，我想早点睡。"

昨天她凌晨三点才睡，今天六点钟又爬起来洗澡，眼圈下都是青的。午觉又没睡成，现在一放松下来，她只想睡觉。

周小萌睡到半夜，被晚归的车灯惊醒。她忘记拉窗帘，车子停在喷泉前面，雪亮的灯柱正好反射到她窗子里，她于是就醒了。

房间里很暗，外面花园出奇地安静，很远的地方有秋虫唧唧，一声半声，遥遥地传过来，总让她觉得恍若梦境，像是还没睡醒。现在不过是阴历八月初，白天暑气犹存，但到了晚上，夜风却是清凉的，一阵一阵，拂过那窗边的窗帘。

周小萌睡在床上没有动，走廊里都铺了地毯，听不见任何脚步声，但她知道有人正朝这边走来。她的房门没有锁，锁了也没用，上次周衍照一脚踹开她紧锁的房门之后，只是站在房门口冷笑了一声，然后扬长而去，在那之后整整一个月都不理她。

周小萌一分钱都没有，医院催款通知书下了一道又一道，她最后用了最大的屈辱，换得周衍照回心转意。她已经不愿意去回想，所以像条误入岸上的鱼，僵硬地躺在那里，等着砧板上落下一刀。

周衍照果然推开房门进来了，他今天明显喝过酒了，离得很远周小萌都闻到了他身上的酒气。床重重地陷下去，周衍照的胳膊伸过来，从后头搂住她，手指拂过她的脸："妹妹，怎么这么早就睡啦？"

他满含酒气的呼吸喷在她后颈里，滚烫得令她觉得难受。周小萌没有说话，周衍照轻声笑着，吻着她后颈发际，他下巴上已经生了茸茸的胡楂，刺得她肌肤微微生痛。周小萌闭着眼睛，由着他乱亲。周衍照喝醉的频率并不高，一年也难得两次，可是真醉了会发酒疯，她可惹不起。果然，周衍照搂着她胡乱亲了一会儿，就摇摇晃晃爬起来，说："我去洗澡。"

周小萌睁开眼睛："要帮忙吗？"

他伸手捏住她的下巴，他手劲大，此时醉了更没轻重，捏得周小萌痛极了，他手指上烟草与烈酒的气味混杂在一起，特别呛鼻难闻。周衍照却咧嘴笑了笑："你侍候我洗个澡，我得付三千；要是我再忍不住，就在浴室里把你办了，加起来就得八千了。"他伸出一根食指，按在她柔软的芳唇上，一字一顿似的说，"我、嫌、贵……"周小萌愣了愣，他已经松开手哈哈大笑，朝浴室走去。

周衍照一边洗澡，一边在浴室里唱歌。周小萌确定他是真醉了，上次他喝醉还是半年前，而且还没醉成这样，起码没听到他唱歌。周衍照那嗓子，唱起歌来只能用荒腔走板来形容，难为他高兴，一边唱，一边兴致极高，提高声音叫着周小萌的名字："周小萌！周小萌！"

周小萌不敢让他叫第三遍，飞快从床上爬下来，趿着拖鞋，走到浴室门边："什么？"

"我的洗发水呢？"

周小萌知道他是醉糊涂了，因为这里是她的房间，他没有任何私人物品在这里。她说："我过去你房里，给你拿。"

周小萌匆匆忙忙跑向走廊另一头的主卧室，周衍照不许她进他房里，但此时他喝醉了，她正好进去看看。可惜太匆忙，她不敢多耽搁，到浴室拿了他的洗发水，飞快地打量房中的家具：床、床头柜、沙发椅、边柜……男人的房间，看不出任何异样之处。她匆忙地又奔回自己房里，怕时间稍长他就生疑。

她站在浴室门口敲了敲门，周衍照终于不唱歌了，而是伸了一只湿淋淋的手出来，胡乱晃了晃："哪儿呢？"

周小萌把洗发水瓶子递给他，却不防他连她的手一块儿抓住，一使劲就顺势扣住她手腕，把她也拖进了浴室里。水汽氤氲，周小萌看不清楚，人已经被推倒，背后是特别硬的金属，撞得她脊椎生疼生疼。她想起来浴室面盆边的墙上挂着暖气片，果然的，一道道横弧形的弯管，冰冷地，潮乎乎地硌在她背上，周衍照使劲把她往墙上按，似乎是想把她整个人硬嵌到暖气片里头去。她的腰都快断了，觉得自己像是一块牛排，被放到铁叉子上，背后就是燃着炭的铁网，连暖气管道纵横的样子也像。周衍照头发上的水珠滴到了她脸上，微凉的，正好落在她的脸颊，像眼泪似的。周衍照俯身在她耳边，轻轻地笑："周小萌，你说当年我怎么没把你连你妈一块儿弄得半死不活呢……还是我觉得，留着你有用？"

周小萌全身都在发抖，他掐着她的腰把她抱起来，她只能紧紧搂着他的脖子。周衍照把她往洗脸台上一放，将她脑袋一推，镜子都被撞得"砰"一响。他拇指正好掐在她的颈动脉窦上，周小萌是学护理的，知道颈动脉窦受压窘迫症，只怕他突然发蛮，用不了几分钟，自己就会心跳骤停而死。周衍照却用拇指慢慢摩挲着她颈中那隐隐跳动的脉搏，笑了笑："要杀一个人，挺容易的，是不是？"

他俯身慢慢亲吻她："可是杀一个人，哪有现在让我觉得这么好玩呢……"

浴室里水雾未散，花洒喷出的热水"哗哗"流着，抽风扇呼呼地响，周小萌背后是镜子，冰凉侵骨，镜子上原本凝结的水汽浸透了她的衣衫，紧紧贴在她的身上。周衍照很快嫌她的衣服碍事，扯开去扔到了一边。周小萌恍恍惚惚地，强迫自己默然背诵《岳阳楼记》："庆历四年春，滕子京谪守巴陵郡。越明年，政通人和，百废具兴。乃重修岳阳楼，增其旧制……然则北通巫峡，南极潇湘……上下天光，一碧万顷；沙鸥翔集，锦鳞游泳；岸芷汀兰，郁郁青青。而或长烟一空，皓月千里，浮光跃金，静影沉璧……"

周衍照喝了酒，格外折磨人，没过一会儿就将她翻过来，她的头几乎撞上了面盆的水龙头。她不愿意面对镜子，头一直低到面盆里去，忍住反胃的感觉，继续在心中默诵，《岳阳楼记》背完了就背《滕王阁序》《长恨歌》《琵琶行》《洛神赋》……

背到"于是洛灵感焉，徙倚彷徨。神光离合，乍阴乍阳。竦轻躯以鹤立，若将飞而未翔。践椒涂之郁烈，步蘅薄而流芳。超长吟以永慕兮……"的时候，周衍照把她从浴室拎出去，两个人湿淋淋地滚倒在床单上，那湿痕再压上去，贴着肌肤就是冰冷冰冷的。房间的窗帘仍旧没有拉上，这时候却只有月光了。她不愿意看周衍照的脸，只是别过头去，他偏偏一次又一次把她的脸强扳过来。他眼睛是红的，醉后血丝密布，好像瞳孔里都是血一般。周小萌觉得连窗外的月亮都变成了红色，自己就在地狱的烈火里，炼了又炼，一直炼到连渣滓都不剩。

【二】

周小萌又是凌晨三点睡，六点就起来洗澡。浴室里一塌糊涂，衣服浴巾扔了一地，洗脸台上的瓶瓶罐罐全被扫到了地上，七零八落地横了一地。周小萌洗了很久很久，一直洗到皮肤发红，十指指端都皱得看不出指纹……她只希望自己可以剥去一层皮肤，这样才不会显得肮脏。但即使剥掉自己的一层皮，又能怎么样？周衍照把她按在泥潭里，连骨子里都浸透了污浊。她低垂着眼皮快快披上浴袍出去，周衍照喝醉了没回到自己房里去，周小萌洗完澡出来，他才睡眼惺忪地醒转来，支起身子看了她一眼，然后伸手招了招。

周小萌一步步走过去，只想手里有一把刀，这样可以捅进他的心窝里。可是她脸上的皮是僵的，肉也是僵的，步子更僵。

走到床边之后，周衍照就打量了她两眼，说："你今天又有课？"

"下午有课。"

她不敢撒谎，课表周衍照随时查得到。

房间外有人敲门，非常谨慎的三下。周小萌知道不会是用人，果然又敲过一遍之后，隔着门听到是小光的声音，低声问："十哥？您醒了没有？"

周衍照懒洋洋地半躺在床头，问："什么事？"

"唐家的人打电话来……"

周小萌装作没听见，转身朝浴室走去。没想到周衍照闻言竟然起床了，他没衣服在这里，所以打断小光的话："你去我房里，把我睡衣拿来。"

周衍照没有叫把电话拿来，他回自己房间接电话，周小萌换了件衣服，下楼去吃饭。穿过走廊的时候，她看了一眼走廊尽头的主卧，门虚掩着，可是听不见周衍照的动静。

周彬礼脖子里围着口水巾，护理正喂他吃苹果泥。看到她下楼，笑得眼睛都眯起来："小萌今天……穿裙子了。"

"爸爸早。"

她还没有坐下来，突然听到周彬礼问："你妈妈呢……怎么老看不到她？是不是小萌出疹子，她又陪孩子住院了？"

周小萌握着刀叉的手在微微发抖，她听到自己的声音，机械地答："爸爸，我是小萌。我疹子已经好了，妈妈是出差去了。"

"出差……"老人抿了一口护理送到嘴边的苹果泥，喃喃地念，"出差……"他突然哆嗦了一下，说，"叫她赶紧走……小衍要知道她做的事，饶不了她的……叫她躲得远远的……永远也别回来了……"老人激动地挥手打翻了护理手中的苹果泥碗，开始大叫大嚷，护理怎么拉都拉不住。周小萌冲上去抱住老人："爸爸！爸爸！哥哥还在国外，他不会知道的，他不会知道的！"

老人在她怀中渐渐松懈下来，像孩子一样把头颅搁在她臂弯里，慢慢说："小萌，你要劝你哥哥……"

"我知道……"

"你哥哥脾气不好……谁惹了他……他都不会轻饶……"老人吃力地抬起头来，浑浊的双眼直愣愣看着她身后，"小萌，你哥哥回来了……"

周小萌回过头，周衍照正站在楼梯上，似笑非笑地看着她，看着餐厅里狼藉一片。用人忙着收拾地上的苹果泥，护理擦着老人衣服上溅上的果泥，而周小萌抱着老人的肩，站在那里一动不动。

周衍照若无其事，一步步走下台阶，说："爸爸，早。"

周彬礼无措地看了周小萌一眼，周衍照又说："小萌，别站着了，坐下吃饭。"

只有当着周彬礼的面，周衍照才会对她如此客气，仿佛她真是一个被娇宠的妹妹。

厨房重新打了苹果泥送上来，护理开始喂老人吃饭。周小萌咽着三明治，被噎着的时候，就喝一口牛奶。周衍照吃白粥和油条，三个人沉默地吃着早餐。周小萌咽下最后一口三明治的时候，突然听到周衍照说："今天早点回家，我要带女朋友回来，给爸爸过目。"

下午的时候上专业英语课，机房里虽然有空调，可是仍旧显得闷热。教英文的老师讲得人几乎要昏昏入睡，周小萌眼睛直勾勾地盯着课本，却在回忆上课前手机收到的那封邮件，是萧思致发来的照片。大约有十几张，有几个人她曾经见过，大部分人她都不认识，那封邮件上方有小小的倒计时器，一共只有九十秒，周小萌死记硬背，努力把所有人的面部特征记下来。她的机械记忆能力特别好，解剖课上那么复杂的神经图片，全班的女生都背得欲哭无泪，只有她可以轻松地拿高分。

倒计时为零，邮件瞬间消失，仿佛酒精蒸发在空气里，什么痕迹也没有留下。她忍不住给萧思致发了条短信，说希望问问他关于实习的事。

萧思致很快回复说下课后到二教的三〇六教室，他在那里等她。

二教是老楼，自从在东区建了五教和六教之后，二教排的课就少了许多，而且大部分专业下午都只有两节课，二教里更显得冷清，只有考研的学生，零零星星在这里上自习。三〇六是个特别小的教室。萧思致在黑板上写了"开会"两个字，一个人拿着台笔记本电脑在那里等她。

周小萌拿着书包进来，不声不响坐在他身后一排，摊开课本开始画重点。她的声音很轻，却因为前后排，正好可以传到他耳中："我想要几样东西。"

"什么东西？"

"窃听器，黑市上买得到的那种就行。"

萧思致不动声色："太冒险了，能进出周家的人很少，他很容易怀疑到你身上。而且这样的器材，我没办法替你申请。"

"我不可能听到他们的谈话内容，他连讲电话都避着我。"

"那就不要冒险。"萧思致说，"你不要急，一急就很容易出问题，你又不是专门干这个的，很容易出事。我们会想办法派人到他身边去，你到时候心里有数就行了。"

"你们打算派什么人去？"周小萌问，"我可以知道吗？"

萧思致沉默了片刻，说："我。"

周小萌怔了一下，说："你？"

"我们两个谈恋爱，然后你带我回去见你哥哥就行了。后面的事，你不用管。"

周小萌攥着书页的手指在微微发抖，右手中的笔已经被她捏得紧紧的，捏得食指抵着笔杆，生疼生疼。萧思致半晌听不到她回话，不由得回头看了她一眼，只觉得她脸色苍白得异样，不由得生了几分歉意："对不起，这个计划没有事先向你说明。不过老板他们觉得，这是最保险的方式，万一将来我出了事，也不会牵涉到你。你顶多是蒙在鼓里被我所骗，交代得过去。"

"我哥哥……"周小萌的声音几乎微不可闻，"他……他觉得我还小……不许我在大学里谈恋爱。"

萧思致怔了一下，说："他会很生气？"

周小萌低垂着脑袋，"嗯"了一声。

"不能想想办法吗？"

周小萌沉默不语，萧思致说："好吧，我们再想别的办法。"

又沉默了片刻，周小萌说："我得走了，今天我哥哥带女朋友回家吃饭，让我早点回去。"

"他女朋友？"

"我以前没听他提过，不知道是谁。"

萧思致说："没关系，你见过之后把名字告诉我，回头查清楚之后，我可以把资料告诉你。"

"我哥哥不会随便交女朋友，他一定早就叫人查过了。"

萧思致眯起眼睛笑了笑："知己知彼，百战不殆。咱们先把情况弄清楚再说。"

周小萌回到家的时候，周衍照还没有回来。用人拿了菜单来给她看，一脸犯难的样子："小姐，晚上招待客人，到底做什么菜呢？"

自从周衍照开除第四任管家之后，家里一些琐碎小事就由周小萌决定了，毕竟一大家子人，没人管总不行。周小萌说："我也不知道客人有什么忌口，哥哥没说吗？"

"十少爷没有说。"

周衍照的性子，哪里懂照顾别人。周小萌估计他也不会有任何交代，只好选了最中规中矩的粤菜，清淡爽口。

时间来不及，有些复杂的菜没法做了，好在厨房应付各种状况都习惯了，永远存着一大罐老火靓汤，是猪骨和土鸡吊出来的上汤，醇厚鲜美，用来烹炒许多菜看都合适。

天黑之后，周衍照的车回来了。周小萌特意站在台阶下，她琢磨不透周衍照的意思，只好表现得像个最称职的妹妹。难为周衍照还风度了一把，自己先下车，之后又扶住车门。

"谢谢！"

倒是一把甜蜜的好嗓子，门廊下悬着一盏灯，照着笑盈盈一张脸，一抬头看见周小萌，又是嫣然一笑。

周衍照这时候才看见周小萌，泰然自若地向两人介绍："我妹妹，周小萌。这是孙凌希。"

孙凌希挺大方地说："小萌，你好。"

"孙姐姐好。"

"不用这么客气，跟你哥哥一样，叫我凌希就可以了。"

周小萌陪孙凌希在客厅里坐，周衍照上楼去换衣服。周小萌本来不怎么会跟陌生人打交道，但孙凌希比她大不了两岁，又是挺活泼开朗一个人，反倒将周小萌敷衍得极好，一会儿问她学什么专业，又跟她讲起来自己在大学时的事。聊了一会儿，周衍照就下来了，问："爸爸呢？可以吃饭了吗？"

周小萌站起来："我去请爸爸出来。"

说是请，其实是去周彬礼房间里，把周彬礼的轮椅推出来。周彬礼今天的精神不太好，早上闹过那么一阵之后，现在恹恹的，一个人坐在轮椅上看着窗台。周小萌怕他吃饭的时候又闹起来，所以蹲在他轮椅前边，温言细语地告诉他："爸爸，哥哥今天带了女朋友回来，待会儿吃饭之前，您千万记得跟人家打招呼。"

周彬礼看了她一眼，问："你妈呢？"

周小萌心里一酸，说："爸爸，我推您出去吧，吃完饭，妈妈就回来了。"

周彬礼"哦"了一声，脸色好看了许多，周小萌跟护工一起，把周彬礼的轮椅推出来。孙凌希看到他们就站起来，很礼貌地弯腰鞠躬："伯父好。"

"你好。"周彬礼笑得像个孩子，"你很漂亮！"

"谢谢伯父。"

显然孙凌希早就知道周彬礼的状况，所以应答得非常从容得体。周彬礼却看了她半晌，突然说："你很像一个人，你姓什么？"

这时候周衍照才开腔："爸爸，她是孙凌希，我的女朋友。"

"哦……"周彬礼有些吃力地转过头，看了看周衍照，"好……好……"

晚饭吃得很沉默，周衍照不怎么说话，周小萌自然更不多话，而孙凌希毕竟是客人，所以也并不多话，只听见护理喂老人喝汤，他咂嘴的声音。吃完饭等厨房送上水果，周衍照就说："爸爸，您一定累了，先回房休息吧。"

周彬礼嘀咕："偏偏你阿姨不在家……镯子呢？"

周家家传有一对龙凤镯，贵倒不怎么贵重，难得是据说传了有七八代人，一直作儿媳妇当见面礼。周衍照不动声色，说："阿姨早就把镯子给我了。爸，您放心吧，回头我就给凌希。"

"好……好……"周彬礼不停地点头，被护理推回房间去了。

孙凌希毕竟是第一次到周家来，不便逗留得太晚，再略坐了坐就起身告辞。周衍照亲自去送她，周小萌这才松了口气，奔到老人房间去，低声告诉护理："给他吃颗安眠药吧。"

老人睡眠不好，常年依赖药物，周小萌只怕周彬礼闹起来，所以等孙凌希一走，就去找护理。果然周彬礼一看到是她，就问："小萌，饭都吃完了，你妈妈怎么还不回来？"

"妈妈打过电话，就回来了。"周小萌哄着他，接过护理递过来的药丸和温开水，"爸爸，先把药吃了，再过半小时，妈妈就回来了。"

老人吃完了药，过了会儿又开始问，周小萌东扯西拉，又打开电视机给他看。只是看着看着，周彬礼又想起来问，断断续续问了七八遍"你妈妈怎么还不回来"，一遍比一遍生气。周小萌又哄又骗，最后老人快要发脾气了，安眠药的药效终于发挥了，老人垂着头慢慢睡过去了。周小萌帮着护理一起，把老人从轮椅上抬到床上，然后替他盖上被子。

周小萌怕吵醒老人，轻手轻脚地慢慢从床边往后退，退了两三步才转身，却看到周衍照就站在房门口，似笑非笑地看着她。

周小萌从他旁边走过去，顺手替老人关上房门，然后打算上楼去。刚踏上台阶，忽然听到周衍照说："怎么，心里有愧？"

周小萌低着头往楼上走，下一秒钟，他却几步追上来，拽着她的胳膊把她推到墙上："我跟你说话呢！"

周小萌冷冷地说："我心里没有愧，我妈比他还不如呢。你爸爸起码还能吃饭，还能说话，还知道你是谁……我妈妈什么都不知道了……"

"呵，你这是怪我下手太狠了？"周衍照捏住她的下巴，"我这两年对你太好了，是不是？好到你连自己是谁都忘了？"

"你不如对着我的头也开一枪，让我到医院陪着我妈去！"

周衍照轻轻笑了笑："别做梦了，你哪儿也不能去，就只能在这儿。天天看着我爸爸这样子，想想你妈干的那些事……你妈妈一定很后悔吧……她不知道她亲亲的小女儿没听她的话，竟然没上飞机，跑回来了。你说当年你要真跑到加拿大去了，我得费多大的劲，才能把你弄回来，慢慢折磨啊。"

他的目光中满是嘲弄，仿佛是刀，一刀刀凌迟着她。周小萌嘴角微弯，竟然露出个笑容："是啊，哥哥，我真是后悔死了，我后悔自己当初怎么就没有上飞机，怎么就偏要回来呢？我当年怎么就那么担心你的死活呢？你要是跟爸爸一起死掉了，我现在活得不知道有多开心呢！"

周衍照冷冷地看着她："你还真是长进了，都学会跟我顶嘴了。我要不是看在当年那点情分上，你以为你现在能站在这里跟我说话吗？"

"是啊，十少爷，真是谢谢您！当初小光都把我拖出去了，是您改主意把他又叫回来，真是念了旧情。尤其我还得谢谢您这两年的关照，一个月让我挣好几万呢！我要是卖身给别人，哪有卖给您这么划算！"

周衍照突然笑了笑，慢慢摸了摸她的脸："你今天怎么跟吃了火药似的？"

周小萌别过脸去，他一手撑在墙上，一手扣着她的下巴把她的脸扳回来："跟我玩这点心计，你道行还浅了点，别以为你装模作样闹腾，我就真会以为你吃孙凌希的干醋。哥哥我见过的吃醋的女人，比你这辈子认识的女人都还多。周小萌，你当初怎么没去报个北影中戏？好好练练，说不定还有希望能骗骗我。"

周小萌死死咬着嘴唇，一直咬到唇角发白，她说："我没吃谁的醋，也没演什么戏。你都有女朋友了，以后你别那样对我。"

"我哪样对你啊？"周衍照笑得挺愉快似的，"再说你妈不还躺在医院里吗？你不是发誓不让人拔了她的氧气管？这一个月好几万呢，你上哪儿挣去？"

他的每句话都像是刀，捅得她体无完肤，支离破碎，只想往后缩，缩到整个世界都看不见的地方去。可是他一只胳膊撑在墙上，将她困在墙角，退无可退。只有他那双眼睛，灼人似的，含着嘲讽，就像是滚烫的烟头，在她心上，烫出一个又一个的洞。

她想起自己从机场赶回来，想起那一刹那推开门就看到他站在屋子中央。她满心欢喜，叫了声："哥哥！"那时候是怎么想的呢？她早就已经忘记了。

她脸上有抹迷离的笑意，像是想到什么高兴的事情，又像是小孩子想起自己藏在抽屉里的糖。周衍照很久没看到她这样笑了，不禁有半秒钟失神。但在下一刻，她突然伸出双手搂住他的脖子，声音既甜蜜，又亲热："哥哥，那你今天晚上，还让不让我挣钱呢？"

她好闻的气息随着呼吸喷在他脸上，周衍照面无表情，把她的胳膊从自己脖子里拉下去："醒过来啦？迟了，你从今往后都别惦着了，反正你也说了，叫我别那样对你。"

"我错了，哥哥，我错了。"

他推开她往楼上走，周小萌跟在他后边，抓着他的袖子，一路都不放。到了二楼走廊里，周衍照烦了，转身又推了她一把。周小萌反倒扑上去抱住他："哥哥，你别生气，我知道错了。"

"惹不起我，就不要惹。"周衍照对着她微笑，周小萌却知道，他是真的生气了。他只有真的生气了，才会这样温和地对着人微笑："这么多年你都没学得乖一点，真是跟你妈妈一样蠢！"

周小萌攥紧的手指深深地抠入掌心，她却努力微笑："你不要生气……你明知道我笨……"

"你不是笨，是蠢！"周衍照扔下这句话，然后走进自己房间，重重摔上门。

一连几天，周小萌都没在家里见到周衍照。起初周小萌以为他又去了越南，但每天早上她下楼的时候都能见到小光，才知道他就在家里。大约他回来得晚，她睡了他才回来，而早上她去上学的时候，他又还没起床。

周小萌惴惴不安，周衍照气性特别大，睚眦必报，她真的是得罪不起，可是偏偏又得罪了。他说得对，自己就是蠢。一连几天，周小萌连上课的时候都常常走神，周衍照深不可测，自己为什么蠢得要激怒他呢？

大约是因为她实在是受不了了，若不提起从前的事，她或许会觉得好过一点，但那天晚上到底是谁先提起来，她已经忘了。就记得他那含着嘲弄的眼光，盯得她实在是受不了了。她只想扑出去抓瞎他的眼睛，让他再不能那样看着她，所以那天晚上她才干了蠢事。

【三】

萧思致给她发了条短信，这次约在五食堂见面。两个人隔半个食堂，他在打电话，她戴着耳机，像在听音乐，实质上是在听萧思致的解说——他发了一堆资料给她，全是关于孙凌希。

孙凌希的背景干净得很，毕业于重点大学的图书情报系，目前在市立图书馆工作，独生女，父母都不在本地。住单位分配的单身宿舍，喜欢打网球和逛街。

真正干净得如同一张白纸一样。

萧思致说："这只是表面上的资料，更深层的社会关系，老板还叫人在查。"

周小萌问："她跟我哥哥怎么认识的？"这个女孩子，看上去不像是跟周衍照有交集的人，他们的社会圈子完全不同。

"不知道，还在查。从她同事那里打听到，这两个月经常有一台奔驰车来接她，应该就是这几个月才认识的。"

"她知道我哥哥是做什么的吗？"

"应该不知道吧。不过你哥哥开着好几家公司，有那么大一幢写字楼在那里，如果他说自己是做生意的，她也不会不信吧。"

周小萌低垂着头，隔着半个食堂，萧思致只能看到她的背影。在喧闹的食堂中，在热闹的人海里，她就像一朵不起眼的浮萍，随时随地都会被波浪推走似的。

萧思致说："对了，她最近在到处看房子，似乎打算从宿舍搬出来。你放心，老板已经叫人盯上了，不管她搬到哪儿，我们的人都会跟她租住同一个小区。所以万一她要跟你哥哥分手了，记得通知我们一声，老板好叫人撤回来。"

"好的。"

"你哥哥从前带过女朋友回家吗？"

周小萌顿了一下，才说："没有。"

"哟，挺难得的，那看来他对这位还挺认真的。"

周小萌没有说话，萧思致以为她没有问题了，于是说："没事的话，我就挂了，你自己注意安全。"

电话挂断之后，是"嘟嘟"的忙音。周小萌坐在那里，一碗八宝粥，她吃了半个多小时，碗里的粥已经冰冷冰冷。她摘下耳机，继续舀着那碗粥，学校食堂的大锅粥，里面的花生米都没有煮烂，硬硬的，嚼得牙龈酸疼酸疼。

下午没有课，但她也不想回家，跟司机打电话说有同学过生日聚餐，不回去吃晚饭。这种情况偶尔有，所以司机也没生疑，只是追问："那我几点来接您？"

"九点吧，还是在学校南门。"

"好的。"

她一下午泡在图书馆里，选了一本特别厚的翻译小说，埋头看了整个下午，直到黄昏时分，学校的广播响起来，才把书还了，出去吃饭。

中午没有吃饱，现在饿得胃疼。她不敢生病，周衍照的规矩，若是病了，得自己掏钱。中午食堂的冷粥倒尽了她的胃口，所以她从西门出去，那里有一条街，是著名的城中村，网吧和小馆子最密集的地方，专门做附近两间大学的学生生意。

小馆子炒菜味重，又搁了太多的鸡精，吃得她口发干，买了一瓶酸奶喝了，仍旧不解渴。路过网吧旁的小巷，看到巷子里亮着灯箱，写着大大的"冷饮"两个字，于是又走进去买了一瓶可乐。拿着可乐刚刚走到巷子口，突然听到有人叫她的名字："周小萌！"

她回过头，见是个陌生的男生，那人背着一个双肩包，一副很熟络的样子："你是护理三班的周小萌，对吗？"

　　她很警惕，往后退了一步，那人说："我是临床的，你还记得吗？迎新的时候，我替你填的表格……"

　　周小萌完全不记得他是谁，但看他一脸的笑意，于是礼貌地说："不好意思……我不太记得了……"

　　背后有劲风袭来，周小萌头一偏就让过去了，黑暗中另一侧有只手伸过来，抓住她的胳膊，她双手抓住那只手，一个过肩摔，硬生生把人从自己头顶抢过，"砰"一声落到地上。她的跆拳道是从小被周衍照亲自教出来的，这么多年虽然没有太多实战经验，可是功底毕竟不差。一把人摔倒，她掉头就朝大街上跑，刚跑出没两步，已经被人追上。有人抓住了她的肩膀，用带着麻醉剂的毛巾勾住她的脖子，那气味直朝鼻子里钻，她腿一软，知道不好，身后已经追上来更多人。有人拿着毛巾往她鼻子上捂，她拼命挣扎，屏住呼吸，又踹中两个人，只盼着过路的人能注意，探头往这巷口看一眼。她今天真是太大意了，只想着在学校里非常安全，毕竟道上的人都知道，她是周衍照的妹妹，这一片地区又是周衍照最得力的一个手下高明祥照看，当初入学的时候，周衍照还专门交代过她，有事的话可以直接到街东头的祥龙网吧找人。

　　谁知道她竟然会在离祥龙网吧仅仅三百米的地方被人突袭。

　　视线越来越模糊，四肢也越来越不听使唤，她挣脱拉扯的力气越来越小……就在她快要绝望的时候，突然听到有人冲过来大喝："你们干什么？"

谢天谢地，终于有人看到了，而且冲过来跟这些人打起来，飞溅的液体落到她脸上，不知道是什么……麻醉剂的作用越来越强烈，她四肢发软，被人往巷子里拖去，却无力挣扎，只听到有人在吼："失火了！失火了！快报警！"

很多影子晃来晃去，她终于晕过去了。

人中穴剧痛，她被人掐醒了，额头上还放着冰块，周围全是人，叽叽喳喳："好了！醒了，醒了……"

她这才发现自己躺在一张沙发上，有人拿扇子替她扇着风，还有人递过来崭新的毛巾，给她擦额头上冰袋融出的水。她挣扎了一下，但手脚还是不怎么听使唤，她在人堆里终于看到熟悉的面孔，正是萧思致。

他鼻青脸肿，头上还在流血，不过已经用纱布简单包扎过了，他对着她笑。周小萌人还有点糊涂，于是将目光从他脸上移开，不敢多看他。这时候人群分开，有人走进屋子，周小萌认出来，正是小光，而陪着他的，则是高明祥。

"光哥，您看……"高明祥脸色很不自然，向小光解释，"对方闪得太快，就看到是一辆白色没牌子的面包车，没追上……"

"十哥说了，不算什么大事，估计是有人存心想吓唬吓唬小姑娘。不过在你的地头上，人家竟然这么削你面子，你用心查查就是了。"小光又转过脸来，看了周小萌一眼，"二小姐，司机在外头，十哥叫我先接您回去。"

周小萌嗓子发哑，觉得像含着异物似的，呛得难受，一开口，声音也是哑的："我站不起来。"

她的腿还是软的，小光走上前来，将她打横抱起，只是姿势僵硬，倒像是小孩子抱着贵重瓷器似的，胳膊伸得老长。一直将她抱下楼，周小萌这才认出来，这里是祥龙网吧的后门，车子就等在不远处。

小光把她放在后座，然后关上车门，自己坐到前面副驾的位置上去。车子平稳启动，周小萌的手渐渐恢复了力气，她慢慢把裙子拉下膝盖。打架踢人的时候太过用力，裙子都开线了。

小光没有回头，声音还是那样没有半分感情起伏似的，只说："十哥说，他晚上不回家，所以让我交代你，以后别支开司机到处乱跑。走运得了一次，走运不了两次。真要被人绑了去，别指望他拿钱赎你。"

小光说任何话，都是那种淡淡的腔调。周小萌知道，当时周衍照的语气肯定比这尖刻一万倍，她几乎都能想象周衍照说话时的表情，必然是一脸的嫌恶，说不定还以为是她故意施的苦肉计。

周小萌又困又乏，在车上就睡着了。到家之后车子停住，用人打开车门，她才醒过来。孙阿姨一见了她，目光有微微的错愕，可也什么都没问。周小萌上楼之后看到镜子，才知道自己额头上青了一大块，肿起来鸡蛋大个包。后来洗澡的时候，又发现双手手腕上都被捏出一圈乌紫，还有膝盖之类的地方擦破了皮，她洗澡的时候虽然小心，但伤口沾到水仍旧很痛。医药箱在楼下的储藏室里，周小萌觉得太累了，而且伤口都很浅，又没有流血，她随便用毛巾揩了揩，就倒在床上睡着了。

大约是麻醉剂的后遗症，她睡得非常沉，而且做了很多乱梦。梦里自己还很小，三四岁的样子，不过刚刚记事的年纪。

真正人生最初清晰的记忆，却是自己穿着一条粉色的裙子，趴在窗台上，看着外面树上的周衍照，那时候他也不过才八九岁，每天都爬到树上。

"小肥猪！"她那时候圆滚滚的，苹果脸肉乎乎，大人们最喜欢，只有他叫她小肥猪。

她虽然年纪小，也知道他语气中的恶意。

看她没有反应，他又做了个鬼脸："拖油瓶！"

他拿树枝捅她，隔得远，树枝不过虚虚地拂到她脸上，她被那绿乎乎的东西一扫，吓得哭起来，掉头去寻自己妈妈。她知道妈妈就在隔壁那间大房间里，哭着拍门，开门的却是周彬礼，一把将她抱起来："小萌，怎么啦？"

她咬着嘴角抽泣，直叫："妈妈！"

"妈妈加班去了。"周彬礼一只手抱着她，一只手掏出手绢给她擦眼泪，"怎么啦？乖，别哭啦……"她抽抽搭搭地指了指自己的房门，周彬礼抱着她走回房间去，正好周衍照勾着树杈在往窗子里砸石子，"啪"一声打在窗台上弹起来，差点飞到周彬礼面前。周小萌吓得又大哭起来，周彬礼怒气冲冲："周衍照！"

周衍照显然也没想到周彬礼突然抱着周小萌进来，被他这么一吼，吓得身子一晃就跌下去了。

周小萌模糊记得，后来周衍照把胳膊摔断了，住了很长一段时间的医院，回家来又一直打着石膏。那时候周衍照已经上小学了，落下三个月的课，全是她妈妈一点点替他补起来的。补课的时候周衍照最讨厌她在旁边晃来晃去，但是又不敢明着欺负她，趁着没人的时候才会骂她"扫把星""拖油瓶"。有一次偏偏又让周彬礼听见了，那时候周彬礼还年轻，脾气特别暴躁，举起脚边一个巨大的唐三彩马，就朝儿子扔过去。

巨大的陶马眼看就要砸到周衍照身上，她妈妈扑上去就把周衍照拽入自己怀里，那尊唐三彩就砸在了妈妈的背上，后来被送进医院缝了十几针。周彬礼经过此事之后，倒再也不打周衍照了。而从此之后，周衍照也渐渐开始给她好脸色看，等她上小学的时候，两人已经真的像嫡亲兄妹一样了。

周衍照十几岁的时候，就是半个城东的风云人物，全市几十所中学，无人不知，无人不晓，还有一个绰号叫"拼命十少"。周彬礼那时候生意已经做得很大，交了大笔的赞助费，送他念名校，但仍旧是成绩九流，打架一流。周小萌比他小好几岁，但也总听高年级男生窃窃私语，说他的光彩事迹。比如为了一个女生跟某某老大血拼……是真的血拼，一群半大小子，学着港片，拿着西瓜刀冲上街乱砍，那晚奇迹似的没闹出人命，是因为幸好刚刚开战，就有一位叔伯听到风声带着人赶来，拎起周衍照踹了一脚，就把他塞进车里，直接送到周彬礼的办公室去。这位叔伯把来龙去脉一说，周彬礼虽然不打儿子了，但仍旧不会轻饶，罚他在后花园鹅卵石路面上一跪就是一整夜，还不让吃饭，只有周小萌半夜偷偷摸进厨房，偷了包子去送给他吃。

那时候周小萌不过十来岁，头发剪得短短的像樱桃小丸子，穿着周彬礼给她从香港买回来的名牌儿童睡衣，一边蹲在旁边看周衍照狼吞虎咽吃包子，一边打呵欠好奇地问："哥哥，他们都说你女朋友特别漂亮，是真的吗？"

周衍照被包子噎住了，翻着白眼，瞪着粉妆玉琢洋娃娃

我喜欢的一种重，
其实是盘旋自己的心筹一开天，
随时可以打开或关上。
这样，我想爱你的时候就爱你，
不想爱你的时候，就真的不爱了。

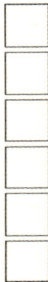

——— POSTCARD ———

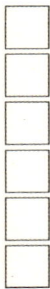

匪我思存
爱情的开关

记忆坊文化
MEMORY HOUSE

《爱如繁星》

《寻找爱情的邹小姐》
（全二册）

《寂寞空庭春欲晚》
影视典藏版

《东宫》（全二册）

《来不及说我爱你》

《冷月如霜》

《佳期如梦》

《佳期如梦之今生今世》

《佳期如梦之海上繁花》

《千山暮雪》

《爱情的开关》

《裂锦》

《香寒》

《星光璀璨》

即 将 推 出

《爱你是最好的时光》《爱你是最好的时光Ⅱ》《景年知几时》
《迷雾围城》（全二册）《如果这一秒，我没遇见你》

似的周小萌，过了好半晌，那包子才从喉咙里滑下去。他说：
"什么女朋友？"

"那你今天是为什么跟别人打架？"

"大人的事，你少打听。"

周小萌亮晶晶的眼睛看着周衍照，直看到他脸皮发热。过了片刻，恼羞成怒："好了啦，下次有机会让你见见！"

可惜周衍照耐性太差，还没等到周小萌有机会，他就已经跟那个姑娘分手了。等周小萌真正见到周衍照带着姑娘招摇过市，她已经十四岁，快要初中毕业了。

周衍照那时候已经不怎么打架了，据说他混成了所有半大男生心目中的"老大"，做事情越发老气横秋，成天骑着哈雷机车进进出出。周彬礼虽然无数次说要把他的机车给拆了，但终于在小萌妈妈的说服下没有真动手。

周小萌的妈妈叫叶思容，她与周彬礼结缡十载，非常恩爱。周彬礼的那些结义兄弟都知道，周彬礼听不进去的话，只要由叶思容去说，十有八九是能成的。

叶思容说："这个年纪的男孩子，正是精力旺盛的时候，叛逆心又重，你不让他骑机车，他一烦起来去做别的坏事，岂不更糟？"

周彬礼深以为然，所以最终没动儿子的机车。

周小萌见到周衍照的女朋友，还是因为偶然。她刚上初三，就被高中部的几个男生看在眼里。十四岁的周小萌虽然没有完全长开，但是已经长得越来越像叶思容。叶思容的美貌，只能用惊人来形容。初中生周小萌的婴儿肥早就没有了，课业繁重，每日苦读，瘦成一张瓜子脸，皮肤白皙如新雪，身材高挑似净荷，在一群毛丫头中间，已经显得鹤立鸡群。

被高中那几个男生恶意堵截了几次，在一次对方甚至动手动脚之后，周小萌就忍不住告诉了周衍照。周衍照大剌剌就带着一帮人骑着哈雷机车冲进了校园，飞扬跋扈烟尘滚滚，他机车后座上还坐着一个漂亮的姑娘，自然是他新追上的女朋友。南阅四中历史上最传奇的一个傍晚，就是放学时分，潮水般的学生被堵在操场上，亲眼围观周衍照一边一脚踩着某个男生的手，一边弯腰拿着砖头似的大哥大敲着那个男生的头："今天不剁你的手，是看你爹你妈辛苦把你养到十七岁，你要残了废了，你爹妈可就受罪了。不过从今往后，我妹妹要是少一根汗毛，我就把你们大卸八块扔去喂狗！"

周小萌从此清净了，可也从此成了名人，一直到高中读完，都再没有人敢追她。连再调皮的男生见了她，都客客气气低垂着眼皮，怕多看了她一眼，就惹来麻烦。

【四】

周小萌醒来的时候，只觉得浑身软绵绵，出了一身黏腻的汗。李阿姨把她扶起来，喂她喝了半杯水，告诉她说："小姐，您发烧了呢。"

她做了一晚上的梦，此刻仍旧恍惚似在梦境中。李阿姨把床头调起来，让她躺得更舒服一些，又问："想吃点什么吗？"

周小萌喉咙剧痛，也不知道是昨天麻醉剂的后遗症，还是感冒了发烧的缘故，只是哑着嗓子问："几点了？"

"十点半。"李阿姨知道她的习惯，走过去拉开厚重的遮光窗帘，把窗子只打开小半扇，说，"小姐，您刚刚才退烧，还是不要吹风。"

周小萌全身发软，半靠在床头，低声说："有课。"

"小光打过电话去学校，替您请了两天假。"

周小萌疲惫地想要合上双眼，她的这间房正对着院墙的东南角，她目光无意掠过，却看到院墙外面的树梢上挂着一个花花绿绿的东西，问："那是什么？"

李阿姨探头看了看，说："不知道哪家的调皮鬼放的气球跑了，飘过来正好缠在树上了。"一回头看到周小萌从床上爬起来了，连忙走上去搀住她，"小姐，多睡一会儿吧。"

周小萌看到那只氢气球，是喜羊羊的头像，缠在树枝上，随风微微摆动。她闭了闭眼睛，说："没事，我出了汗，想洗个澡。"

李阿姨知道她洗澡会洗很久，所以把她的浴袍拿给她，就退出去了。周小萌反锁上房门，又反锁上浴室的门，打开浴缸的水龙头，让水"哗哗"地放着，才打电话给萧思致。

"萧老师，您好，我病了，家里帮我请了两天假，我想也告诉您一声。"

"好的。你还好吧？昨天晚上我去吃饭，看到你被别人抢包，对方人多，我一个人，看着不妙，所以才大叫'失火'。幸好有很多人赶过来，那些歹徒才跑了。"

周小萌知道这是他的对外说辞了，所以她说："谢谢萧老师，幸好您路过。"

"不客气，昨天晚上你哥哥已经替你道谢了。"

周小萌愣了一下，周衍照？他见过萧思致了？这才是萧思致放气球的目的？周衍照压根不在意自己被劫这事，他为什么见萧思致？

"你哥哥挺关心你的，问了我很多你的问题：成绩怎么样，跟同学们相处得怎么样，还有，平时课余喜欢跟谁在一起。"萧思致顿了顿，又说，"你哥哥说，没想到离学校这么近，还会遇上打劫，希望学校多注意学生的安全。这样吧，等你病好了，到我的办公室来一趟。"

萧思致明显还有话跟她说，但怕她在家中受监控，所以说得特别隐晦。

"好的，谢谢萧老师。"

"你好好养病。再见。"

"再见。"

她洗了一个澡，换上干净的浴袍，觉得整个人轻松了不少。床头柜上还散放着药片和水杯，她拿起来看了看，是感冒药和退烧药，已经吃了一次的分量，自己却完全没有印象。大约是昨天晚上睡得太沉吧，连李阿姨进房间来她都不知道。

虽然退烧了，可是整个人仍旧疲倦，她掀开被子，打算再睡一觉，突然看到雪白的枕头上有一根头发。是短发，又黑又硬。

她有洁癖，床单每天都换。这根头发，明显不是她的。她伸手把头发拈起来，怔怔地看了片刻，然后拿起电话，打给周衍照。

电话是小光接的，她问："哥哥呢？"

"他有事，在忙。"

"叫他接电话。"

小光丝毫不为之所动，重复了一遍："十哥在忙。"

她把电话挂断，突然觉得万念俱灰。打开衣柜，随便拿了一套衣服换上，就下楼去。

李阿姨看到她，不由得愣了一下："小姐？您下来了？想吃什么？"

"我想出去走走。"

"我去叫司机。"

"我打车出去。"

李阿姨说："十少爷吩咐过，说这阵子外头乱得很，让司机跟着您。"

"他什么时候说的？"

李阿姨又愣了一下，说："有好几天了……"

"昨天晚上他几点回来的？"

李阿姨心虚地笑了笑，说："我昨天晚上睡得早，都不晓得十少爷回没回来过。"

"算了，你去叫司机吧。"

其实她也并不是想出去，只是不想待在家里。坐上车之后，司机问她："小姐，想去哪儿？"周小萌这才发现司机换了人，并不是经常接送自己的老杨，而是周衍照的司机。周小萌只知道他姓贾，平常沉默寡言，倒跟小光很像。

"去医院。"

她已经有数日没有到医院里来，每个月她可以来探望妈妈两次，如果偷偷来，或者多于这个次数，周衍照有的是方法让她痛悔，所以她也不敢逾雷池一步。这个月她还有一次机会，今天用掉就没有了。

医院里永远是这个样子，叶思容的病房里很干净，只有仪器工作的单调声音。护工刚刚替叶思容擦洗过，她的头自从开颅手术之后一直肿着，脸部变形得很厉害，已经半分也看不出当年的美丽容颜。

周小萌攥着包就在病床前坐下，轻轻叫了声"妈"。

"我挺好的，学校里也挺好的……有个男孩子在追我，是学药理的，但我还没想好，答不答应他。毕竟觉得自己还小……妈妈，你要是能醒过来就好了，可以替我拿个主意。这个学期我又多选了两门课，可是我们专业，怎么样也得五年才能毕业，毕业后我就可以自己来照顾你了……新来的护工不知道好不好，她有没有弄疼你……"

她说了很多，说到口干舌燥，大部分是谎言，说到中途她常常停顿，因为不知道该再说点什么。真话她一句也不愿意讲，医生早就说过，叶思容大脑皮质死亡，不可逆昏迷，虽然还有心跳，但只能靠着生命支持系统维持呼吸。

这世上，或许只有她一个人，还奢望叶思容可以听见。

她在妈妈床前坐了很久很久，一直坐到天色渐晚。护士进来滴注营养液，看到她之后跟她打招呼："周小姐，又来看你妈妈？"

"嗯。"

"这个月的费用到账了，不过有几样药品涨价，下个月的费用，可能要多几百块钱。徐医生让我跟你说一声。"

"好的，谢谢。"

护士走后，她也站起来，对床上无知无识的叶思容说：

"妈妈，我走了，过阵子我再来看你。"

每次她从医院出来，都不愿意回家，于是让司机送自己去快餐店，买了个汉堡果腹。贾师傅很少跟着她，看她吃快餐觉得很意外，但周衍照的人都安守本分，不该问的一句也不问。吃完了她又叫司机送自己去商场。司机大约被周衍照交代过，亦步亦趋地跟着她，看她进了内衣专营店，仍旧跟了进去。

"你在门口等我。"

司机也不说不行，只是说："光哥交代过。"

周小萌想到小光那张冷脸，就觉得跟碰到又冷又硬的墙似的。当下也不多说，挑了几件睡衣，搁到收银台上结账。

司机要替她拿纸袋，她往怀里缩了缩，司机于是跟在她后头，一直走到车库去。突然远远看到他们车边站着有人，司机第一反应就是将她挡在身后。那人本来站在车边抽烟，看到他们，就把烟头一扔，司机松了口气："十哥。"马上又叫起来，"您怎么一个人在这儿？"

不远处有辆奔驰应声闪了闪大灯，正是保镖的车，周衍照又点了一支烟，打火机将他的侧脸照亮，看不出来是怒是喜。司机走上前去打开车门，周小萌乖乖坐到后座去。

周衍照懒洋洋的，并没有喝酒，可是人也懒得说话。一坐下来，就伸出手臂搁在椅背上，周小萌把一堆纸袋塞在自己脚下，他说："穿衣服都花我的钱，你也不心疼，一买就买这么多。"

周小萌不说话，扭过脸看着车窗外。车子刚刚驶出商场的地下车库，街市正是繁华的时候，路灯的光映进来，车子里全是周衍照吞云吐雾喷出的烟雾。但又不能开窗，司机开了换气功能，又把天窗打开一指，才略略好些。一路上周小萌都沉默，直到回到周家，用人来开车门，要替她拿纸袋，她仍旧坚持自己提。

"什么宝贝？"周衍照冷笑，夺过去看了看，竟然是一件半透明的蕾丝内衣，钩在他手指上，还没有一块手绢大。周衍照先是一怔，然后哈哈大笑。旁边的司机跟用人都板着脸装没看见，周小萌又气又窘，周衍照倒觉得好玩似的，很邪恶地打量了她两眼："什么品位？也不瞧瞧这颜色，你穿？难看死了！"

周小萌夺过他手中的衣物，拎着纸袋气咻咻上楼去。一踏进自己卧室，刚想摔上门，已经被周衍照拦住："你买都买了，不穿给我看看？"

"谁说我买了是穿给你看的？"

"那给谁看的？"

"不穿给谁看，我自己高兴！"

周衍照把她手里的几个纸袋夺过去，一下子全倒在床上，挑挑拣拣了半晌，最后指了指一套："穿这个。"

"不穿！"周小萌抓起那些衣物，胡乱塞到袋子里去。周衍照倒笑了，躺在她床上，慢条斯理："你今儿不是刚去看过你妈，又故意买了这些东西，拿什么乔呢？要吊男人胃口，可是门学问，吊得不好，就把人惹烦了，偷鸡不成蚀把米，你就傻眼了。"

周小萌冷冷地道："我哪懂男人什么胃口，说起来，我连正经的恋爱都没谈过呢，不像你，交过的女朋友比我这辈子认识的女人还多。"

周衍照挺愉悦似的："有进步，装得挺像的，起码，比上次装得好。"

周小萌看了他足足三分钟，突然反手拉下自己的拉链，把裙子脱下来，从纸袋中翻出他刚刚指过的那套内衣，脱下内衣来换上，换好之后才抬起头看他："满意了吧？"

窗子没有关上，夜晚的凉风吹在身上，起了一层鸡皮疙瘩。周衍照"哼"了一声，也不知道是高兴还是不高兴。周小萌看他半靠在床头，抱着双臂，一副可有可无的样子，不由得赌气，拾起地板上的裙子，重新套上身，转身就往外走。周衍照却比她快，她的手刚刚扭开门把手，他已经"砰"一声将门按得重新关上，扳过周小萌的脸，狠狠咬住她的唇，直咬了深深两个牙印才放开，他的气息还霸道地占据着她的呼吸："为什么今天去看你妈？"

"提醒自己是谁害她躺在那里人事不知。"

"呵！"他冷笑，"那我可得小心了。"他一边说，一边却将她拽入怀中，掐住她的胳膊，将她推倒在床上。周小萌却柔媚地笑了笑，伸出双臂环住他的脖子："哥哥，你到底喜不喜欢我？"

周衍照放声大笑，一边吻她，一边解她的衣服："喜欢你？什么事让你这么自作多情？"

"你不喜欢我就最好了。"周小萌眼睛亮晶晶的，水汪汪的，眼波欲流，"这样我可以少喜欢你一点点……"她扬起脸吻他，周衍照却避开她的吻，说："演过头了，不好玩了。"

他放开她，坐到一边去，重新点燃一支烟，隔着烟雾，周小萌只觉得他整个人离自己又高，又远。她慢慢坐起来，抓住床单裹住自己，问周衍照："那你喜欢孙凌希吗？"

"你有什么资格来问我这些？"

周小萌说："是啊，我自己犯傻，你不用理我。"她起身去了浴室，放开水龙头，开始刷牙，刷完牙又洗澡，过了很久才出来。原以为周衍照早就走了，没想到他还坐在那里抽烟，一支接一支，虽然窗子开着，但屋子里仍旧充斥着浓重的烟味。

她也懒得管了，掀开另一边的被子，躺下去睡觉。却听见周衍照问："你在浴室里哭什么？"

"我没哭。"

"你别做梦了，我一丁点都不喜欢你，要是说兄妹情分，咱们那点情分，早就完了。"

周小萌仍旧背对着他，声线很硬，说："你要不要，不要就滚出去！"

周衍照把烟拧熄了，把她脸扳过来，看到她脸上潮湿的泪痕，不由得微微眯起眼："把眼泪擦了，你去外头看看，哪个出来卖的像你一样，成天摆着一张丧气脸！"

"我没见过出来卖的。"周小萌胡乱把泪痕擦干净，语气不由得尖酸起来，"倒是哥哥一定见过挺多，不如好好教教我！"

周衍照笑了："好，我一定好好教你！"

周小萌痛极了，整个人被扭成麻花一般，连腰都快要断了，周衍照大约是真动了怒气，绝不留情。周小萌这才知道原来他从前还算是克制，今天各种花样玩出来，她真是怕了。周衍照就像魔鬼一样，反倒笑得风轻云淡："你抖什么啊？"

周小萌觉得自己就像是一条鱼。小时候周彬礼带她去船上吃船鲜，从江里新捞起来的鱼，搁在冰盘里头仍旧在蹦跳，就被厨师按住，飞快地一刀刀将鱼肉削成薄片，一直把整条鱼片出来，鱼头的腮还在翕动，嘴还在一张一合的。

如此残忍的一幕，给小时候的她留下特别深刻的印象，现在她就觉得自己是那条鱼，被快刀一刀刀斩成薄片，然后掺上酱油和芥末，一片片被人吞下去。痛，痛极了。可是手被周衍照拿毛巾捆住了，指头只能无力地抠着床单。她出了一身冷汗，周衍照却仍旧清醒得不得了，慢慢炮制着她："怎么？难受啊？苦着一张脸，卖笑卖笑，出来卖，就记得要笑，不然的话，男人凭什么给钱给你？"

她痛得连诗词歌赋都背不出来，只能喃喃地在心里念"妈妈"，仿佛那两个字是魔咒，念一千遍，念一万遍，就可以止痛似的。念到最后，其实是半昏厥的状态，自己都不知道自己在喃喃念着什么，就知道周衍照冷笑的脸，恍惚在眼前晃过去晃过来，到最后，她是真的昏了。

她只晕了片刻，就被周衍照打着脸拍醒："周小萌！"

她有些惨淡地笑了笑，周衍照没想到她这时候还笑得出来。本来额头上就肿着一个包，刚才又撞在床头的柱子上，额头上一片红印，脸色却是惨白的，看上去这个笑并不像是笑，倒像是哭似的。他听她喃喃地说："哥哥……不管你信不信，我真的……喜欢过你……"

周衍照听见这句话，不知道为什么更觉得恨意勃发，狠狠挺身，周小萌疼得身子一哆嗦，弓着腰像虾米似的，又开始喃喃地念叨。周衍照有时候知道她在说什么，都是些很奇怪的东西，有时候是课本上的课文，有时候是诗，有时候是别的他没听说过的东西。大部分时间她并不念出声，可是有时候她昏头了，也会有一句半句从唇际轻轻地吐出来，就像是念经。

他想起第一次，她都没有哭，只是被吓住了，一直到最后结束，她仿佛才明白发生了什么，慢慢地拉起床单，掩住自己的身体，一直缩一直缩，缩到床角去，垂着脑袋，像是个被弄坏的破娃娃，瑟瑟发抖。周衍照当时就想，只要她一哭，就给她两巴掌。可是她最后也没哭，就是轻轻叫了声"周衍照"。

那是她第一次也是最后一次叫他的名字，起初的时候她也闹过，不声不响，趁着他睡着了，拿着剪子刀子，冰冷的锋刃就搁在他脖子上，逼着他放她和她妈妈走。而他只是轻声笑："走到哪儿去？周小萌，你只管捅我一刀，没等你迈出这间房，你就被打成马蜂窝，信不信？我知道你不想活了，不过你一死，你妈的尸首，我可保不齐有人不糟蹋。"

周小萌眼睛瞪得圆圆的，瞳孔急剧地收缩，眼底映着他的影子。他见过很多绝望濒死的人，就像是这样子，他还真担心她哪天就从楼上跳下去，又或者，会一时想不开割开她自己的动脉。可是没有，最后周小萌接受现实了，她甚至仍旧叫他哥哥。

说实话，周小萌每次在床上叫他哥哥的时候，他会觉得很亢奋，这种亢奋和感情无关，只是和情欲有关。周小萌是他妹妹，虽然没有血缘，但从小一起长大，令他觉得有一种乱伦似的错觉。男人都会有些奇怪的遐想，所以有时候周小萌挺能让他觉得满足的。

但任何一次，都不似今晚这般餍足，最后他觉得自己都快要丧失理智了，一次比一次冲击得更用力。周小萌的手无力地搭在他身上，双眼微垂，终于等到周衍照重重喘了一口气，咕哝了一句什么，她只听清似乎是"凌希"两个字，他就倒下去了。

周小萌把头慢慢偏开，努力想要离他更远一些。周衍照却不肯放过她，微闭着双眼，将汗意濡湿的额头抵在枕头上，说："你又哭什么？"

"我没哭。"

周衍照笑了一声："一次才挣五千，这都哭两回了，倒欠我一千。"

"我要去洗澡！"

"你跟你们学校那个萧思致，怎么回事？"

周小萌身子僵了僵，竭力镇定，唯恐露出什么破绽："萧老师？你问他干什么？"

"听说是他救了你。"

"他路过。"

"不是约好了一起吃饭？"

周小萌冷笑："我要是约了他吃饭，怎么又会遇见打劫？"

"萧思致的身手不错，一对八都没有让人把你给抢跑了。"

"你想说什么？"

"我找人查过了，姓萧的原来是学体育的，父母做点小生意，找关系进了你们学校当辅导员，这学期才刚上任。"

周小萌笑了笑，说："我挺喜欢萧老师的，他长得挺帅的！"

周衍照凝视了她两秒钟，才说："真喜欢？"

"是啊，而且萧老师对我也不错……"她知道这个时候说得越暧昧，周衍照反倒越没有疑心。所以索性搂住周衍照的脖子，娇嗔似的问："哥哥，你吃不吃醋？"

　　周衍照把她的手臂拉下来，说："别装了，你哪怕把姓萧的弄家里来，在我面前演活春宫，你看我吃不吃醋？"

　　周小萌眼波闪了闪，起身说："我去洗澡。"

　　"既然你这么喜欢那个姓萧的。"周衍照的声音却慢悠悠响起来，"我会好好照顾他的……"

　　周小萌不解地回头，看了他一眼。

　　"你们萧老师有个业余爱好，你一定不知道吧？"

　　"什么？"

　　"玩百家乐，而且玩得极大。他那点工资，全填进去还不够。"

　　周小萌问："这次绑架他也有份？"

　　"那倒没有，这次绑你的人是谁，我心里有数。"

　　周小萌说："我一个学生，成天出家门就进校门，那些人绑我，还不是冲着你来的。你在外边做事情，也稍微积点德，我的死活你反正压根不用放在心上，只是怕到时候人家把主意打到你心肝宝贝身上去。"

　　"谁是我心肝宝贝？"

　　"有什么好装的？"周小萌鄙夷地说，"不就是孙凌希。"

　　周衍照哈哈大笑，笑到最后，才随手拿起床头柜上的烟盒，点了一支烟，吸了一口，吐出大片烟雾，不紧不慢地说："周小萌，你成天装来装去，就数这回装得最像。"

周小萌休完两天病假才去上课，因为落下好几节课，所以借了同学的笔记去复印，在校门外复印的小店里正好遇见萧思致。周小萌拿不准他是否是特意挑了这个地方见面，还是偶遇，只得笑着叫了声："萧老师。"

萧思致是来复印一些资料的，周小萌身上正好没零钱，萧思致就把钱一并给了，周小萌于是说："萧老师，我请您喝饮料吧。"

萧思致笑眯眯地答应了，两个人去小超市买了饮料，一边喝一边走，随意地聊着，看在别人眼里，似乎再正常不过。萧思致一手拿着复印好的那些资料，一手拎着瓶绿茶，脸上虽然笑着，语气却挺严肃："我让你去我的办公室，你怎么不去？这两天你请病假，是真的病了吗？"

周小萌明知道前后左右都没有人，也没人听得见他们的交谈，但仍旧觉得非常担心，说："我哥哥找人查你了，我怕他生疑。"

"你哥哥说什么了？"

"他说你玩百家乐，赌得很大。"

萧思致笑着说："他还真是名不虚传地谨慎，想必连我欠多少高利贷都查得一清二楚……"

周小萌一直想问的，却是另外一件事："你那天为什么救我？你一直在跟踪我吗？"

"老板交代过，一定要保障你的人身安全。那天我出手是冒昧了一点，可是那些人一看就是训练有素，不是普通的绑票，我怕你生命有危险。"萧思致说，"幸好我在大学学的是体育，身手好一点，也不至于让他生疑，所以我就冲上去了。"

"要是万一……"周小萌觉得很忧虑，"我哥哥那个人喜怒无常，他那天晚上见你……也许并不是因为你救了我……"

"老板都安排好了，你不要担心。"萧思致说，"其实我急着找你，是因为另外一件事，孙凌希的底子有问题。"

周小萌的心一跳，问："什么？"

萧思致仍旧是笑眯眯的，提醒她："不要紧张，你正在跟辅导员说话，不要看上去这么紧张。我又没有权力宣布你哪科不及格。"

"对不起。"她就是做不到像他一样，明明在讲大事，却跟开玩笑似的，远远地被人看见，一定以为他们是在说些不相干的闲话。

"你没受过专业训练，所以老板很担心，叫我一定照顾好你。"萧思致说，"老板让我转告你，让你别在家里打听什么了，省得周衍照生疑。"

"孙凌希她……"

"看上去太干净了，对吧？所以老板才觉得她有问题，现在几处外调的人都回来了，资料汇合在一起，查出来她真不是那么简单。她爸爸肾衰竭，前年才做了换肾手术，你猜猜谁替她找到的肾源？是她一个远房堂兄，街头小混混孙二。你知道孙二真正的老大是谁吗？你哥哥最大的死对头，西城蒋门神蒋庆诚。"

周小萌迟疑了一下："哥哥知道吗？"

"应该不知道吧，否则以你哥哥那疑心劲，他要知道孙凌希跟蒋庆诚沾边的话，早就翻脸了。"

周小萌沉默了片刻，萧思致说："我们的人盯了这么久，一直都没发现她跟蒋庆诚的人有接触，也或许，是我们想太多了。不过如果她真是蒋庆诚的人，那你哥哥这次可真中美人计了。"

周小萌咬了咬嘴唇，萧思致安慰她："也不是什么坏事。一来她不见得是蒋门神的人；二来，跟咱们没关系。老板已经让盯着的人留神，孙凌希在明我们在暗，不会有什么破绽的。"

周小萌问："能再给我一个手机SIM卡吗？原来那张，我当时害怕得很，上次给你打完电话之后就剪碎冲进洗手间了。"

"可以，回头我混在书里给你快递到寝室。"萧思致笑眯眯地说，"这次我给你挑了两本东野圭吾的，可好看了！"

周小萌隔了两天才收到书，小小的SIM卡被双面胶粘在书腰封的卡口内侧，很隐秘，她差点找不到。那两本崭新的东野圭吾的书她拿起来翻了翻，觉得开头挺吸引人，于是就一口气看下去。这一看就差点忘记了时间，直到司机打电话来，她才发现已经到了回家的时间。

自从上次她出事之后，司机就换成了经常给周衍照开车的老贾，老杨到哪里去了，她也没敢问，怕问了之后自己内疚。她任性出事，总是连累身边人倒霉。若是关心老杨的下落，没准更惹毛了周衍照。

老贾开车比老杨还要沉默，一路一句话都不说。周小萌也不想说话，车窗上贴着深色的反光膜，往外望去，整个世界都隔了一层，疏离而冷漠。她其实很想跟同学一样，搭公交回家，把脏衣服床单带回去洗，拿干净的来换上，到家大包小包的脏衣服，就会被妈妈念叨不懂事……

可是入学第一天，她就跟别人不一样，别人都是父母送来报到，只有她是司机和保姆。两个阿姨替她收拾的床铺，寝室里的人都知道她家里条件特别好，每天司机接送。

车子驶进周家大门，远远看到旁边车库里门还没关上，正是周衍照的车，大约是刚回来。果然，一下车李阿姨就告诉她："十少爷回来了，还带了孙小姐来。"

周小萌听说孙凌希来了，心情不由得有些复杂。周衍照这样子，是真的认真了吗？

客厅里气氛倒还好，孙凌希坐在沙发里，茶几上放着一杯茶。今天孙凌希穿了条宝蓝色的裙子，长长的卷发束起来，整个人看上去既温柔又甜美。而周衍照就相对懒散许多，衬衣扣子解开了，领带也歪着，两只脚跷到脚凳上，也不知道正听孙凌希说什么。周小萌很少看见他穿正装打领带，不由得多看了两眼。

"哥哥，孙姐姐好。"

"小萌回来了。"孙凌希微笑着站起来，倒像是女主人迎接客人的样子。

周小萌看了周衍照一眼，说："哥哥，没事我就上楼去了。"

周衍照有些心不在焉，点了点头。周小萌上楼换了件衣服再下楼，原来今天是孙凌希的生日，所以周衍照带她回家吃饭。

周小萌得知之后不由得说："哥哥也不早点告诉我，我好给孙姐姐准备一份礼物。"

"得了吧，你的钱不全从我这儿挣的，还给人买什么礼物。"周衍照一边说，一边轻轻笑了声，转过脸去对孙凌希说，"我这个妹妹，成天管我要钱，就嫌钱不够花。"

周小萌忍住不让自己发抖，她想自己的脸色一定难看得很，只听孙凌希含笑答："小姑娘其实都这样，零花钱永远觉得不够用，我从前也是这样，只管问父母要……"周小萌借口要去厨房看菜，就走开了。

晚饭吃到一半，小光拿着手机进来，交给周衍照。一定是很重要的电话，因为周衍照看了一眼手机屏幕就起身，上楼接电话去了。没一会儿他下楼来，歉意地说："公司那边临时有点事，我得去处理一下。凌希，真对不住，今天你生日……"

"没关系，没关系。"孙凌希挺善解人意的，"正事要紧，再说生日年年过，有什么打紧的。"

周衍照就这么匆匆走了，周小萌不知道他接了谁的电话，又是去处理什么样的事情，所以有点心不在焉。而孙凌希反倒过来照顾她："小萌，你吃菜呀，饭都凉了。"

两个女人没滋没味地吃完了饭，把只喝了一点汤的周彬礼送回了房间。孙凌希本来打算告辞，周小萌却改了主意："孙姐姐，我请你看电影吧？"

孙凌希没想到她会主动邀约自己，怔了怔才笑着说："好呀。"

司机听说她们要去看电影，却为难起来，说："十哥交代过，电影院里太黑……"

周小萌等的就是这句话，说："电影院太黑？这算什么话，哪里看电影不黑？"

司机不再分辩，却说："小姐，您给光哥打个电话吧，光哥要是答应，我就送你们去。"

周小萌说："那你就打给他，难道还要我打电话给他？"

司机只觉得今天的小姐脾气格外大，只得打电话给小光。讲了几句之后，就把电话递给她："光哥说，他跟您讲。"

小光的声音仍旧那么平静："小姐要看电影？"

"是的，我想看电影。"

"××影院七号厅，让老贾送您和孙小姐过去。"

周小萌带着孙凌希去电影院，果然安排好了，那个影厅在单独的一层楼，只有一条走廊进去，门口有两个人，厅里还有四个，都认得老贾。周小萌坐下来，影院经理就问："两位小姐要不要爆米花？饮品需要点什么？"

周小萌要了特大桶的爆米花，孙凌希只要了瓶矿泉水。偌大的影厅里，就他们几个人看电影，门口的应急灯还亮着，雪白的光线很刺眼，映得银幕都发白。周小萌一边吃爆米花，一边对孙凌希说："瞧见了吧，以后你要是跟我哥哥看电影，比这个阵仗还要大，门口起码有四个人，后门四个，另外还有两个人在放映室，十来个保镖守外围，你说，他到底有多怕死？"

孙凌希笑吟吟的："如今世道不太平，生意做得大，招人眼红，谨慎一点也好。"

"你怎么认识我哥哥的？"

"说起来也挺偶然的，你哥哥公司的办公楼不紧邻我们图书馆吗？他那办公楼四楼平台上的中央主机，正好对着我们图书馆的办公室窗子。夏天一开中央空调，我们办公室就成了蒸笼。所以我们领导就去找你哥哥，希望他们能把中央空调挪一挪。不过去了几次，你哥哥都不在……别人又都推说做不了主……"

周小萌心想，他哪怕天天在办公室，也可以装成不在，不愿意见的人，叫秘书挡驾就是了。果然，孙凌希说："我们领导猜他是避着我们，干脆就想了个守株待兔的主意，给所有员工排了一个时间表，每个人都必须交接班，天天盯在你哥哥的办公楼里，就希望能把他给堵住。"

孙凌希说到这里，忽然笑了笑，她笑起来脸颊上有酒窝，非常甜美："那天正好轮到我值班，结果恰巧看到你哥哥从办公室里出来。我一边给领导打电话，一边就想拦住他……结果小光伸手把我一拎，就拎到一边儿去了，我都吓蒙了。你哥哥说，放下放下，怎么能对女孩子这样，简单粗暴。"

周小萌也笑了笑，孙凌希笑着说："不过，我还是没拦住他呀。后来有一天下班的时候，突然下暴雨，我在图书馆门口等出租车，怎么也拦不到车，正好你哥哥路过，就问我搭不搭他的车。我犹豫了一下就上车了，后来你哥哥说，真没见过我这样胆大的，也不怕被他卖了……"说到这里，孙凌希停住了，似乎想起什么甜蜜的细节，嘴角含着笑意，脸颊晕红。

周小萌也不追问，"咔嚓咔嚓"吃着爆米花，倒是孙凌希停了片刻，又说："其实我知道一点，你哥哥是做什么的。平常生意人，哪像他那样谨慎，连睡觉的时候枕头下都放一把枪。"

周小萌把舌头咬了，她顺势吮了吮，转过脸叫人："给我瓶可乐。"

冰镇可乐很快送来了，周小萌喝了两口，碳酸饮料刺激伤口，她就搁到了一边。她拍了拍衣服上的爆米花碎屑，说："你跟我哥哥以前的那些女朋友，不太一样。除了一个。"

孙凌希明显怔了一下，周小萌说："那个女孩儿叫苏北北，我哥哥认识她的时候，她还在读书呢。我哥哥特别喜欢她，是真的喜欢，那女孩儿跟你一样，压根不是我哥哥那圈子的人，什么都不懂，跟一张白纸似的，我哥哥就喜欢这种，他喜欢女孩儿单纯，最好是学生。他读书那会儿，就最喜欢追学习委员之类的女生。他说，看着好女孩儿为他这种坏男生动心，摇摆不定，是最有趣的事情。他跟苏北北好的那时候，我爸爸还没出事，但我哥哥已经帮着他在管公司的一些事，所以得罪了不少人。我哥哥挺谨慎的，可是最后还是让仇家知道了，绑了她向我哥哥勒索。我哥哥不答应，仇家就每天砍两根手指，送到我哥哥的办公室，到了第三天的时候，我哥哥终于答应跟对方谈条件。到茶楼坐下来，我哥哥说要先见见人，对方人多，想着他也没办法把人救出去，就答应了，让人把苏北北带到我哥哥面前，我哥哥一枪先把她打死了，然后带着手底下的人，全身而退。"

周小萌看了一眼脸色苍白的孙凌希，说："吓着你了吧？你别害怕，说起来是五六年前的事了，现在没人敢这样做了，因为后来我哥哥把那些绑票的人炮制得很惨，连那些人的父母妻儿，一个也没放过。所以江湖上都知道，拿他的女人威胁他，没用。而事后的报复，可能超过想象。"

孙凌希嘴角微动，过了片刻，才说："前阵子不是……有人想绑架你吗？"

周小萌抓了一把爆米花，"咔嚓咔嚓"嚼着，说："连这我哥哥也告诉你了？我不一样，外头人都晓得，我哥哥最讨厌我了。我跟他没血缘关系，要不是我爸都伤成这样，还天天在嘴里念叨我，他早把我赶出去了。"

孙凌希又怔了一下。周小萌说："我爸是被人暗算的，狙击手埋伏在街边的阳台上，那天我妈在车上，她把车窗玻璃放下来，让狙击手开的枪。"

孙凌希声音干巴巴的，问："为什么……"

"我不知道。"周小萌说，"事先我被我妈骗走了，让我去加拿大读书。我因为事在北京耽搁了两天，后来在机场接到电话，说我爸出事了，我赶回来就已经这样了。据说她付了几百万，找了最好的职业杀手。没人告诉我，她为什么下手。她跟我爸虽然不是结发夫妻，可是感情很好，我爸特别宠她，要什么给什么。连我都跟着沾光，从小跟他亲生女儿似的，跟他姓，管他叫爸爸。"

孙凌希似乎有些手足无措，过了片刻方才镇定下来，说："你哥哥也不见得讨厌你，我看他平常对你还挺不错的……"

"孙姐姐，你不了解我哥哥。"周小萌突然笑了笑，说，"他是真的，真的……喜欢你。"

孙凌希没想到她话锋一转，说出这样一句话来，于是也笑了笑。

"你是他带回来的第一个女朋友，也许你们将来还会结婚。我哥哥这个人挺有洁癖的，别看他长得像花花公子，但他从来不跟两个女人同时交往，总是结束了一个，再开始一个。有时候呢，就是结束得太快了一点，所以看上去好像总是在换女朋友。他跟你交往这么长时间，保证你不会觉得，他另外有女人……"

孙凌希突然打断她："有。"

周小萌愣了愣，孙凌希说："就前几天，我看到他胳膊肘上有个牙印，女人咬的。你哥哥这个人，你觉得什么样的女人，才敢咬他？"

"我不知道。"周小萌笑了笑，"我告诉过你，我跟他关系其实不好，他不会在我面前讲他自己的事。就连你，还是他带你回家，我才知道的。你也不用太疑心，有时候他陪客人应酬，夜总会里的小姐们磕了药，疯起来没轻没重的。"

孙凌希说："谢谢你告诉我这些。"

"不客气。"周小萌犹豫了几秒钟，终于还是说，"那天你到家里来，我爸爸曾经说过，你很像一个人。"

孙凌希看着周小萌，周小萌说："我觉得还是不要瞒着你，你长得挺像那个苏北北，就是被我哥哥亲手一枪打死了的那个女孩儿。"

【五】

孙凌希身子猛然一颤，周小萌伸手握住她的手，笑着说："孙姐姐，都是我不好，不该讲这些给你听。你别跟我一般见识，我其实挺喜欢你的。"

这时候孙凌希的电话响起来，她接完电话之后，就对周小萌说："你哥哥说，过会儿来接我们。"

周小萌没想到周衍照会来，孙凌希主动说："你放心，今天你说的话，我都不会告诉你哥哥。"

她们看完电影下楼，果然看到周衍照的车。周衍照没有下车，小光替孙凌希打开车门，孙凌希上车之后，他就把车门关好了。周小萌也没有说什么，径直上了自己的车，没想到小光跟过来，拉开副驾的门，坐上去。

周小萌问："你怎么不跟着我哥哥？"

"十哥放我假，所以我送小姐回去。"

周小萌没再说什么，等到家之后，小光却一直跟着她进了客厅："十哥有话让我转告小姐，孙小姐是周家未来的女主人，也是小姐未来的大嫂，十哥不喜欢有人说三道四，更不喜欢，让孙小姐听见什么不开心的话。"

周小萌突然笑了笑："我已经让那个女人不开心了一晚上，要杀要剐，随便他。"

她转身上楼，把小光扔在楼梯底下。

周小萌这天晚上睡得格外沉稳，一直到凌晨三四点钟，正是安静的时候，突然一声响，正是房门被踢开的声音。周小萌虽然醒了，但懒得动弹，被周衍照从床上揪着衣服拎起来，推倒在地毯上。

周小萌后脑勺撞在床栏上，顿时觉得痛不可抑。她却笑了笑，坐倒在那里没有动："哥哥，春宵苦短，怎么回来得这么早？"

周衍照踹了她一脚，黑暗里头看不清楚，正好踢在她下巴上，她牙齿被踢得撞在舌头上，又把舌尖给咬了。周衍照这一脚踢完，才觉得出了口气似的，蹲下来，一边笑，一边捏着她下巴："周小萌，你活腻了是么？"

她本来下巴就被踢得剧痛，几乎脱臼，被他这一捏更痛，连说话都含糊了："我就是活腻了……"

"你活腻了也不准死。"周衍照冷笑，"死多痛快啊，你别做梦了。"

周小萌也笑了笑："我早就不做梦了，倒是哥哥，你还在做梦呢？孙凌希不就是长得有点像苏北北吗，你还真打算娶她啊？"

周衍照放开手，坐到了床沿上，随手点了支烟："我娶不娶她，关你屁事。"

"当然不关我的事。"周小萌背靠着床沿，筋疲力尽似的，"只是你快要跟她结婚了，我们不能还这样吧？我妈的医药费，我上哪儿弄去呢？"

"所以你想把我跟她拆散了……"周衍照吐出一大片烟雾，随手把烟拧熄了，"要不，我替你再找个金主儿……"

"好啊。"周小萌说，"找个人傻钱多的，还有，体力不要太好，像哥哥你这样的，我吃不消。孙姐姐想必也吃不消吧，不然哥哥干吗还要找我啊？"

周衍照俯下身，重新捏住她的脸，说："别以为我听不出来你在骂人，你以为她也像你一样，是出来卖的？"

周小萌连头都没有偏一下，说："一巴掌一万，我就算出来卖，也是高价。多谢哥哥这几年照顾我生意，等攒够了钱，我一定像我妈一样，找个最好的杀手，痛痛快快地给你一枪。你怎么不带着枪跟我睡呢，还是觉得我没胆量给你一枪？"

周衍照冷笑："你要算是没胆量的，这世上的女人就全是胆小鬼了。"

　　周小萌"嘿嘿"笑了两声，周衍照问："你笑什么？"

　　周小萌慢条斯理地说："看来孙姐姐没把哥哥伺候好，这么晚了，还这么大的火气，专门回来踹我窝心脚。"

　　周衍照知道她在激自己生气，只是"哼"了一声，不搭腔。周小萌反倒得寸进尺，抱着他的双膝，好像孩子般天真："哥哥，要不我来试试？"

　　周衍照忍住再踹她一脚的冲动，似笑非笑："也是，你还要攒钱买凶杀人呢，不卖力做生意，怎么行？"

　　周小萌也不说话，把他推倒在床上，眼波闪闪，仍旧是一派天真的样子："哥哥，其实我一直想问，苏北北到底有哪里好，这么多年，你念念不忘……纯粹只是因为内疚吗……"

　　周衍照被她压倒在床上，笑起来声音发沉："是啊，我就是喜欢她。"

　　周小萌两只胳膊肘都搁在他胸口，一手支着下巴，一手却玩弄着他的耳垂："都五六年了……你这样子，要是让孙姐姐知道了，该多伤心。"

　　"你没有巴巴儿地告诉她吗？"

　　"当然没有，你的心肝宝贝，我哪儿敢惹。"周小萌撇了撇嘴，"再说，我可不敢跟她走太近，万一她又被人绑走了，你疑心是我把她卖了，我可洗脱不了这嫌疑。"

　　"那你还跟她看电影？"

　　"人家过生日，你把人抛下不管了，我是你妹妹，总得替你陪一陪。"周小萌俯身，轻轻咬了咬他的耳垂，"咦，哥哥，你洗过澡了？"他身上的气息十分干净，但不是家里沐浴露的味道。

黑暗中，她的眼睛像猫一样。周衍照盯着她的眼睛，最后却抓住她的手："周小萌，你今天晚上到底跟孙凌希说什么了？"

"没说什么。"周小萌语气越发地轻松起来，"我只是说你对她是真心的，她是你第一个带回家来的女朋友，可见很重视。还有，我告诉她，我们兄妹关系不好，你巴不得赶我出去。"

"就这些？"

"当然。"周小萌亲亲热热地搂着他，在他嘴唇上啄了一下，轻声轻气地说，"哥哥，你放心吧，我绝不会告诉她，她长得像苏北北。我更不会告诉她，为什么你喜欢苏北北。"

周小萌又请了两天病假，萧思致听说之后，不由得有些担心，但又不便再次贸然联络她。毕竟自己现在只怕已经进入周衍照的视野，如果太频繁联络，没准周衍照会生疑。萧思致把这几天来的情况综合考虑了一下，觉得周小萌应该不会有太大的危险，上次周小萌请病假的时候他就侧面打听过了，据说周小萌身体不好，一个学期总会请十次八次病假，所以他暂时地先稳住心神，若无其事。

到了黄昏时分，下雨了，又遇上周末，学校里更显得萧瑟。萧思致从食堂吃完饭出来，刚走到教工宿舍门口，突然有人拦住他："萧老师！"

那人很陌生，打着一把伞，彬彬有礼："我们老板有事，想跟萧老师谈谈。"

萧思致心中很警惕，但脸上的表情只是一点点错愕："你们老板是谁？"

那人回过身，看了看不远处的一台奔驰车，说："萧老师上车就知道了。"

萧思致跟着他走到车边，那人替他打开车门，又接过他手中那把伞。雨下得挺大，萧思致只好先躬身坐进车内，门被关上，车子轻微地震动了一下，便平稳地驶向校外。

萧思致第二次见到大名鼎鼎的周衍照，就是在雨幕中的奔驰车上。窗外夜色渐浓，驶出学校之后，街边的路灯正好亮起来，像是一串明珠，熠熠生辉。秋雨绵绵，让这个城市倒显得更洁净了，柏油马路被冲刷得乌黑发亮，连斑马线都莹洁如玉，所有的一切被笼在细密的雨丝里，一切都像是蓬勃带着簇新的气息。

周衍照倒是挺和气的，问："萧老师周末也不出去玩？"

萧思致自从上了车，心思就转得飞快。到了这时候，倒是一副随随便便的语气："也没什么好玩的。"

周衍照沉默了片刻，突然笑了笑："萧老师，那天我就说了，你救了我妹妹，我很感激，如果有帮得上忙的地方，请萧老师一定开口。可是没想到萧老师挺见外的，有困难了，也没想起我来。"

萧思致挠了挠头发，说："我爹妈好容易给我找了这工作，拿他们棺材本托的熟人，我实在是……你是学生家长，我……其实……就是……唉，我真不好意思，不过既然您都主动问了，我也就厚着脸皮了……您能不能借我点钱？我……我妈病了，急等钱用。"

周衍照不动声色："要多少呢？"

"四……四万……"

周衍照笑了笑，说："四万多难听，我给五万吧。要是不够，萧老师只管直说。你是我妹妹的救命恩人，四五万块钱，多大点事！"

萧思致吓了一跳似的，连声说："这怎么好意思……"

周衍照又笑了："萧老师还真是脸皮薄，这有什么不好意思的。四万九，你就只借四万，要是还不了尾数，高利贷公司追债到学校里来，也不大好看吧？"

萧思致又吓了一跳似的，一时语塞。周衍照笑着说："我虽然没读过多少书，可是有句话，我是挺赞同的。那句话怎么说来着，一个没有坏习惯的人，你是不可以跟他交朋友的。再说百家乐这种东西，只是个游戏，算不上什么坏习惯。今天带你去开开眼，瞧瞧真正好玩的东西。"

萧思致表面上赔着笑脸，心里却更加不安。而且车子是直接朝郊外驶去的，一直出了三环线，越走越是僻静。他心中忐忑，心想难道自己或者周小萌露出马脚，周衍照这是要杀人灭口？可是没道理要杀人他还亲自出面……

等车子驶进镂花铁门，沿着弯弯曲曲的道路，终于远远地见到庄园似的建筑，灯火辉煌，映得半山腰一片澄澄的金色，好似从山间凭空托出一只金盘，上头全是错金镂玉的琼楼玉宇。萧思致不由得在心里松了口气，这里无论如何不是杀人抛尸的好地方。

等车到了半山那幢主楼前停下，戴着白手套的门童上前来打开车门，声音响亮悦耳："十哥，您来了！"萧思致举目四望，只觉得建筑华美，掩在半山的绿树丛中，铺陈开去，却不见任何标志或招牌，直到进了大堂，一排美女齐齐鞠躬，娇滴滴的声音却异口同声："十哥，晚上好！"他才隐约猜到这是什么地方，但见经理笑吟吟地迎出来："底下大门打电话上来，说十哥您来了，我都不敢信。十哥这都大半个月不上山来了，定然是我们的酒不好，十哥嫌弃了。"

周衍照说："谁上你们这儿是喝酒来了？上次那姑娘把我的客人都得罪了，你们好意思还送酒送果盘？回头看见你们老板，看我不把果盘摔他脸上！"

经理一边赔着笑一边说："小姑娘不懂事，十哥何必跟她们一般见识。那天老板知道之后，立刻就跟我们说了，以后谁敢惹十哥生气，就把谁切成果盘给十哥赔罪。"

周衍照这才笑了笑，大厅里六只巨大的水晶灯，玲珑剔透光影重重，清清楚楚照着他的脸。萧思致在车里一直没看清，此时才见他嘴角有一道血痕，似乎是指甲划的，划痕既深且长，一直划到颊边。所以他一笑起来，那道血痕就好像笑痕似的，越发似笑非笑。

进了包厢，经理殷勤地招呼开酒上水果，周衍照说："今天主要是带个新朋友来见识见识，都说你们好，我看除了贵，也没什么好。"他坐在沙发里，沙发极软，整个人都半陷进去似的，气质慵懒，好似一只豹子盘踞在洞中，似乎快要盹着了。可是眼睛却是格外清醒的，在包厢幽幽的光线里，诡异地明亮。

经理打量了几眼萧思致，掩着嘴笑："这位老板面生，不过倒是好斯文，真像是个文化人。要不是太年轻，我都要猜他是大学教授了。"

"离教授也不远了。"周衍照把头一偏，"去，找几个知情识趣的来，不要像上次那样，矫情！"

经理笑着说："十哥，上次可是您说的，您那朋友，就喜欢矫情些的，我才让苏娜招呼他……"

"可她也不能因为我朋友说不喜欢《盗墓笔记》，就喜欢《鬼吹灯》，就一杯酒也不肯喝了……这矫情得还有道理吗？"

"哎呀，十哥！您都知道苏娜是南派三叔的粉丝，您那朋友说不喜欢《盗墓笔记》，她当然要翻脸啦……"

"去吧去吧，别废话了。"

"好嘞，十哥放心，这次我保管给您找几个聪明懂事，又知情识趣的姑娘！"

经理走后，萧思致才嗫嚅："周……周先生……这……这不大好吧？"

"什么？"

萧思致脸皮发热："我们学校有规定，老师要是……要是嫖娼……会被开除的！"

周衍照"噗"一声笑了："谁说要嫖娼了？不就是叫几个小姑娘来喝酒玩牌么？"

萧思致讪讪的，周衍照说："放心吧，你真想怎么样，也没人敢来这里抓嫖娼。没看到后边院子里停的车？虽然车牌意思意思地挡住了，可是宾利，全城就那么几台，香槟色只有一台。沈公子在这儿呢，谁敢来抓嫖娼？"

萧思致脸上更热了，"公主"送雪茄进来，跪在那里替他们切，烤好了点上，分别捧给他们俩。萧思致第一次抽雪茄，不怎么会，周衍照倒没笑话他，而是教他："别跟抽烟似的吸进去，只在嘴里打个转就行了。"话音未落，经理在外头敲了敲门，一堆美女涌了进来。虽然莺莺燕燕，可是也是挺规矩，个个含羞带怯地打招呼："十哥好，老板好！"

"这位老板姓萧。"周衍照的脸被笼在雪茄烟的烟雾里，显得暧昧不明，"今天你们谁把他哄开心了，我就送谁一只柏金包。"

为首的姑娘撇了撇嘴："十哥果然好大方，一只柏金包就打发我们了。谁稀罕似的？"

周衍照也不恼，笑眯眯地问："连这都不稀罕了，要什么呀？"

"十哥您带我出去吃消夜，给我多少只柏金包都不换！"

"哟，这嘴甜的，叫什么名字？"

"姬娜。"

"好，名字不错，过来，挨我坐。"

姬娜喜盈盈地坐了过去，其他的人则围坐在沙发上，有性子爱热闹的，就拉着萧思致开始玩骰子。姬娜依偎在周衍照旁边，软语娇声问："十哥是先唱歌还是先玩牌？要不我替您先点几首歌唱？"

"打麻将吧，好久没打麻将了。"周衍照说，"沈公子不是在这里么？他今天心情怎么样？要是心情不好，我去输点钱给他。"

"别提了。"姬娜凑在他耳边，窃窃私语，"沈公子今天可不高兴了，连老板都亲自出面陪着了。您千万别过去，过去了，输钱倒也罢了，只怕他赢钱也不见得高兴。"

周衍照也跟她窃窃私语："他为什么不高兴？"

"谁敢问呀？不过瞧那样子，倒像是受了女人的气。"

"哟，什么女人还敢给沈公子气受？"

"问世间情为何物，不过一物降一物。"姬娜眼波流转，明艳动人，笑盈盈地说，"就好比十哥您嘴边上这道……借我一万个胆子，我也不敢问，是哪个女人挠的呀！"

周衍照一愣，旋即哈哈大笑。

他笑声响亮，萧思致不由得抬头望了他一眼，周衍照恰巧看到，便朝萧思致招了招手，对他说："沈公子在这里，我得过去打声招呼。你先玩着，我马上就回来。"

萧思致连忙说："您请便。"

周衍照起身，几个人都连忙替他打开包厢门，小光也跟着他出去了，包厢里顿时少了一半的人。萧思致跟几个小姐玩了一会儿划拳，就说："怪无聊的，咱们来打牌吧。"

"好呀！萧老板喜欢玩什么？斗地主好不好，还是打升级？"

萧思致笑着说："斗地主人太少了，不好玩。我们玩人多一点的，梭哈你们会不会？"

"不会……"

"什么是梭哈？"

"不如萧老板您教我们呀！"

"就是！来嘛来嘛！我来拿牌，萧老板，要几副扑克？"

七嘴八舌吵得热闹，萧思致被一群女人拉到桌边坐下，自有人把那满地撒金斑的跳舞投灯关上，开了牌桌上方的吊灯，这灯光是专为打牌设计的，灯罩垂得低低的，照着牌桌上的绿绒面，好似一方墨玉。一帮莺莺燕燕，一边七手八脚地洗牌，一边围着萧思致撒娇。

"萧老板我们赌什么呀，谁输谁就喝一杯酒？"

"不行不行！谁输谁就脱一件衣服！脱到最后谁要不肯再脱了，或者连衣服都脱完了，就罚喝Hot Toddy……"

"云娜，你好死相！哪能这样？萧老板您别听她的！"

美女们一边说，一边笑，还有人轻轻推着萧思致娇嗔："萧老板说句话啊，到底赌什么？"

萧思致笑嘻嘻地拍板决定："就赌脱衣服！"

"萧老板您好坏！"

"快来快来，我们都不会，萧老板您要教的呀！"

"对，不许徇私，不许偏心……"

萧思致坐下来，一边给她们讲规则，一边又摊开牌给她们示范，那个叫云娜的姑娘格外殷勤，坐在他的椅子扶手上，半倾着身子替他看牌。旁边的几个人又不懂，围着萧思致问东问西，正是热闹的时候，周衍照回来了。看到全都围在牌桌边，于是问："玩什么呢？谁赢了？"

包厢里冷气虽然开得足，但萧思致还是觉得热，把衬衣领扣都解开了，笑着说："梭哈，她们都不会，我教她们呢……"

姬娜正捧了一杯茶给周衍照，周衍照刚刚喝了一口，听到他这句话，差点没把茶喷出来。姬娜连忙把自己的手绢递给他，一手把杯子接过来放在茶几上，一手轻轻拍着周衍照的背，防他真被呛着。周衍照缓过一口气来，才笑着骂："你们这群坏丫头，真欺负人家萧老板是第一次来啊？"

牌桌边的所有美女都"哧哧"地笑，萧思致这才装出一副恍然大悟的样子，说："怪不得呢……我看你们洗牌的手法挺熟练的……原来你们都是装不会……"

云娜轻轻捏着他的肩头，笑吟吟地说："萧老板别生气，我们也想哄老板高兴呀！不过说真的，萧老板一看就是经常玩的，我们姐妹这点雕虫小技，真赌起来，也是输的。"

萧思致讪讪的，周衍照知道他因为高利贷的事正不自在，说："左右没事，陪她们玩玩，就当是练手。你们又赌什么？脱衣服？"

"哎呀十哥，什么叫脱衣服，好难听的，我们叫'芙蓉三变'好不好？"

萧思致不懂，还是云娜凑在他耳边说："这里的姑娘们通常都只穿了三件衣服，连输三场的话，就没的脱了，所以才叫'芙蓉三变'。"她吐气若兰，热气喷在萧思致耳边，萧思致不由得连耳郭都红了。旁边的心娜就叫起来："你们看那两个，又说悄悄话！看来云娜今天是决心要拿十哥许的那个柏金包了！"

云娜被调侃了，倒也不恼，反倒大大方方承认："是啊，我就喜欢萧老板，萧老板特别像我本科的一位师兄。"

"萧老板，您可听真了，别上了云娜的当，她是把您当成师兄呢！"

"就是就是……"

萧思致倒是愣了一愣，问云娜："你本科的师兄？你哪个大学的？"

云娜仍旧是笑吟吟的，却捧一杯酒给他，说："老板，这里的规矩，我是不能说的。您也别问了，您看这良辰美景，相逢即是有缘，何必要把时间浪费在这种问题上。"

萧思致似乎是稀里糊涂就被她灌了一杯酒，云娜又拈了一片蜜瓜送到他嘴边，给他解酒。萧思致见一帮女人个个都玲珑剔透长袖善舞，怕自己真被她们灌醉了，又怕周衍照生疑，所以敷衍了一会儿，就寻了个由头，坐到沙发上来跟周衍照说话。

周衍照虽然带他来到这销金窟，自己却似乎半点兴致也没有，半躺在沙发里闭目养神，任由姬娜替自己按揉着太阳穴。他睁开眼睛看见萧思致坐过来，于是问："怎么了？"

萧思致挺不好意思似的，说："周……周大哥……您这样招待我，我……"

周衍照笑了一声，说："我说了，你救过我妹妹，不要这么见外。再说，我妹妹打小娇生惯养的，在你们学校里，说不定总有麻烦到你的地方。"

"应该的，应该的。"

周衍照正待要说什么，突然手机"嗡嗡"地振动起来，他拿起来看了看，没有接，重新搁回了茶几上。萧思致见他的样子似乎有点不高兴，于是也不敢再说什么。周衍照坐起来吃了块西瓜，小光又举着电话过来，有点为难地说："孙小姐找您……"

"就说我正忙着。"

小光拿着电话出去了，没一会儿重新进来，附耳在周衍照旁边说了几句话，周衍照似乎是大怒，一下子把手里的小果又扔进了盘子里，"叮"一响。声音虽然不大，但整个包厢里顿时安静下来，牌桌那边的说笑声戛然而止，所有人屏息静气，连大气都不敢出。

周衍照想了想，倒缓缓笑了："好呀，别拦着她们，让她们来。我倒要看看，这唱的是哪一出？"

萧思致就算是装糊涂，也只能小声问："怎么啦？"

周衍照淡淡地一笑，说："让你看笑话了。我的女朋友，不懂事儿，这两天我忙得没工夫见她，今天听说我在这儿，非得上来。"

萧思致听他说得不尽不实的，心里越发纳闷，可也只能赔着笑脸："现在的女孩嘛，都是这样。"

周衍照脸上的笑意越发畅快似的："所以我说萧老师将来一定要多担待些——你知道我女朋友是怎么知道我在这儿的？周小萌告诉她的，不仅告诉她了，还挺仗义地陪着她来呢！你说我妹妹……明知道她未来的嫂子是个醋坛子，还非撺掇她……"

萧思致听到"周小萌"三个字就心里一跳，但他仍旧很镇定，笑着说："周小萌同学我接触得不多，不过听她们同学说，她待人挺热情的。去年她们班有个同学的妈妈得了白血病，全班搞了一次募捐，周小萌捐得最多，可见她本心就是个爱帮助人的……"

周衍照笑了笑，说："今天不该带你来，回头让她看见你在这儿，岂不是很难为人师表？"

萧思致也笑了："那要不，我回避一下？"

"别，别。"周衍照说，"有你在这儿，我妹妹倒还不敢跟我闹腾。光一个女朋友就够我头疼的了，要是我妹妹再帮着她嫂子说我两句，我得哄两个女人呢，太可怕了！你在这儿镇着，起码她不敢不给我面子。"

萧思致看他含着笑意的眼睛，一瞬也不瞬地盯着自己，他也只好笑了笑，说："好，我陪您。"

"你说女人这种生物，到底成天在想什么呢？"周衍照又戳了一块香梨吃了，"你经常陪着她吧，她觉得你没有事业心；你忙起来顾不上她吧，她又觉得你不把她放在心上；谈生意偶尔应酬一下，逢场作戏，你说这多正常的事儿，可她要知道了一丁点风声，就跟你没完没了了……萧老师，你有女朋友没有？"

萧思致赧然一笑："还没有。"

"回头我给你介绍个好的。"

"谢谢周先生。"

"不用这么见外，我在家排行第十，你要不嫌弃，也跟他们一样，叫我一声十哥。"

"是，十哥。"

周衍照跟他说笑了一会儿，又去了一趟洗手间，出来之后对萧思致说："来，我们来赌两把。"

萧思致挠了挠头发，挺不好意思的，说："十哥，我虽然不聪明，也能瞧出来您是道上的大老板，跟您玩，我不敢。"

"没事，我们打麻将。谁输了谁吃西瓜。"

萧思致摸不透他在想什么，只好坐下来陪他打麻将，两个人加上姬娜和云娜，四个人凑了一桌。别的人都在旁边看牌，端茶递水。一圈还没有摸完，包厢门就被打开了，有人跟小光耳语了两句，小光就走到牌桌边来告诉周衍照："十哥，孙小姐和二小姐的车，进了底下山门了。"

"七万！"周衍照不动声色，打出一张牌，随手掸了掸烟灰。

萧思致今天手气不错，小赢了两把，周衍照倒是输了，萧思致心里清楚周衍照一定是高手，所以他丝毫不敢在牌技上玩假，可是周衍照竟然会输，萧思致倒弄不清楚他是何意。周衍照输牌，两位陪打的小姐就犯了愁。偏偏今天周衍照心情十分恶劣似的，连送上门的牌都不肯吃，每一圈都是闷着自摸，还偏偏摸不到。姬娜和云娜使出浑身解数，也没能让他成一副大牌，两位美人都有点银牙咬碎，出了一头细汗。

萧思致细心留意，已经发现坐在周衍照旁边看牌的丽娜会做小动作，她每做一个小动作，姬娜和云娜就会打出相应的牌。几圈看下来，摸到一点规律，萧思致也能知道周衍照缺的是什么牌了，这一次丽娜嘴角含笑，食指微弯，牌桌上另外三个人都知道周衍照是清一色的饼字，所以都往外头打饼字，只是周衍照不吃牌，慢吞吞摸一张，打一张，也不知道在想什么。最后他暗杠，扔了骰子摸了一张牌在手里，慢慢翻转。丽娜在旁边看着，掩住嘴只差要尖叫，偏偏这时候包厢门被推开，有人说："十哥，孙小姐和二小姐来了。"

周衍照哈哈一笑，把手里的牌扔在桌上，丽娜这才尖着嗓子叫出声："自摸杠开门前清清一色！这得多少番哪！"

周衍照笑着说："切三个西瓜来，叫他们吃。"

姬娜欢天喜地，好似要吃西瓜的人不是自己一样："我去叫他们切西瓜，一定拣大的，十哥您放心吧！"

萧思致转过脸，只看见门口站着几个人，因为逆光，所以那些人都朦胧似镶着一层金边。孙凌希肤色白皙，秀丽的脸庞轮廓被走廊里的灯映着，看上去就像是金镶玉，格外明丽动人。而周小萌脸上的表情看不清楚，只见她挽着孙凌希的胳膊，十分亲密的样子。

周衍照还没有开口说话，周小萌已经抢上一步，叫了声"哥哥"，说："你别生气，今天是我非拉着孙姐姐上这儿来的。路上她一直劝我回去，我说来都来了，你生气我们也得来。"

周衍照笑着说："生气？我为什么要生气？"一边说，一边漫不经心地挥了挥手。满屋子的莺莺燕燕顿时鱼贯而出，悄无声息走了个干干净净。小光带着人也打算出去，却被周衍照的眼神给阻止了。

小光留下来了，但他总有本事让人觉得他压根不在这屋子里。周衍照的那些保镖都有这本事，不言不语漠然而立，像柱子。

包厢里安静得只听见周衍照甩打火机盖子的声音，"啪啪"清脆作响。孙凌希这时候才看清楚了他的脸，脸色不由得变得苍白，她直愣愣地盯着他嘴角那道伤几秒钟，然后就不安地转过脸去，看着周小萌，说："小萌，我们还是走吧……你哥哥有正事……"

周小萌却看了一眼萧思致，说："萧老师，您怎么在这儿？"

"周先生说……要跟我聊聊……"

萧思致觉得气氛很微妙，他第一次见到孙凌希的真人，所以多打量了几眼，又望了望周小萌，最后只能尴尬地笑笑：

"要不我还是出去抽支烟……"

周衍照将头一偏，旁边自有人捧上烟卷，萧思致只好接过去，那人又替他点燃，萧思致只得连声道谢。周小萌眉头微皱，说："哥哥，有外人在这儿，你还是单独跟孙姐姐谈吧……"

"有什么见不得人的事？再说萧老师不算什么外人。"周衍照笑着欠欠身，"你们两个坐下吧，巴巴地跑到山上来，肯定是有要紧事。说吧！"

孙凌希勉强笑了笑，说："其实也没什么要紧，我原来是想给你打个电话……"

"这种事怎么能在电话里说呢？"周小萌笑着打断她，轻轻将她往前推了推，"去，坐到哥哥身边，慢慢告诉他，他一定觉得开心。"

孙凌希脸上的笑意仍旧有些僵，周衍照脸上的笑容却在一分一分地变浅。孙凌希半垂着头，吞吞吐吐地说："没事……过阵子等你不忙了，再告诉你……"

"哎呀，我都急死了。"周小萌笑得十分愉悦似的，"哥哥，恭喜你！孙姐姐怀孕了，你要当爸爸了！"

周衍照怔了一下，孙凌希双颊晕红，抬起头来看了他一眼。萧思致本来就尴尬，听到这句话，又看了一眼孙凌希。周小萌笑吟吟地说："哥哥都高兴得傻了吧？"

"是啊。"周衍照笑逐颜开，"我可不是高兴得傻了！怎么办呢，咱们先订婚吧，凌希？"

孙凌希本来心情很复杂，她将这件事告诉周小萌，本来是想让周小萌先帮忙探探周衍照的口风。没想到周小萌十分惊喜，非要立刻拖着她来见周衍照。孙凌希怕惹怒周衍照，于是连打了两个电话给周衍照，偏偏周衍照都没有接。一路上她都忐忑不安，到了此时听他说出这句话来，虽然不是说结婚，但订婚到底也算朝着结婚的方向去，她总算觉得心底松了口气似的，含羞带怯看了他一眼，低声说："好。"

"这就好了！"周小萌兴致勃勃，说，"这得抓紧了办，孙姐姐千万别累着，有些事交给哥哥操心好了。还有些零头碎脑的小事，我帮孙姐姐忙。订婚的话当然要大请客啦！哥哥的朋友特别多，家里不知道招待得了吗？要不要在酒店办呢……"

周衍照伸手将孙凌希搂进怀中，轻轻拍了拍她的背，对周小萌说："瞧你这样子，吓着你孙姐姐了……"

"我比哥哥还高兴呢，你们男人懂什么……"周小萌嗔怒似的看了他一眼，说，"孙姐姐快决定，订婚那天穿什么……不管穿什么，孙姐姐都是最漂亮的准新娘。"

孙凌希也没想到事情会是这么好的一个结果，笑着说："小萌你也太着急了……"

"当然要急的呀，哥哥你说是么？日子定在什么时候呢？最好是这个月内吧。这个月订婚，然后马上筹备婚礼……三个月应该足够了……"

周衍照说："那就这个月内吧，叫人看个好日子。"

他握着孙凌希的手，说："走，我送你回家。这么晚了，你该睡觉了。"又回过头，对萧思致说，"萧老师，麻烦你陪我妹妹先回去，然后司机再送你回学校，成吗？"

萧思致连声答应，几个人一起出去，经理一直送到了台阶下，亲自送他们分别上车，又含笑招呼："十哥，有空再来！"

上车之后周小萌整个人就隐在了车身的阴影中，萧思致坐的是副驾的位置，也不便回头跟她说话，只觉得周小萌今天晚上格外古怪，古怪得像是自己从来不认识她。他受过缜密的专业训练，仔细研究过周小萌的全部资料。今天晚上她的许多细微动作都表现出强烈的不安，萧思致起初以为她是担心自己暴露，后来直觉又否定了这个判断。

车子驶得又平稳又快，周小萌似乎终于打起一点精神来，问："萧老师，您怎么跟我哥哥在一起？"

"周先生说……他想谢谢我……"

周小萌便不再说什么了，车上有司机，她问这句话大约也是问给司机听的。萧思致想到别的事情，于是问："你身体好点了没有？"

周小萌这才想起来自己请了两天病假，说："没事，老毛病了，休息两天就好了。"

车子驶入市区，雨早就停了，只是路旁的树叶上积满了雨水，风一吹就稀里哗啦砸在车顶上，倒好似雨势更猛似的。等车停在了周家大门外，周小萌说："贾师傅，您送萧老师回去吧，我在这儿下就行了。"

"不不，我下车打车回去，不用送我了。"

"哥哥交代过。"周小萌已经打开车门，"这里不好打车，让司机送送吧。"一边说，一边已经按了门铃。用人来开门，正好墙头的树被风吹过，砸下一大片雨水，将周小萌的刘海都打湿了。她很轻盈地跳过大门上另开的小门门槛，钻进用人撑的大黑伞底下，回头笑吟吟说："萧老师，再见！"

萧思致看她最后那样子，似乎没有什么不高兴的，于是也招了招手："再见！"

因为晚上的雨下得不小，花园里积满了水，柏油车道上一洼一洼，都是亮晃晃的水渍。周小萌穿着高跟鞋，踩得水花微溅，那镜子似的水洼里，倒映路灯的光晕，一晃一晃，就散落得看不见了。李阿姨看到了，不禁抱怨："小姐都这么大的人了，怎么还跟小孩子一样，不高兴就专要往水里踩。"说了这句话，倒又叹了口气。周小萌到周家来也不过两三岁，周彬礼又宠她，下雨天她要到花园里玩，周彬礼打着伞陪她，她偏往水洼里踩，常常溅得周彬礼一身泥水。叶思容忍不住要管教，周彬礼总护着："小呢，不懂事。"

那时候的周小萌，真过着公主一般的日子。

本来周小萌从车上下来，还堆着一脸的笑，听到这句话之后，那笑终于撑不住了。进了客厅就冷着脸，径直上楼去。李阿姨说："小姐，要不帮您把浴缸的水放满，这立秋之后的雨，淋在身上要不得的……"

"我自己洗！"周小萌上了二楼，遥遥看了一眼走廊那端的主卧室，突然就走过去扭了扭门把。李阿姨都吓着了，问："小姐要什么，我替您去拿……"

"没事，我等哥哥回来，你把房门打开。"

李阿姨说："这不成……"

"打开！"

李阿姨听她声音都变了调，总归她是这个家里半个主人，只好摸出钥匙来，打开房门。周小萌倒柔声笑了笑："没事，你下去吧，我等哥哥回来。"

李阿姨不放心，走到楼梯口，回头又看她径直进主卧室去了，越发觉得不安，赶紧到楼底下去，打电话给周衍照。

周小萌把灯都打开，先从床头柜搜起，所有的抽屉都拉开，所有的柜门都打开，连浴室和衣帽间都不放过，最后终于从洗手间的浴柜里找到一个小小的密封袋，里面是数颗药丸。周小萌捏着药丸，下楼到地下室的酒窖里头，寻着那年份最久的一个架子，抽了一瓶葡萄酒，又去厨房拎了一只酒杯，施施然上楼。先斟了大半杯酒，然后拆开那袋药丸，数了数，拿了一颗含进嘴里，一仰脖子借着大半杯葡萄酒灌了进去。然后余下的药丸冲进洗手间的马桶，把袋子扔进垃圾桶。

她做完这些事，已经觉得腿发软，似乎站不住，天花板开始扭曲变形，她脚步踉跄，栽倒在大床上，用尽最后的力气，翻了一个身。

天花板上镶的是镜子，她看到自己躺在硕大无比的床上，黑色丝质床单好像幽暗的海底，而她就是一只海星，蜷曲着自己的触角，慢慢地逐浪漂浮。镜子里似乎有个洞，又似乎是天花板塌下来，有什么妖孽从那里伸出手，慢慢抚弄着她的脸，她觉得舒服极了，也适意极了，只差没有睡过去。

Chapter

02

往事终成风

【六】

也不知道过了多久，门"砰"一声被人踹开了，周衍照几步走过来，把她拎起来，用力拍着她的脸："周小萌！"

"哥哥，你回来了……"周小萌觉得自己舌头都大了，说话不利索，像喝醉酒，可是喝醉酒也没这么舒服。周衍照盯着她，目光锐利好似刀锋，突然就一松手，周小萌跌回床上，嘻嘻哈哈地笑着，像一条鱼翻滚在水里，说不出的舒适自在。周衍照进洗手间看了两眼，就立刻出来，把她拎进浴室："吐出来！"

"请你拿了我的给我送回来……吃了我的给我吐出来……"周小萌一边笑一边唱，唱得荒腔走板，"闪闪红星里面的记载……变成此时对白……"

周衍照把她扔进浴缸里，自己拿着花洒，开了冷水，对着她的头就是一顿猛冲。冰冷的水柱打在脸上，生疼生疼，周小萌尖叫一声扑过去，狠狠就给了周衍照一耳光。周衍照大怒，可是却没有打回去，周小萌还想打他第二下，却被他避过去了，抓着她的胳膊把她往水里按："你清醒一点！"

周小萌打不到他的脸，就抓着他的手，对着他的虎口狠狠咬下去，血的腥气充盈在齿间，顺着她的嘴角渗出来，周衍照痛得皱起眉来，只得捏住她的鼻子。周小萌窒息，只好松口，她好似一只兽，这时候倒机灵了，抓着扶手从浴缸里跳出来，就往外头跑。周衍照抓住她的腰，她拼命挣扎："你放手！你放开！"回过身来，乱踢乱打，周衍照把她重新按进浴缸里，她呛了好几口水，周衍照厉声质问："你吃了多少？吐出来！"

"我不吐……"周小萌晃着脑袋，好似很开心的样子，"堂堂周十少，养我总养得起吧？不就是磕了你几颗药，你心疼什么呀？我还你！我肉偿不行吗？"

"周小萌，你别疯了！"

周小萌本来是在笑，笑着笑着，眼泪就流下来了："周衍照，你竟然这样对我？"

周衍照愣了一下，周小萌已经扑倒在浴缸里，放声大哭。她这么一哭，周衍照倒冷静下来了，看了看湿淋淋的地板，四处寻了半天没找到什么合用的东西，突然看到洗脸台上的牙刷，于是抽出来，蹲下去捏住周小萌的下巴："张嘴！"

他捏得正好在骨骸关节上，逼得她不得不张开嘴，牙刷一直捅到嗓子眼，周小萌顿时干呕起来。周衍照把她从浴缸里揪出来，推到马桶边，说："吐出来！不然我就把你的头塞进去！"

抽水马桶洗刷得很干净，但周小萌反胃得厉害，终于搜肠刮肚全部吐出来了。周衍照看着她跪伏在那里吐了又吐，冷冷地说："上次我怎么跟你说的？没有下次了！你不拿我的话当回事是吗，还是觉得我是吓唬你玩？"

周小萌吐得乏力，挣扎地爬起来，打开水龙头，拼命地往自己脸上浇水。她本来从头到脚都湿了，这下更像是从水里捞出来，又像是从河里爬出来的水鬼。她抬起脸来看着镜子中的自己，有些虚弱地笑笑："周衍照，你结婚去吧，我不要你的钱了。"

"你以为你是谁？"周衍照的笑容一如既往的刻薄，"跟我多睡了几天，还把你睡出毛病了不是？"

"哥哥，如果有亏欠，我欠你的，已经还清了。"

"你敢说还清两个字？"

"我妈比你爸还惨！"

"那是你妈应得的。"

"那我欠你什么？我欠你什么？"

"你欠我的，多着呢！谁把你从小养到大？谁把你当成亲生女儿一样，是我爸爸！要不是他天天最高兴看到你，你以为你能站在这里跟我说话？周小萌，我知道你在发什么疯，我找什么样的女人不行，非得找你？我告诉你，你就是个玩物，玩物你懂吗？我拿钱买，你收钱卖，你有什么资格在这里发疯？你有什么资格跟我闹？我告诉你，以后你不准再私下里见孙凌希，要是我的话你再记不住，我就打断你的腿，叫你一辈子哪儿也去不了，乖乖待在家里陪爸爸！"

周小萌号啕了一声，是完全从嗓子眼里发出的那种声音，人在绝望的时候最悲恸的声音："你还给我！你还给我！"

周衍照甩开她的手，拎着花洒胡乱朝她脸上一阵乱冲："没醒就醒过来再跟我说话！"

周小萌哭得蜷缩下去，一边啜泣一边仍旧在挣扎："你还给我……"

周衍照手背上被她咬透了，伤口被冷水激得生疼生疼。他心中生气，扔下花洒反锁上门，下楼去寻医药箱，正好小光静静地站在楼底下，看着他下楼，也不问，就把手里的医药箱递过去。周衍照正好一腔怒火无处发作，接过去就把医药箱摔在桌子上，把瓶瓶罐罐都翻出来。小光仍旧没吭声，找出纱布倒了药粉，按在他手背的伤口上。大约是伤口被药粉刺激得很疼，周衍照忍不住皱了皱眉头，说："你小点劲，我又没断手断脚的！"

"我看十哥离断手断脚不远了。"

周衍照听了他这句话，不知为何竟然没有生气，只是冷冷地看着他。

"当初我怎么劝十哥来着？十哥心软听不进去。"

"我跟她从小一起长大……"

"十哥要记着那点兄妹情分，当初就应该当机立断，杀了算了，一了百了，每年去扫墓的时候，多买束花就是了。要不，打发得远远的，她不是要去加拿大吗，何苦再把她诓回来？让她活得生不如死，是十哥惦着兄妹情分吗？"

"你们今天都是反了？"

"不敢。"小光仍旧是那副冷冰冰的腔调，"起码，我不敢往十哥身上招呼。再野的性子，要不是十哥默许，她还能抓出伤来？十哥心软我知道，可是内疚这种东西，不该是十哥有的。十哥当初怎么教我们的？做我们这行，就怕有良心。既然连良心都不该有，何况内疚？十哥这么纵容她，总有一天会出事。"

周衍照目光锐利，就像是锋利的刀，可是小光不紧不慢地说完，手里也没耽搁，已经替他包扎完毕。周衍照收敛起怒容，突然笑了笑："你说得是，今天我是太纵容了，想着她心里不痛快，哭会儿就好了。"

"这种事，女人没有不伤心的。"小光不动声色，语气平静得很，"再说十哥开头的规矩就立错了，自从有她，就再也没有过别人，她还当十哥真拿她当回事了。孙小姐突然插进来，她当然觉得难受。"

"我那不是懒吗？女人这么麻烦的东西，叫我同时应付两个……再说外头的床，我睡不惯。"

"所以我说十哥开头的规矩就立错了，既然她是个玩物，十哥爱怎么着，就应该怎么着。睡不惯外头的床，带回家来不就行了。"

周衍照被他一句话接一句话，渐渐逼到无话可说，最后沉默半晌，说："是，你说对了，我内疚。"

"她不是拿钱了吗？十哥也给得不少了。外头的女人，哪有这么贵？"

周衍照显得十分疲倦："你不用说了，我都知道。"

"十哥不糊涂就好。"小光的语气听不出任何欣慰，反倒像是在嘲讽。周衍照忍住一口气，说："我不上楼去了，你找个人上去看看，她要是哭够了，就把她从我房里弄出去。"

"是。"小光答应了，却没有挪步，"还有件事，十哥曾经答应过我……"

"什么？"

"您要是一意装糊涂，我也就装糊涂，只是下回十哥要是再遣我办什么事，我就不动了。"

周衍照沉默不语。小光说："十哥心里都有数，还剩下多少，都交给我。这种东西，老爷子交代过多少次了，绝不能碰。"

周衍照终于开口，语气冰冷似渗着寒意："你倒会拿老头子来压我，你以为当年老头子还用少了？"

"所以一错岂可再错？十哥当初怎么跟我说的？说绝不会落到老爷子那种地步。"

"没了。"周衍照赌气，"她全吃了。"

小光瞳孔微微一缩，说："剩多少？会弄出人命的。"

"七八颗吧，我逼着她吐出来了。你上去看看，要是不行就送到侯医生那里去。"

小光略一思量，抓起周衍照搁在桌上的钥匙，快步上楼去。这里他比自己的家还熟，打开周衍照的卧室门，只听浴室里水声哗哗，倒听不到哭声。他用钥匙打开洗手间的门，一推开，突然劲风袭来，他身手极好，一个过肩摔就将人摔倒在地上。好在他手上留了后劲，没有使出全力，但周小萌被一掼摔在地上，后脑勺重重地磕上地面，顿时差点昏过去。小光看她脸色惨白，脸上全是水，身上衣服也全部都湿了，蜷伏在地上，连呼吸都显得十分微弱。他伸出手，试了试她颈边的脉搏，觉得没有太大的问题，想必是周衍照逼着她把药都吐出来了，于是说："小姐，我扶您站起来，您能走路吗？"

周小萌像是见到鬼似的，一把抓住他的衣襟，厉声尖叫："还给我！"

"二小姐，闹也闹够了。十哥已经走了，往孙小姐那里去了，我劝您，还是安分些吧。"

周小萌的眼神这时候才有了些焦距似的，喃喃地问："走了？"

"走了。"小光不动声色，拨开她的手指，然后扶着她的肋下，将她搀扶着站起来，"能走吗？要不我叫李阿姨上来。"

"不，我要妈妈。"周小萌十分虚弱，额头上全是涔涔的冷汗，"我想要妈妈……"

"小姐死心吧，十哥走了，做戏给我看也没有用。"

周小萌突然笑了笑，自从周彬礼出事之后，小光从来没有见她这样笑过，笑得那样明亮温暖，仿佛仍旧是周家那个千娇万宠的公主。小光想起第一次见到她，还是周衍照第一次带他来周家，她正好放学回家，经过客厅的时候，软声软气叫了声"哥哥"，然后嫣然一笑，拧身朝楼梯上走，那时候她穿雪白的公主裙，整个人就像电影里的白雪公主一般。周小萌笑完之后，突然就挣脱他的搀扶，转身朝窗子奔去。小光大惊，冲过去也来不及阻拦，她整个人已经翻出窗子，他最后也只来得及抓住她的一只手。周小萌整个人已经悬空，小光立时用另一只手勾住她的脖子，将她硬生生拖上来。

周小萌好似全身都脱了力，任由他将自己拖进窗内，然后软瘫在地毯上。小光的心怦怦直跳，是使力太过，他缓了一缓，才蹲在周小萌面前，说："刚刚的事，我不会告诉十哥。小姐别做傻事了，不然的话，吃亏的是小姐自己。这里是二楼，摔下去，半残不死，正好遂了十哥的心意。"

周小萌眼珠微微转动，像是再没力气说话。小光将她扶起来，半搂半抱。周小萌全身无力，都靠在他身上，她声音轻微，叫了声："小光。"

平常她客气一点的时候都是叫光哥，但通常只是视他不见。周小萌其实非常非常非常痛恨他，他心里也清楚。当初就是他在周衍照面前建议，要把她斩草除根，可是周衍照最终没有听他的。

"我哥哥很相信你……"

他仍旧沉默，周小萌却像是说悄悄话似的，越说声音越小："可是他嫉妒心很重，很重……你肯定知道……"

小光终于看了她一眼，声音仍旧平静："小姐想说什么？"

"我跟你打个赌……总有一天，他会杀掉你……"

小光充耳不闻，像是根本没有听到她说的话。

"他有多信任你，就有多受不了你的背叛……"周小萌冰冷的手指捧住他的脸，在他错愕之前，她柔软的嘴唇已经吻上他的唇。

电光石火之间，小光突然明白过来，猛然推开周小萌。周小萌被他推了一个趔趄，站稳之后才鄙夷似的微笑，看着站在楼梯口的周衍照。小光什么都没有说，周小萌反倒问："哥哥不是走了么？"

"我上来拿件衣服。"周衍照的目光根本没有落在她身上，而是看着小光，"你别理她，她这是嗑了药发疯。"

小光什么也没有说。周衍照走过来，拽着周小萌的胳膊把她推进她的房间，几乎摔了她一个踉跄："周小萌，别以为我刚刚忍了你，你就可以蹬鼻子上脸。小光是什么样的人，我再清楚不过，你别去撩他。"

在黑暗里周小萌的眼睛也闪闪亮，仿佛清泉映着月光："哥哥说这句，真是醋得很。要不是我知道哥哥对男人没兴趣，还以为你们俩才是一对呢！"

"我身边的人，你都不准动。"周衍照一字一顿地说，"不然，你再在床上睡三个月，可别怪我！"

周小萌轻轻笑了声，像猫咕噜似的笑，她伸出手，似乎想要摸一摸周衍照的脸，但他反应极快，"砰"一声就将门关上了，门差点撞在周小萌的鼻尖上。她站在那里，听着外面的脚步声渐渐远去，浑身的力气都像是被抽光似的，伏在门上，慢慢喘了一口气。

这天晚上她睡得极不安宁，梦见许多人和事。梦中人有张陌生的脸，握着她的手问："小萌，我们一起走吧……"

她轻轻地触一触那张脸，那个人就碎成了齑粉，被风吹得四散开去，连一点尘埃都不剩。

第二天倒是个好天，天气晴朗，秋高气爽。

周小萌没怎么睡好，眼皮微肿，吃早饭的时候周衍照不在。周彬礼今天格外不安似的，坐在那里不肯好好吃粥，护理怎么劝都不行。周小萌看不下去，走过去说："我来吧。"从护理手里把碗接过去。

粥还有些烫，周小萌舀了一勺，慢慢吹着，然后说："爸爸，吃粥了。"

周彬礼愣愣地看了她一会儿，突然问："小萌，谁打你了？"

"没人打我。"

"别骗爸爸……"周彬礼口齿不清，"你脖子……"

周小萌从来不愿意照镜子，这时候才低头细看，原来昨天小光勾住她脖子，把她拉上来的时候，将她脖子勒紫了。她说："没事，是昨天上体育课，单杠我没翻过去……"

周彬礼咧嘴笑了："翻单杠……小萌笨……"

周小萌也跟着笑："是，我怕得很……"小时候她最怕疼，从来不肯学溜冰，也不肯学骑自行车，怕摔倒。所以每次体育课，要是跳鞍马或者翻单杠，总是不及格。

"你妈妈说……女孩子要仔细……不要留疤……"

"嗯，我知道。"周小萌一边说，一边哄着他吃粥，"爸爸快点吃，不然我要迟到了。"

"你哥哥呢？"

"他上班去了。"

"没跟人打架？"

"没有，哥哥好久不跟人打架了。"

周彬礼的记忆又开始混乱了，像幼儿一样记不住时间顺序，只是被她哄骗着，迅速吃完了粥。周小萌拿着口水巾替他擦了擦脸，又说："今天天气好，让徐姐姐推您去花园看看，好么？"

"你上学……迟到……"

"没事，我马上就走了。"

"别迟到……"

她拎着书包出门，走到门口换鞋的时候才想起来，今天是周六。她坐在玄关的椅子上，一时有些发愣。最后还是把鞋子换了，把书包放下，拿了背包出门。

司机问她："小姐往哪里去？"

其实没有地方可去，她只是不愿意待在屋子里。她说："我要去看看新手机。"

司机载她到商场，然后亦步亦趋地跟着她。七楼全是卖电子产品的，有许多品牌的指定专营店，她一个一个地看过去，看到最后也没有买。对司机说："这些都不合适，我要去电子市场。"

司机犯了难，本市有一个著名的电子大市场，整整七层楼全是卖电脑和手机的。但那里每一层都是分包租出去的小店铺，不仅鱼龙混杂，而且如同迷宫一般。司机说："要不小姐说要什么样的手机，我让光哥派人去给您买。"

"哥哥不准我找小光。"周小萌一脸的不高兴，连嘴都嘟起来了，"你要打电话你打，我才不触这样的霉头！"

司机虽然听她这样说，但仍旧坚持给小光打了电话。果然小光接到电话听说是周小萌的事，犹豫了片刻，最后才说："你陪她去，别跟丢了就行。"司机从来没见过小光犹豫不决，这一吓可非同小可，所以挂断电话就对周小萌说："光哥让我陪您去……"他忍不住又自己加上一句话，"小姐，那个地方特别杂，人又多，小姐不能乱走，出了事，我担当不起。"

"我就是去买个手机。"周小萌挺生气的，"我又不是三岁小孩儿，成天怕我被别人拐卖。"

等到了电子大市场才知道，小光仍旧是不放心，所以专门通知了管这一片的"瓢把子"，人称"豪哥"的罗士豪。罗士豪为人最是豪爽不过，说："二小姐要来逛逛，那是给咱家面子，不过清场怕是来不及了，我多叫几个人陪着二小姐就是了。"所以周小萌一下车，就有七八条壮汉迎上来，齐齐叫了声："二小姐！"

周小萌心里老大不高兴，但也没有办法。司机紧跟着她，替她拎着包，那七八个人前呼后拥，好似开道一般，一进人声嘈杂的大卖场，就将她围在中间，筑起一道铜墙铁壁。那些人体格彪壮，身高都超过一米八，跟铁塔似的，周小萌被他们一围，踮起脚尖也看不到外头。

周小萌哭笑不得，偏偏罗士豪不放心，还专门打电话给司机，特意要求跟她说话："二小姐，您只管逛！这楼上楼下七层，看中什么，只管开口。您好容易来一趟，无论如何得给我们这个面子。"

周小萌只得笑着说："谢谢豪哥，回头我让哥哥多谢你！"

"不用不用！我欠老大人情多着呢！您今天就算用集装箱来拉货，这点小东道我还是做得起的，哈哈哈哈……"

　　周小萌听他说得不伦不类，只得客气道谢之后把电话还给司机，然后被七八条大汉挟裹着，慢慢朝前走。这时候正是九月开学之后不久，很多新生都趁着双休日到电子大市场来买电脑，所以整个一楼大卖场人声鼎沸，人潮拥挤得特别厉害。不过那七八个人都是跟着罗士豪看场子的，一路吆喝推搡，硬是在人群中挤出一条道来。周小萌见人太多，唯恐出事，说："别在这里挤着了，我上楼去看。"

　　谁知道二楼全是卖DIY电脑硬件的，人就更多了，周小萌从电扶梯上看了看，径直就上楼，一直到了四楼，这里全是卖相机的，人流才稀疏了不少。周小萌想不出来办法甩掉自己身边这么多人，只好磨磨蹭蹭看了一会儿相机，再上楼去看手机。

　　她身边这七八条大汉委实惹人注目，不一会儿卖场经理就过来了，老远就笑着打招呼："汪哥！刘哥！几位今天是要过来拿点什么货？要不上九楼办公室去坐一坐？"

　　"不用，我们二小姐过来了，我们陪着逛逛。"

　　"二小姐好！"卖场经理显然误会了，笑着说，"没想到豪哥的妹妹这么斯文漂亮。二小姐看中什么，我让店家拿来给您细看。"

　　周小萌灵机一动，问："您办公室在九楼？"

　　"对对！二小姐要不要上去喝杯茶？"

　　"喝茶就不用了……"周小萌笑得有点尴尬，"我想去洗手间……"

　　"好的好的！小姐这边请，这边有直达的电梯。"

　　说是直达电梯，其实是货梯，也幸得是货梯，这十来个人上去才没有超重，也没显得太拥挤。到了九楼之后，周小萌说："我去洗手间，你们就在这里等我。"

司机连同那几条大汉全是男人，当然不能跟着她进洗手间。司机特别细心，专门先敲了门，亲自闯进女洗手间看过，才让周小萌进去，自己还守在了门口。周小萌进了洗手间，关上隔扇的门，开始飞快地动脑筋。洗手间只有一个门，而且是朝着走廊，司机就守在外头，而那七八条大汉就在走廊里抽烟。洗手间只有一扇窗户，窗口很小，而且没有防盗网，望下去就是九层楼底下的街市，人和车都像玩具似的。

她咬了咬嘴唇，翻窗没戏，闯出去打晕九条大汉也没戏。看来今天这一趟，又是白来了。不过，也不见得是白来了，她一边打开水龙头洗手，一边想，办法是有的，就是稍微有点冒险。

出去之后，司机觉得二小姐的情绪低落得更明显了，她本来眼皮就肿着，现在也没消肿，而且一直很不高兴的样子。

周小萌问那卖场经理："您是这里的经理？"

"是，是，鄙姓郑。"

"郑经理，我能跟您一个人聊聊么？"

"好的好的。"郑经理显然很意外，七手八脚地将她让进自己的办公室。说是办公室，也是很小的一间，只摆得下一张桌椅，和一张特别小的沙发。周小萌皱着眉说："你们都在外头等我吧，我有话问郑经理。"

司机看屋子里确实没多大点地方，就跟那些人一起在走廊里等。周小萌压低了声音，问郑经理："您管这里整个卖场么？"

"是的，从一楼到七楼，都归我管……"

"有卖无线器材的卖家吗？"

"当然有了！整个六楼有一半都是……"

"小点声，我想买点东西。"

郑经理看她这样子，有点迷惑，问："您要买什么？"

周小萌似乎非常难为情，绞着两只手，声音更低了："我听说……听说……可以复制手机卡……"

郑经理反问："您要这个干吗？"

"我一个好朋友，她……她好像……她竟然跟我男朋友……"周小萌眼圈发红，"我也不知道我猜得对不对……"

"手机卡不能复制，那都是骗人的。"郑经理看到一位千金小姐泫然欲泣，不由得生了同情之心，"您别打这种主意了，那些都是骗子，不可能做到的。"

"我哥哥要知道，非打死我不可……"周小萌眼泪都快要流出来了，"您能不能帮帮我……"

郑经理看她泪眼盈盈，似乎真的又怕又羞又窘。觉得自己明明能帮上这位大小姐，于是豪气顿生，小声地说："复制手机卡，那确实是骗人的，不过要是想听到别人的电话，也不是没办法。"

周小萌吸了吸鼻子，问："那有什么办法？"

"小姐您坐一会儿，我去拿几个手机来给您看。"

"好。"周小萌仍旧有忧色，"可是门外头那几个人，他们要是知道了，告诉我哥哥……"

"没事没事，我保管拿上来的是手机，不会让他们看出来的。"

郑经理去了没多久，果然亲自搬了一只大纸箱上来，门外的人看那纸箱里堆得高高的冒尖，全是各式各样没拆封的手机外盒，于是也没多问。郑经理拿进屋之后，就一边给周小萌介绍手机，一边翻出一只小小的纸盒交给她，告诉她说："说明书都在里头，您一看就会。"

周小萌不动声色，飞快地将那盒子收进自己的包里，自从说要去洗手间，她便把自己的背包从司机手里接过来了。她又挑了两部手机，才叫外面的司机进来结账，早就被罗士豪的人拦住，说："小姐甭管了，我们豪哥说了，都记在他账上，多大点事呢！小姐要是想要别的，再叫他们拿来看。"

"不用，就这两部手机就好了。"周小萌特意挑了两部情侣机，然后让人包起来。司机替她拎着装手机的大纸袋，周小萌站起来跟郑经理告辞，说："真谢谢您！"

"没事没事！"郑经理笑呵呵的，"您下次再来。"

买完手机之后，周小萌又去了商场，选了两条领带，想了想，又买了一双男鞋，顺便选了一打袜子。周彬礼虽然站不起来了，但是每天仍旧是要穿鞋的。家里虽然护理用人一堆，但能想到给周彬礼买袜子的，也只有她了。

她中午饭就在商场里吃的，到了下午才回家，没想到一进家门，李阿姨接过司机手中的大包小包，悄声告诉她："十少爷跟孙小姐回来了。"

周小萌要上楼，必须得经过客厅，她哪怕再没心思敷衍，也只能乖乖走过去："哥哥，孙姐姐好。"

周衍照开着电视机在看球赛，漫不经心地说："你孙姐姐要搬过来住一段时间。"

周小萌微微错愕，旋即笑着说："那挺好的。那么订婚宴还是在家里办吧，气氛更热闹一些……"

"酒店办吧，家里连个女主人都没有，难道要让你孙姐姐自己操心？"周衍照一只手拿着遥控器，另一只手却抚弄着孙凌希的发梢。孙凌希有头乌黑顺滑的长发，发质好得几乎可以去替洗发水做广告。

周小萌还没有说话，孙凌希已经含笑说："其实也不用非办什么订婚礼……仪式这种虚文……"

"谁说不用办订婚礼？"周衍照说，"要办，要大大地办，办得风光好看！我周衍照的女人，什么样的订婚礼都不过分！"

"那还是找个公关公司吧。"周小萌笑着说，"回头我拿公关公司的名目来给孙姐姐过目。孙姐姐的房间收拾了没有？要不把我的房间先让给孙姐姐，我到一楼客房住，正好在爸爸房间对面，也方便照顾爸爸。"

"你房间小。"周衍照随意说，"二楼不是还有一间房，就叫凌希住那间。"

"那我让人去收拾。"周小萌转身朝楼上走。周衍照偏又叫住她："又买这么多东西，这个月零用要是超支了，我可不替你还账。"

周小萌忍住一口气，说："是给爸爸买的。"

"哟，爸爸还用得着领带？"

"你订婚，爸爸要穿正装。"

"那还有一条呢？"周衍照眼尖，早就把那堆纸袋都看了个清楚。

"给萧老师买的。"周小萌就等着他问这句话，所以答得格外清楚利索，"人家救了我一命，我总得表示感谢。"

周衍照嗤笑了一声："拿我的钱——表示感谢？"

"总比哥哥带他去山上公馆好！"

孙凌希看着两个人越说越僵，似乎都要吵起来了，连忙打圆场："好了，小萌累了，逛商场也挺累人的，快上去歇会儿。"转脸又对周衍照说，"小女孩儿，正打扮的年纪，这时候不花钱，什么时候花钱……况且她又不是给自己买，都是给家里人……你这当哥哥的，平日只见大手大脚，怎么对自己妹妹，反倒这么手紧……"

周衍照冷笑一声："一个月花我十来万，还嫌东嫌西不知足！我像这么大的时候，早就自己挣钱管自己了……也不看看自己是什么东西，现在是我供着你，真当自己是千金大小姐呢！我告诉你，你要毕业了我一分钱也不给你，你找得着工作么？养得起自己么？"

周小萌气得嘴唇直哆嗦，孙凌希看她要哭的样子，连忙推她上楼："上去歇会儿，你哥哥并不是跟你生气……来，我陪你上去，看看你给萧老师挑的领带……"一边哄一边劝，终于把周小萌拉走了。

一直走到了二楼，周小萌才拭了拭眼泪，说："孙姐姐，你别陪着我了，我叫人给你收拾房间去。"

"别急，还早着呢。你去洗把脸，没睡好吧？眼睛里全是血丝。小姑娘家，跟哥哥还怄什么气呢？他那脾气你又不是不知道，刀子嘴，豆腐心。"

"那是因为哥哥喜欢孙姐姐，所以才是刀子嘴、豆腐心。"周小萌提起来又要哭了似的，"哥哥一直讨厌我……"

"没有没有，他就是不懂女孩儿家的心事。你才这么点年纪，从小又是被捧在手心里的，有时候花钱哪里会计数。他也是这会儿想起来了，未见得每个月的信用卡账单他自己就看过，还不是底下人替他还款。用十万八万，他哪里清楚。"

周小萌这才好似老大不好意思："孙姐姐，你到我房里来坐坐吧，我洗把脸。"

"好。"

周小萌的房间虽然不大，但还算是个小小的套间，外面是起居室，孙凌希就在起居室的沙发里坐下了。周小萌给她倒了杯茶，倒又想起来："我都忘了，姐姐现在不能喝茶，我叫他们送杯果汁上来。"

"不用了，我就坐会儿，你去洗脸吧。"

周小萌笑了笑，进浴室去洗脸，孙凌希环顾四周，见墙上挂着几幅画，便站起来看了看。周小萌一会儿就洗完脸出来了，孙凌希说："墙上的这画倒不错，是买的么？"

"不是，是我妈妈画的。"

"噢。"孙凌希显然知道周小萌的生母在周家似乎是个禁忌，所以也没追问。换了话题说新买的东西，周小萌就一样样把纸袋打开给她看，打开到最后，却是一对情侣手机。孙凌希忍不住笑了："这是给谁买的？"

周小萌脸上一红，说："我告诉孙姐姐，孙姐姐可不能告诉我哥哥……"

"是给男朋友？"

"不是，是……是……给萧老师……"

孙凌希看她红着脸，吞吞吐吐的样子，不由得恍然大悟："啊！我知道了！原来你喜欢那个萧老师……"

"不是不是！"周小萌脸越发红了，"哎呀，不是你想的那样子，孙姐姐你别问了！"

"好，好，我不问了。"孙凌希笑眯眯的，"我先下去瞧瞧你哥哥，你别把他的话放心上，他今天心情不好，难免脾气大。"

周小萌将孙凌希一直送到房门外，才微笑着关上门。关好门她就拿出包里的那个小纸盒，拆开看果然是传说中的窃听器，只有一张手机SIM卡大小，却比SIM卡更厚些。她把盒子里的东西统统拿出来，然后仔细看过说明书，再把盒子连同说明书一起撕得粉碎，这才冲进马桶。因为怕马桶被堵上，特意又多冲了两遍。

看着抽水马桶中急剧旋转的水流，她怔怔地出了一会儿神，拿出一包拆封用掉一半的卫生巾，取了一个出来，小心地拆开外面的独立包装，把窃听器藏进去，然后又细心地粘好包装，重新放回袋中，搁回洗手间的浴柜抽屉。这才出来给小光打电话，劈面就问："我哥哥为什么把那个女人带回家？"

小光顿了两秒钟，才说："十哥愿意带谁回家，就带谁回家。小姐要记得自己的身份，别给自己找麻烦。"

"于小光，我告诉你，你们都别把我当傻子！你不告诉我原因，我就去问他，我现在什么都没有了，我也什么都不怕！"

"小姐有父，有母，有哥哥。"于小光慢吞吞的声音，听不出什么感情。但周小萌听出他的威胁之意，她哽咽着说："我受不了了，我要去学校，我要住校。"

"小姐从前不住校，所以现在也不能住校。"

"你要我待在这个家里，我受不了！"

"有得必有失，小姐有所求，只好有所失。"

"你当年不是挺喜欢我的吗？为什么你就不肯稍微帮一帮我？我哥哥给你下了什么蛊，你就这样忠心耿耿？"

于小光停顿了很长时间没有说话，周小萌开始啜泣："你帮帮我……算我求你……你帮一帮我……"

他把电话挂断了。

周小萌把脸埋在床单里，开始号啕大哭。也不知哭了多久，只觉得哭得累了，抽泣着把身体蜷起来，像婴儿在子宫里的姿势，像是希冀能有一层薄薄的壳，可以隔绝世上一切苦难的姿势，她淌着眼泪，竟然睡着了。

周小萌是被用人唤醒的，因为到了晚上吃饭的时间。不过周衍照跟孙凌希出去了，据说有家新开的餐厅，特意请了他们去试菜。周小萌打起精神来，趁着这时间，让用人把自己隔壁的房间收拾出来。幸好每日打扫，说是收拾，也不过是换上崭新的被褥，添上一两个花瓶，摆上鲜花。

周彬礼通常晚上都在自己房间吃饭，周小萌一个人吃完了晚饭，打了个电话给萧思致："萧老师，我想见见您。"

萧思致很意外，因为这不是常规的联络方式，但他很机灵地答："可以啊，什么地方方便？"

"您在学校吗？要不就东门外的快餐店？"

"好。"

周小萌拿着手机叫司机送自己去了学校，东门外的快餐店是二十四小时营业的，灯火通明，经常有很多学生在那里做作业。萧思致已经在店里等她了，看她进来，举手跟她打了个招呼。司机虽然也跟她进了店里，不过很知趣，买了杯饮料就坐到另一张桌子上去了。

"怎么了？"萧思致的语气并不焦虑，可是眼神却很担心。

"没事。"周小萌从包里把那条领带和手机都掏出来，说，"萧老师，这是给您的……"

"这……"萧思致连忙摆手，"你拿回去，我不要……"

"不是，那天您头都被打破了……我一直觉得……没机会谢谢您。您收下，东西都不贵，是我的一点心意……"

"你哥哥已经谢过我了，真的！"

"哥哥是哥哥，我是我！萧老师您就拿着吧，我都买了……"周小萌似乎撒娇一般，"您要是不肯要，那肯定就是嫌不好……"

"不是不是！"

推让再三，最后萧思致还是把东西收下了。当然他眼神里满是疑惑，周小萌此时也不便解释，跟他闲聊了几句，又问："萧老师，晚上有事吗？"

"没有，你有事尽管说。"

周小萌笑眯眯的："真巧，我也没事，我们去操场散步吧！"

萧思致会意，立刻就答应了。

学校里的车道并不能到操场边，周小萌对司机说："你别跟着了，就在车上等我吧，我十点前回家。"

司机点点头答应了。周小萌没有走大路，反倒从看台边上翻下去，最后一级水泥平台特别高，萧思致先跳下去，回身伸出手臂搀扶她。周小萌从高高的看台上跃下来，惯性冲得萧思致差点没站稳，搂着她晃了一晃。周小萌笑起来，再没放开他的手。

秋天的晚上，月色皎洁，他们在操场上兜圈子，旁边偶尔有人跑步，"沙沙"的声音，倒像是树叶落下。走到空旷无人处，萧思致才问："到底怎么了？"

"萧老师，我觉得你的计划是可行的。"

"什么计划？"

"冒充我的男朋友。"

"你不是说……"

"现在可以了。"周小萌说，"我哥哥不会反对了。"她补上一句话，"你救过我，如果我们联络频繁，他反倒会起疑心，不如做男女朋友，正大光明地往来。"

萧思致想了想，说："好啊。"

"那我们从现在开始交往吧……"周小萌语气很轻松似的，"我以前没有谈过恋爱，萧老师要多多指点哦！"

萧思致笑着说："放心吧！我会保护好你的！"

周小萌晚上十一点才回到周家，夜里风凉，她身上还披着萧思致的外套。那是件运动服，袖子又长又大，她穿着倒像短裙，一路轻快地上楼，推开自己的房门，却闻到熟悉的烟味。

黑暗中只有香烟的那点火光，明亮如一颗红宝石。

她伸手把灯打开，只见周衍照半躺在她床上抽烟，一派适意的样子，连鞋子都没脱。

周小萌问："孙姐姐呢？"

"她明天才搬过来。"周衍照反问，"怎么？迫不及待了？听小光说，你闹着要去住校？"

"我不去住校，还成什么话？"周小萌冷笑，"哥哥晚上的时候别进错了房间，闹出笑话来。"

"哦，是怕我进错房间？不是方便你跟姓萧的谈恋爱？"

"我跟谁谈恋爱哥哥管不着！我已经年满十八岁，是成年人，你也不是我的监护人！"

"你也不怕我把姓萧的给活剐了？"

周小萌讥讽："哥哥不是说过，哪怕我跟萧思致在你面前演活春宫，你也不会在乎！反正你也要结婚了，我总得替自己打算打算。"

"姓萧的养得起你吗？"

"当然养不起我，那不还有哥哥在吗？一次五千，老价钱。"

周衍照伸手把她拽进自己怀里，语气亲狎，目光却锋锐如刀，刻薄地在她脸上扫过："你对自己还挺有信心的……不过，我现在看着你就觉得讨厌，尤其想到你跟姓萧的不干不净……我嫌脏……"

"我还没有嫌你脏呢！"周小萌的双手抵在他胸口，努力地往后仰着脸，"有句话我一直忍到现在……周衍照……你在我心里就是个无耻龌龊的王八蛋……从里到外都脏透了烂透了……每次看到你我就觉得恶心……每次洗澡的时候，我就想把自己的皮揭下来，因为你碰过……我一想到你就觉得恶心！我忍到现在不想再忍了！你不给我钱就不给我钱，我不挣了！妈妈死了我陪着她死就好了！我宁可死掉也比现在活着好！"

周衍照真的被气极了，反倒放声大笑："好啊！再骂！再骂！"

"连骂你我都觉得脏了自己的嘴！"周小萌手背上的青筋都迸出来了，奋力推开周衍照转身就朝外走。刚刚走了一步就被周衍照抓住肩膀，推倒在床上，周小萌反脚踢起，却被周衍照躲过去。他按住她胳膊，将她死死地按在床上，凑低了在她耳边，咬牙切齿："骂得真痛快啊，终于忍不住说实话了吧？当初是谁要死要活地要跟我在一起？原来你心里是这么想的！怪不得当初诓我一起去加拿大，你们母女二人真是如意算盘，我跟你走了，你妈在家里，把我爸爸害成这样！到加拿大你打算怎么摆布我？也学你妈一样，对着我脑袋来一枪？"

他的手像铁钳一样，周小萌拼命挣扎也挣不脱。她反倒笑起来："谁要死要活地要跟你在一起了？就是因为你在家里，我妈嫌你碍眼不好动手，所以才叫我把你骗到北京去，谁会真跟你私奔？对啊，你猜对了，我就是骗你，你还不是上当了？你以为我当年是真的喜欢你啊？我看到你就觉得恶心！恶心！谁像你这么变态，从小就喜欢自己妹妹！你为什么喜欢苏北北，不就是因为她……"她短促地尖叫了一声，因为周衍照气极了，把她翻过来扇了一巴掌。她乱踢乱骂，周衍照随手抓起旁边没拆封的盒子，把那条崭新的领带给抽出来，三下两下绑住了她的手，周小萌还在乱骂，周衍照抓起枕头狠狠捂住她的脸，用力压紧。

大约几十秒钟后，周小萌就觉得窒息，她拼命挣扎，越挣扎周衍照压得越紧，心肺都像是要炸开来，两耳嗡鸣，她彻底失去了意识。

她不知道自己晕厥了多久，冰冷的水泼在脸上，还有人死死掐着她的脖子，掐得她喘不过气来。她呛咳了一声，拼命用力才透出一口气，终于渐渐发现是幻觉，没有人掐她，她领口的扣子已经全部被解开了，胸口剧痛。她醒过来了，直挺挺躺在床上，头发湿冷，四肢发僵，就像是死过一次一样。

周衍照就站在床前，他手里还拿着那条曾经捆住她手的领带。小光站在一旁，额头上全是细密的汗珠，他试图劝走周衍照："十哥，走吧！我陪您喝杯酒去。"

"滚出去！"

周衍照的戾气并没有减退多少，反倒变本加厉似的。小光叹了口气，从他手上抽走那条领带，想了想，又把床上的两个枕头全拿走了。走到门口，突然又折回来，把枕头夹在胳膊底下，腾出手来掀开周衍照的外套，从他后腰上抽走了枪。

周衍照终于不耐烦了，转身冷笑："你闹够了没？"

"十哥也闹够了。"小光把枪上了膛，塞进周衍照手里，"当初我怎么劝十哥，十哥都不听，才落到今天这地步。刚刚本来都快捂死了，又大惊小怪地非要把她给救回来。救回来了十哥又不高兴，不高兴给她一枪不就得了。还是那句话，不就是扫墓的时候，多买束花！"

周衍照的脸色越发阴郁："滚！"

小光走到门边，偏又回头添一句："十哥真要开枪，就记得打准一些，不要弄得满屋子都是血，底下人不好收拾现场。"

周衍照气得发抖，小光已经关上门走了。周小萌全身发僵，却挣扎着翻了个身，似笑非笑地看着周衍照。周衍照冷笑："你以为我真不会开枪么？"

"哥哥当然会开枪，只是哥哥现在还不舍得我死，我死了，哥哥再上哪儿找这么好玩的玩具去？折腾得我生不如死，岂不比痛快给我一枪更有趣？"

"我说过的话，你倒记得挺清楚。"

"哥哥说过的话，我都不敢忘。"周小萌眼睛里已经有了盈盈的泪光，可是强自忍住，"何况这几句话，我更不敢忘了。这可是当初你逼我去医院的时候说的，我保证今生今世，永志不忘！"

周衍照压根不理会她，亦不正眼看她："我知道这几天你发什么神经，不就是孙凌希怀孕了，你才这么闹。你记得就好！"

周小萌把嗓子眼里的腥咸咽下去，笑着说："哥哥一点都不内疚吗？你就算再不喜欢我，恨我恨到了骨头里，孩子总有你一半……"

"谁都可以替我生孩子，你不行。"周衍照恢复了从容和冷漠，"你发神经我也不拦你，但你要是敢动孙凌希，她少一根汗毛，我就让你妈少一根手指。她哪里不舒服，我就派人去医院，拔掉你妈的氧气。你只管试试看。"

周小萌全身都在发抖，但脸上却仍旧保持着笑意："哥哥放心，我没那么大的本事，去动到孙姐姐半根汗毛。不过哥哥做了那么多缺德事，别人想要干什么，可跟我没关系！"

【七】

孙凌希搬进周家的时候是第二天下午，周小萌站在门廊底下，看着司机替她把行李一样样从后备厢取出来，用人们都出来帮忙，提到楼上去。周小萌照应着，又问孙凌希："孙姐姐上去看看房间吧，不知道缺些什么，我只是估摸着添了几样。"

孙凌希笑着道谢，见她眼皮浮肿，又问："没睡好吗？回头拿冷牛奶敷一敷。"

周小萌摸了摸脸，笑着说："好，回头我试试。"

孙凌希上楼看到房间就在周小萌隔壁，只是比周小萌的房间还要大一些，是正经的一个大套间，起居室花瓶里的花明显是刚换的，掸一掸仍旧有露水似的。睡房里床褥整洁，浴室里全套的崭新毛巾，衣帽间里还有新的浴袍和睡衣。周小萌说："孙姐姐放心穿，从店里拿回来，已经漂洗烘干过的。"

"谢谢！"孙凌希很诚恳，"真是费心了。"

"都是一家人，姐姐不用说这么见外的话。其实……我也是有事求孙姐姐。"周小萌很腼腆似的，"姐姐能不能帮我跟哥哥说说，我想去住校。"

孙凌希怔了一下，问："在家住不好吗？还是因为我……"

周小萌连忙说："不是不是，姐姐千万别误会。"她挺不好意思似的，低声说，"我……我跟萧思致……萧老师说同意跟我交往……我才想住校……"

"噢！"孙凌希明白过来，笑盈盈地说，"怕你哥哥不同意吗？其实他每天能有多少时间在家，你也太小心了……"

"有时候回来得太晚，哥哥会说的。"周小萌孩子气地撇了撇嘴，"我今年又不是十六岁……再说好多同学都住校的，我天天走读，连话都跟他们说不上……"

"那我帮你向你哥哥说说看吧。"孙凌希笑着说，"女孩子长大了，对个人空间的要求会更多。我挺理解的，不过你哥哥答不答应，我可没把握。"

周小萌挽着她的手，笑眯眯的："只要孙姐姐开口，哥哥一定会答应的！哥哥最喜欢孙姐姐了，何况现在孙姐姐有宝宝了，哥哥更会顺着你的。"

孙凌希却隐隐有一丝愁容，说："小萌，其实我搬过来暂住，是有原因的。"

周小萌不解。

孙凌希说："我们家，曾经欠某个远亲挺大的一个人情，我心里一直过意不去，每次想表示感谢，他都说什么都不缺。可是就在前天，这个人突然来找我了，还带我去见他的老板，我才知道，原来他的老板，跟你哥哥一直有过节，说给我一百万，只要我把你哥哥骗到某个地方去。我当时心慌得厉害，就假意先答应说我要想一想。然后我回到家，就赶紧打电话告诉你哥哥，所以他才叫我先搬过来住一阵子……"她握住周小萌的手，指尖微凉，"昨天晚上我做了一晚上的噩梦，我老是想起你说……你说那个苏北北……"

周小萌微笑，安慰她："孙姐姐，上次我不该对你说苏北北的事。其实我哥哥认识她那会儿，还年轻，也不懂什么，苏姐姐那事，也是意外。哥哥对你，是不一样的。你是他唯一带回家的女朋友，哥哥对你，是认真的。"

孙凌希的微笑有丝恍惚："是吗？昨天晚上我怎么求他，他都不肯留下来陪我，说是有要紧事……"

"哥哥昨天回家也特别晚，我都睡了，都不知道他几点回来的，肯定是真的有要紧事。"周小萌说，"都是我不好，跟你讲苏北北，其实那都好几年前的事了，现在跟那时候不一样，现在没人敢动哥哥的人。"她轻言细语，"孙姐姐，你别担心了。哥哥让你回家来住，必然也是因为担心你，他一定都安排好了。"

孙凌希似乎放松了一些，说："是啊，你哥哥把他自己的司机安排给我用，说叫我这阵子都不要往人多的地方去。"

"谨慎些是好事。"周小萌说，"孙姐姐先休息会儿吧，我回房间了，姐姐若是缺什么，或者想要什么，敲我房门叫我一声就行。"

"好。"

周小萌回到自己房间，取出耳机试了一下窃听器，只是除了"沙沙"声，什么都听不到，只能等到说话或者打电话时才行吧。她把自己的行动回想了一遍，总觉得不放心，于是去后院的设备间，监控器的终端都在这里，平常总有人轮流看着。她一进去，值班的人就笑着站起来跟她打招呼："二小姐！"

"早上我在花园里掉了根发箍，也不知道掉在哪儿了，所以来调监控录像看看。"

那人听她这样说，就把上午的监控录像都从电脑上调出来，又特意搬了把椅子来，让她坐下来细看。周小萌等那人走开，就把二楼走廊里的监控镜头调出来，飞快地回放了一遍，确认上午自己没被录到什么破绽，这才关掉画面，又切了花园几个监控镜头随意看了看，说："找不到了……没准是丢在外头了，算了，再买一根。"

出了设备间的门，她只怕小光会知道这件事，于是回房间之后，又悄悄拿了根发箍藏到一楼的图书室去。果然黄昏的时候，刘阿姨整理图书室之后，特意上楼来问："二小姐是不是您的发箍，搁在图书室里？"

"是啊是啊，我以为丢在花园里了。"周小萌接过发箍，"正说要去新买一根呢。"

"在家里东西丢不了。"刘阿姨讨好地笑着，"我一看就知道是小姐的，除了小姐，这家里还有谁会用这个！"

周小萌笑了笑："现在孙姐姐搬进来了，下回再捡到这种东西也不见得就是我的呀。"

"多个人可真不一样！"刘阿姨很感叹，"十少爷要是结婚了，再添两个小孩，这家里就真的热闹了。"

"是啊。"周小萌漫不经心地答，"快了吧。"

大约因为这天是孙凌希搬进周家的第一天，所以周衍照准时下班，周家难得六点钟就开了晚饭。厨房为了巴结未来的女主人，倒是烧了一桌子好菜。周衍照回家吃晚饭的时候不多，所以也把周彬礼从房间请出来，这顿晚饭，就算是小小的家宴了。孙凌希怀孕也不过四十多天，没什么早孕反应，胃口也还不错。周衍照一边吃饭一边跟她说话，周小萌倒是秉承家教，食不言，所以这顿饭吃得很沉默。小小的插曲是周彬礼忘记了孙凌希是谁，吃完饭之后水果上来，他问周小萌："你哥哥……客人……是谁呀？"

"是孙姐姐。"周小萌耐心地说，"上次哥哥带她回家，您忘啦？"

周彬礼也不知道想没想起来，只是含糊地嘀咕了一句什么。护理喂他吃完苹果泥，就推他回房间去了。周小萌对周衍照说："哥哥，我出去会儿。"

"这么晚了上哪儿去？"周衍照对她永远是那副语气，不冷不热的，"哪个学生像你一样，深更半夜还往外跑？明天没课吗？"

"我约了萧老师。"周小萌面不改色，"哥哥，你多陪陪孙姐姐吧，她一个人在家闷一天了。还有，公关公司的目录，我搁你桌子上了，你有时间跟孙姐姐看看，商量定哪家公司。"

周衍照微微皱了皱眉，周小萌知道他忌讳什么，于是补上一句："你放心吧，我没进你房间，是让李阿姨拿进去的。"她赌气似的，已经把包拿在手里了，"我走了，孙姐姐再见！"

她和萧思致仍旧约了在学校东门外见面，然后去操场上散步。周日的晚上，有些周末回家的学生已经返校，所以操场里倒比前一晚更热闹些。看台上也三三两两，坐着一些情侣。因为这里是标准体育场，看台周围全是树，平日又不开灯，所以倒是挺幽静的去处。他们也在看台上挑了个位置坐下，秋夜的晚风颇有些凉意了，萧思致便伸手搂住她的腰。她身体微僵，不过还是被他圈入怀中。萧思致说："你说，你哥哥的司机，会不会特意过来看看咱们俩是不是真的在谈恋爱？"

"也许吧，我哥哥那个人，很变态。"

"我也觉得他挺变态的。"萧思致微微有些感叹似的，"知道么，之前我看过他的资料，比一尺还厚……"

周小萌却并不想跟他多谈周衍照，她只是拿出手机，说："我送你的那个手机呢？"

"在这儿。"萧思致掏出来，周小萌却将手里的那个手机与他调换了，说，"手机卡是街头买的，没有身份证。你直接拨里面设好的那个号，可以听到监听器……"

她话还没说完，萧思致已经身体一僵，语气非常严厉："什么监听器？你装哪儿了？谁给你的监听器？"

"你不用管。"周小萌说，"我把监听器用口香糖粘在周衍照卧室床架的反面，他最喜欢躺在床上抽烟打电话，你一定听得清楚。"

"周小萌，这么做很危险！一旦被他发现，这是什么后果你知道吗？"

周小萌的语气却非常非常平静："他不会发现的，即使发现，他也不会想到是我。"

萧思致克制着怒气，努力试图说服她："你到底从哪里弄来的这东西，黑市买的？一旦出事，周衍照只要追查，就能查到是你，你懂吗？以他在本市的势力，这东西是哪个地下电子厂偷偷生产的，每批货卖到哪里，最后又是怎么到了周家，他会查得一清二楚，你不应该把自己置于这种危险里！"

"那我也不能什么都不做。"周小萌仰起头看天，天上有一点点稀疏的星光，被城市的灯火映得黯淡失色，她说，"萧老师，你放心吧，即使我哥哥发现是我干的，我也有理由开脱。他不会想到别的。"

萧思致说："你有什么理由开脱自己？"

周小萌笑笑："这是秘密，不告诉你。"看萧思致仍旧严肃地盯着自己，她"噗"地一笑，说，"孙凌希住到我们家来了，所以我装个窃听器，也是保护我哥哥，对吧？"

"这是什么逻辑？"

"我们周家的逻辑。"周小萌淡淡地说，"我妈被我爸监听了十四年，最后她终于发现，当时差一点就崩溃了，质问我爸爸为什么这样做，我爸爸说，只是想要保护她……很可怕吧，爱，有时候能杀人。"

　　萧思致怔了怔，周小萌抱着双膝，坐在那里，目光迷离，像是在讲述别人的事情："我一直不明白，我爸爸这么爱她，她为什么想要杀掉他……现在，我已经能理解了。"

　　萧思致沉默了片刻，忽然又转过头来，认真打量周小萌。周小萌被他看得绷不住，倒笑了一声："怎么啦？不认识我？"

　　"老板派我来的时候，说实话，我不大情愿。"萧思致声音淡淡的，似乎没什么情绪，"我总觉得老板这是一步险棋，我都不明白他是怎么被你说服的。你一个外行，又是周衍照的妹妹，哪怕有心帮我们做点事，也不过是穿针引线的作用。最妥当的办法，当然是我来具体执行。要获得你哥哥的信任，有许多方式，通过你来接触他，虽然快速有效，但风险太大，是不值得的。可是……"他没有说出后面的话，但含糊地笑了笑，"以后这种事，还是不要做了。不管你有什么办法在周衍照面前开脱，第一次能糊弄过去，第二次就未见得了。周衍照心狠手辣，真要让他知道你在干什么，你就太危险了。你一个女孩子，将来的好日子长着呢，保重自己，是放在第一位的。"

　　周小萌知道他确实是好意，于是点了点头。萧思致心情倒似轻松起来："知不知道西街新开了家烧烤店，烤腰花特别好吃？"

"我不吃内脏……"

"没关系！那里的烤肉串也特别好吃！"萧思致神采飞扬，倒真有几分撺掇女朋友的劲头了，"走啦走啦！我们去吃烤肉！"

西街对周小萌多少还是有点阴影的，毕竟上次她就是在这里差点被人绑架。不过这次有萧思致在身边，安全感十足，再加上烤肉店就在祥龙网吧不远，他们坐下来刚把烤串点好了，祥龙网吧那边的人已经知道消息，特意派了个人来说，和这里店主很熟，就记在网吧账上。

周小萌吃了一肚子的烤肉，又被萧思致拉着喝了一杯啤酒，满腔的心事被这些东西一填，倒淡下去不少。最后回家的时候，连心情都轻松不少。

不过周衍照在她房间里抽烟，倒是既在她的意料之中，又在她的意料之外。周衍照也不问她往哪里去了，反而挺有兴致似的，上上下下打量她。

周小萌没什么酒量，喝了一点啤酒就双颊晕红，看上去眼角眉梢都沾了几分春色似的。她也挺坦然，也不问周衍照为什么半夜还在自己房里，开了衣帽间的门，挑了一件浴袍就去洗澡。因为她开衣帽间的门，周衍照倒想起一桩事情来，心里那点阴冷就不由得露在了面上，他问："你对你孙姐姐，挺好的呀？"

"哥哥喜欢的人，我哪儿敢对她不好。"周小萌索性借酒装疯，笑盈盈地瞥了他一眼，"孙姐姐住隔壁房间呢？哥哥不是走错了？"

周衍照却没理会她，不过脸上的笑意更冷了几分似的：

"你真是细心周到，还给你孙姐姐买了睡衣。"

"连浴巾毛巾浴袍拖鞋我都给她买了……"周小萌一本正经地回想了一遍，"哦，还有沐浴露洗发水……哥哥不是说，我那个洗发水味道挺好闻的，我专挑了那样给她。"

周衍照明知道她在激自己生气，微微眯起眼睛："你也不怕她问你，为什么你买的这些东西，都跟你自己用的一模一样？"

"孙姐姐哪会知道我穿什么睡衣。"周小萌不以为然，"再说了，我也是拣哥哥喜欢的样子买的，哥哥不是想找个替身吗？既然是个替身，我总得保证细节上一模一样，不要让哥哥败兴……"说到这里，她偏偏又改口自己纠正，"哦，错了，不是替身，是哥哥一直以来，就喜欢这样的人。"

周衍照的耐心这时候倒显出来了，被她噎了这么一番话，竟然没有动怒，反倒若有所思："你跟那个萧思致，是打算认真了？"

"是啊。"周小萌挺坦然的，"哥哥不要为难他。我想过了，我还年轻，总得好好活下去，将来嫁个老实人，生两个听话的孩子……"

周衍照这时候才慢悠悠笑了："生两个听话的孩子……周小萌，你这梦做得挺美的。"

"也不算做梦。"周小萌说，"虽然医生说过我以后生育机会少，不过也不代表绝望，实在不行，这年头花钱找个代孕也挺容易的。"

"我要是为难姓萧的呢？"

"那也没什么。"周小萌说，"反正我又不是真喜欢他，只不过眼下他合适而已。哥哥要为难他只管为难去，他不在了，我再慢慢找合适的人，也不急。"说到这里，她倒瞥了周衍照一眼，"哥哥总得跟孙姐姐结婚吧，你们结婚了，哥哥也不好意思来找我麻烦，就算哥哥好意思像今天这样，半夜三更地等在我房里，我只要放开喉咙叫救命，我想孙姐姐哪怕睡着了，也是会被吵醒的。"

话说到这里，周衍照终于明白过来。他似笑非笑地看了周小萌一眼，说："行啊，以前没看出来，你还是挺能耐的。"

"我有什么能耐？"周小萌今天晚上出奇地坦诚，"我要是真的有能耐，早就远走高飞了。"

说了这句话，周衍照嘴角才渐渐地沉下去，沉到最后，薄薄的唇微微一弯，竟是笑了。只是这笑容更像是一把刀，又像是一只狰狞的兽，慢慢露出尖利致命的爪牙："远走高飞？我晓得你打什么算盘，你妈只要一咽气，我有的是办法把你的翅膀给剁了。"

"随便。"周小萌索性在床上坐下来，目光如水，看着搁在床头柜上的一杯牛奶，"你也不妨学学爸爸，每天晚上让妈妈喝杯牛奶再睡，以后你也每天让我喝杯牛奶再睡好了。"

周衍照终于失控，操起那杯牛奶就朝她身上扔去，周小萌也不躲避，反而任由那牛奶泼了自己一身。她讥讽似的拿手中的浴袍袖子擦了擦脸，说："哥哥，别以为当年的事，我一丁点也不知道。"

周衍照气极了，偏偏那盛牛奶的玻璃杯掉落在地毯上没有打碎，骨碌碌又滚到他脚下，他猛然一脚踩下去，玻璃杯"咔嚓"一声粉碎。周小萌坐在床上动都不动，只是用讥诮的目光看着他。

周衍照面色阴沉，周小萌却丝毫不回避他的目光，两个人僵持良久，他说："我不会。"

周小萌却漫不经心，打了个呵欠："是啊，哥哥不会。"

周衍照明知道她是敷衍，但心头那口气，到底难以咽下去。他伸手捏住周小萌的下巴，把周小萌的脸抬起来，认认真真看了半晌，说："因为你不值得。爸爸那么做，是因为没办法，他是真的喜欢你妈，我可不会为了你，做出这样的事。"

周小萌听着有些索然无味似的，很敷衍地点了点头："我知道，哥哥不喜欢我。"她说，"我累了，明天是周一，哥哥早些回房睡觉去吧，我要洗澡去了。"

周衍照的瞳孔一点一点在收缩，周小萌反倒轻薄地笑了笑，搂住他的脖子，在他嘴唇上亲吻了一下："哥哥，孙姐姐就在隔壁，哥哥要是想来强的，我可不介意把她给吵醒……到时候哥哥怎么跟她解释我们这兄妹关系呢……"

周衍照缓缓地在她耳朵边轻吻了一下，像是心情好了许多，声音也似情人般呢喃："你这一晚上拐弯抹角，就想激得我开口答应让你搬出去住……我告诉你，你别做梦了。周小萌，这辈子你都得乖乖待在我眼皮底下……还有，既然你这么喜欢你孙姐姐，我当然要留你在家里，好好看着我跟她亲热亲热。"

他一边说，嘴唇一边游移，渐渐从耳后一直吻下去，吻到她敞开的衣领，手上猛然加劲，就将她硬箍进自己的怀里。周小萌察觉不妙，正待要放声大叫，周衍照已经夺过她手中的浴袍，将袖子一团，狠狠塞进她嘴里。然后将她放倒翻转过来，迅速地将她的手反剪着绑上了。

周小萌发不出任何声音，只有鼻翼微微扇动，她两腿虽然还能动，但知道乱踢也不会有什么作用，不如等周衍照不防备的时候，给他致命一击。周衍照这个时候倒不急了，一边脱她的衣裳，一边慢条斯理地说："跟姓萧的挺亲热啊？两个人躲到操场去搂搂抱抱，这才几天，妹妹就能把姓萧的勾搭成这样……"

周小萌怒极攻心，一脚踹在床栏上，只盼能发出更大的动静，让孙凌希惊醒。虽然两个房间只隔一堵墙，又是夜深人静，但所有门窗关得严严实实，隔音又好，就算她连踹好几下，床也只是微微震动轻响，那动静却是无论如何也传不到隔壁去的。

周衍照挺有兴致似的，慢条斯理埋头在她脖子里先吮了吮，没等她反应过来，他已经狠狠咬了一口，留下一个深深的牙印。周衍照抬起头，满意地打量了一下，说："跟姓萧的情到浓时，不知道他看到这个牙印，会不会猜猜是谁咬的呢？"

周小萌不能说话，只能挣扎着发出呜呜的声音。周衍照摸了摸自己嘴角的那道抓痕，非常愉快地笑了："妹妹，这招还是你教我的呢。不开心自己的东西被别人觊觎，那么就先做个记号。周小萌，你要是敢让萧思致碰你，他碰你哪儿，我就把你的皮从哪儿揭下来。"

周小萌眼珠转动，明显是有话想说，周衍照知道她在想什么，在她光洁如玉的背上轻轻拍了一记，说："你就算哄得我把你嘴里的东西掏出来，你也不过最多能叫一声'救命'。我实话告诉你，倒给你的这杯牛奶还真没加什么，不过孙凌希也是喝了杯牛奶才睡，她新换了个地方，只怕睡得不好，所以呢，我就想办法让她睡得沉些。你能不能把她叫醒，是一回事，你把她叫醒了，她有没有力气过来查看，是另一回事。还有，你真不了解孙凌希这个人，她初来乍到，人生地不熟，胆子又小，哪怕听到你叫救命，还以为你是做噩梦魇住了，说不定，起都不会起来，翻个身又睡着了。"

周小萌半边脸埋在枕头里，竟然笑了。

天亮的时候下起雨来，淅淅沥沥一直没有停。秋天是本地的雨季，一下起雨来，就显得天气晦暗，周家的餐厅本来三面都是落地窗对着花园，但被树木掩映，所以吃早餐的时候，还是开了灯。一盏璀璨饱满的水晶灯，倒把餐桌上每个人面前的那份食物照得格外好看。孙凌希是第一次在周家吃早餐，她下楼得最晚，所以就觉得歉疚："真不知道怎么回事，一睡就睡过了头。"

周衍照不知道在想什么，像是没听到她讲话。周彬礼跟小孩子似的，只吵着要吃荷包蛋，厨房只得给他另做。周小萌见这乱糟糟的样子，怕孙凌希发窘，连忙接了一句："下雨天最容易睡过头了。"

孙凌希看她今天穿得格外周正，真丝高领的打底衫，又穿了一件开衫，只是简单的黑白色，但是正年轻，眉目鲜妍好像花朵一般。周小萌低头切三明治，却不防露出颈侧一大块瘀青，灯光照得清清楚楚，再加上她皮肤雪白，越发明显，连深深的齿痕都看得见，像被传说中的吸血鬼吮过一口似的。孙凌希心里觉得好笑，心想怪不得她今天要穿高领，原来是昨晚跟萧思致约会去了。

周小萌上午有课，所以最快速度地吃完早餐就走了。孙凌希也要去上班，周衍照倒是格外体贴，亲自送她。孙凌希本来还推说不用，周衍照说："反正我也要去公司，顺路。"

上车之后孙凌希想起刚刚看到的吻痕，还觉得挺好笑——小姑娘谈恋爱，果然是情浓似火，一刻相思也挨不得。她记起周小萌托自己的事，就对周衍照说："你妹妹有件事，不敢说，托我来跟你说情。"

周衍照上车之后一直没什么表情，听了她这句话，也仍旧没什么表情，只是语气冷淡："你不要管她的闲事。"

"小姑娘脸皮薄，我倒不是管闲事，是她再三托付我，说是想要去住校。"

周衍照仍旧没什么表情，只是说："凡是周小萌的事，你都不要管，叫她自己来跟我说。"孙凌希虽然认识他没几个月，但也知道他这样子是特别不高兴，看来周衍照是真不怎么喜欢这个妹妹。于是搂着他的胳膊，娇声软语地说："我也跟她说过，话我帮她带到，你答不答应呢，是另外一回事。"

周衍照终于笑了一声，伸手轻轻拍了拍她的脸，倒也没再说别的。

孙凌希本来还有点担心这事惹得他真的不高兴，没想到今天周衍照特别体贴，下车之后又亲自撑着伞，将她一直送到单位门廊下，又叮嘱她："没事别到处乱跑，中午就在食堂吃饭，有什么不舒服，就给我打电话。"

"好。"孙凌希伸手替他整整领带，说，"怎么今天穿这么正装？"

"要见客人开会。"周衍照难得跟她交代行踪，"所以你

125

晚上打电话给司机，让他接你回家，别等我了。"

　　一直到上车之后，周衍照脸上的微笑才消失，他对副驾位置上的小光说："打个电话给萧思致……"一边说，一边把领带扯下来，扯到一半从后视镜里看到衬衣领子歪了，露出喉结底下紫红的一圈小小牙印，虽然不大，但是咬得深，无论如何不系领带是遮不住的。他脸色就更难看了，就手把领带拆了，重新系好。

　　这么一折腾，小光自然看见了，嘴角微动，终于忍住。周衍照说："我知道你要说什么，我昨天是没提防……"其实他是有提防的，周小萌有的是办法让他神魂颠倒，但她如果一旦想让他神魂颠倒，那就一定是想出其不意地获得什么。他明知道会上当，但那当头却实在销魂，不舍得推开她，结果就被她咬了一口。

　　咬完了周小萌还搂着他，就在他耳边吹气："你以后要是再咬我，我就一样咬回去！"周小萌难得在床笫间配合他，当时他整个人都快融了，只记得她软软的舌尖舔了舔他汗津津的耳垂，简直马上忘了生气这回事。今天早上刷牙的时候才注意，幸亏领带挡得住，不然被孙凌希瞧见，只怕要生出无穷无尽的事端来。想到周小萌那点歹毒的用心，他就在心里冷笑。

　　他系了一整天的领带，手底下的人都看不惯，尤其是罗士豪，简直快要把眼珠子瞪出来："十哥，您又不去陪市长剪彩，成天系着这玩意儿干吗？"

　　他把罗士豪的手拍开："别动手动脚的！过会儿我还要去见老大。"

　　罗士豪叹了口气："我就知道，您是被麦定洛那家伙给洗脑了……什么要做正当生意……什么要把公司给漂白了……他手底下的人命还少么？这会儿倒穿西服打领带，当自己是个正经人了。他不好端端在北京待着，跑到我们这儿来干吗？"

"结义兄弟一场，他来我就好好招呼，你叫你手下那些人也收敛一点，这两天不要搞得乱七八糟的。我这个大哥最是心细，要让他看出来我们还在做别的生意，肯定嘴碎，我不耐烦听他啰唆。"

罗士豪嘀咕了一句："还不如跟解老四一样，反出去算了。"

"我跟老四不一样，老四跟他一个城里待着，哪有不磕磕碰碰的，老四那脾气，忍得两三次，就忍不住要跟他翻脸了。我离他大老远的，他也管不着我，一年难得敷衍他两回，何不好好敷衍，也全了兄弟一场的面子。"周衍照看了看罗士豪不以为然的样子，又多叮嘱一句，"待会儿你别跟我去机场了，晚上吃饭，也少说话！"

周衍照亲自去机场接的麦定洛，两个人差不多有大半年没见，一见还是挺亲热。周衍照老远就伸开双臂，麦定洛也笑着张开手，两个人抱着拍了拍肩膀。麦定洛打量了一下他，说："瘦了，不过气色挺好。怎么样？"

"挺好的。"周衍照说，"晚上给大哥洗尘，咱们吃新鲜的鱼，再去山上公馆。"

吃鱼都是吃江鲜，把船开到江中间，鱼现捞是来不及了，不过都是早晨从江上渔家买了来，养在江水网箱里。江水青碧，两岸灯火如星，秋水澄天，船舷临风，倒是别有一番意趣。他们包了一整条船，就摆在最高一层的甲板上，极大的一张圆桌倒也坐满了。先喝了一轮酒，等新鲜的鱼片上来，大家随意划拳说话，热闹起来。

周衍照酒量极佳，麦定洛这几年讲究养生，烈酒喝得少了，喝了几杯之后，就换了红酒。周衍照这才问："嫂子还好么？小嘉呢，这次怎么没带他们一起来玩玩？"

"别提了，离了。"

周衍照吓了一跳，只记得当初麦定洛对他那老婆挺上心的，他正打算想几句话含糊安慰几句，麦定洛说："别提这事了，想了头疼，离了快两个月了，儿子天天哭天天闹，不然这回带来给你看看，都会说话了。"

周衍照安慰着说："小孩子么，过段时间就好了。反正我下半年总有机会去北京，到时候给咱侄子带份大礼！"

麦定洛却甚是烦恼的样子，叹了口气，看着船头灯下照见的碧色江水滚滚而去，怔怔地出神。周衍照拍拍他的肩，推心置腹地说："老大，别烦了。老话说，天涯何处无芳草，你对她那么好，她还是不见情，那是她没福气。晚上咱们去公馆，我啊，早让他们安排了好几个小姑娘，个个水灵！"

"晚上我有正事跟你说。"麦定洛玩弄着手中的酒杯，说，"这回来得匆忙，就是因为电话里没法说。明天我得回去了，儿子在家里，保姆也搞不定，我这一走，他越发要挣命了。"

周衍照知道他把儿子看得重，刚离婚又抛下一岁多的儿子来见自己，可见是真的有要紧的事，于是说："好，回头咱们早点回酒店。"

两位老大都决意不喝酒了，底下人虽然凑趣闹酒，也在九

128

点前就吃完了。船靠了岸，周衍照亲自送麦定洛去酒店，等到了酒店，麦定洛却说："走吧，咱们上天台抽烟去。"

酒店的天台却不是等闲上得去的，周衍照替麦定洛定了总统套间，本来就有两个大露台对着江景。听他这样说，知道他谨慎，于是找酒店拿了钥匙，开了安全通道的门上天台。

他们两个走到天台栏杆前，连小光都避到了天台的另一侧，隔得远远的。周衍照掏出火机，替麦定洛点燃香烟，两人俯瞰着繁华的城市，一时无语。

过了良久，麦定洛才说："老十，我劝过你多少回了，有些东西，真不能沾。"

周衍照知道瞒不过他，于是笑了笑："我也是欠人家人情，没办法。做完今年不做了，真的。老大你也知道，当初我爹一出事，千头万绪，我料理不过来，实在没办法，欠了一圈儿的人情，这几年我慢慢还着，可是有些人情还没有还利索……"

麦定洛叹了口气，把指尖的烟头弹出去，那烟头就像一颗流星，从三十层楼高的地方直飞出一道弧线，飞快地坠落消失在夜空里。过了片刻，他才说："我来是告诉你一件事，有个很重要的消息，是特别的渠道得知的：老十，有人盯上你了。"

【八】

小光不知道麦定洛跟周衍照说了些什么，总之从天台上下来的时候，两个人都有满腹心事似的。麦定洛是第二天一早的飞机，周衍照索性没有回家，就在酒店开了个房间睡觉。第二天大早起来，又亲自把麦定洛送到了机场。

送走麦定洛，他的心情才好转似的，对小光说："叫你把萧思致约出来呢？"

"跟他说好了，下午他就过来。"

"孙凌希在干什么？"

"上班。昨天晚上跟二小姐出去吃饭了。"小光稍微顿了顿，说，"还有萧思致。"

周衍照冷笑："还真当是一家人了？"

孙凌希上班也不过是在办公室里喝茶上网，这天下午周小萌没有课，约了她一起去看礼服。司机先去接了周小萌，又到图书馆来接孙凌希。一上车周小萌就递给孙凌希一包热乎乎的小吃："学校外头买的，虽然不贵，但是可好吃了。"

她们把天窗打开了吃东西，风吹得车里有点凉，孙凌希围着一条披肩，被风吹得飘飘拂拂，几乎要拂到那油乎乎的方便饭盒里。周小萌说："我替你系上吧。"就腾出手来，帮她理到肩后打了个结。孙凌希大约是觉得不好意思，笑着说："原来念书那会儿，就爱吃这些东西。"

"我也是，念中学那会儿，特别喜欢吃学校外面一条小巷子里的肠粉。从小我妈就不许我在街头吃东西，可是每天放学的时候，看到同学吃，我就馋……偏偏家里每天都有司机来接我，连偷偷买份吃也不行。越是吃不上，就越是想吃……"

孙凌希"噗"地一笑，说："那就偷偷地托别人买呀！"

周小萌笑了笑，那时候当然有人替她买。她数学不好，每晚请了家教补习，等家教老师走后，常常都已经十点左右了。

周家虽然是捞偏门的，但周彬礼对儿子看得紧，十点是晚归的门禁，不回来是要挨打的。周衍照常常踩着门禁归家，有时候迟归，周彬礼就守在客厅里，周衍照哪肯吃那种眼前亏，一溜进院子就爬树上二楼，装作早就已经回家。周小萌的卧室窗外正好有一棵树，小时候周衍照曾经蹲在那树上吓唬过她。长大之后，却是常常她在写作业，听见树叶"哗啦啦"一阵轻响，一抬头就瞧见周衍照正从窗子里钻进来，一手勾着树，一手还拎着给她买的肠粉。

"哥哥你又爬树！"她瞪着明亮的大眼睛，气呼呼的，把那还热腾腾的肠粉接过去，又连忙抓起自己的课本，"不要踩到我的作业！"

"有吃的还堵不上你的嘴！"周衍照常常在她脸上捏一记，然后从桌子上跳下来，整理整理衣服，狡黠地笑着，"我先下去跟爸爸打个招呼，免得他以为我还没有回来。"

周小萌十六岁的时候，最迷恋的明星从香港过来开演唱会。全班女生约好了要一起去看演唱会，所有人都提前凑钱买门票，可是周小萌知道，自己是出不了家门的，闷闷不乐了好几天。直到有天周衍照照例从窗子里钻进来，看到她愁眉苦脸，连肠粉都不接了，问她："怎么啦？谁欺负你了？"

"说了你也帮不了我。"十六岁的周小萌正好是特别执拗的青春期，满腔心事都不知从何说起，怏怏地重新趴在桌子上。

"哟！"周衍照读高中的时候就已经有一米八了，现在坐在她的桌子上，长腿都没地儿搁。嘴里叼着一支皱巴巴的香烟，却没有点燃，仿佛好玩似的，揉着她清汤挂面似的头发：

"你说都不说给我听，怎么知道我也帮不了你？"

"我要去看演唱会！"

"没钱买票了吧？"周衍照从兜里掏出钱包，"来！哥哥赞助你，五百够不够？"

"我有钱。"周小萌很怨念，"妈妈说演唱会那种地方乱糟糟的，不许我去！可是全班女生都说要去的！"

"咳，我还以为多大的事。"周衍照把钱包塞回兜里，问她，"几时演唱会？"

"就是后天晚上，后天爸妈都在家，我溜都溜不出去……"

"放心吧，哥哥帮你搞定！"

"瞎吹牛！"

"哼，你看我什么时候吹过牛？"周衍照漫不经心跨下桌子，说，"到了那天晚上，你只说不舒服，早点睡就行了。"

周小萌生平第一次从家里溜出去，就是在周衍照的帮助下进行的一场大历险。到了那天晚上，周衍照溜到她房间，悄悄敲了下门，她把他放进去，他看看她穿的裙子就皱眉头："你就穿这个去呀？"

"为什么不行？"

"换牛仔裤去！"周衍照催促，"快点！"

等她换了牛仔裤出来，周衍照先从窗子里爬到树上，然后朝她伸出手："过来，我抓着你！"

周小萌真有几分怕，因为虽然是二楼，但也挺高的，从窗台到树上，起码有一臂宽的距离。可是周衍照已经抓住她的胳膊，把她往外拽了："别怕！快点！"

周小萌战战兢兢心一横就往前一扑，结果她额头撞在了周衍照的下巴上，脚下一滑，差点跌到树下去了。幸好被周衍照及时抓住她的腰，把她往上一提，这才搂住她让她站稳。他倒吸了口气，说："你怎么这么笨啊！"

"我又没……"她刚说了三个字就被他捂住嘴，隔壁主卧里突然亮起了灯，大约听到树叶摇动，叶思容走到窗边，打开窗子往外看了看。幸好房间里灯火通明，外面黑沉沉的，他们藏在枝叶间，叶思容连望了几眼，似乎也没看到什么。但正因为房间里明亮，所以连叶思容的表情都看得清清楚楚，周小萌吓得连气都不敢喘，手心里全是汗，两个人僵在那里，一动也不敢动。幸好叶思容终于关上窗子，重新合上窗帘。周小萌一颗心都要跳出来了，她耳朵正好贴在周衍照的胸口，这时候才发现，他的心也怦怦地跳得又快又急。

她打算嘲笑周衍照几句，没想到一抬头，正好周衍照想要低头跟她说话，他的唇恰好触到她的额头上，柔软的触感吓了周小萌一跳，身子一歪差点又掉下去。幸好周衍照胳膊一紧，把她给圈住了，说："你别乱动！"

周小萌有点不好意思，周彬礼小时候对她好，常常把她抱在膝盖上。可是七八岁的时候，周彬礼就当她是大姑娘，不怎么搂搂抱抱了，大约也是避嫌，毕竟只是她的继父。周衍照是哥哥，有时候捏捏她的脸什么的，她也没往歪处想过，只是被周衍照这么搂着，还是长大之后，第一次跟男人距离如此亲密，当然这个男人是哥哥，她觉得自己有点脸红得不应该。

周衍照仿佛也觉得了，说："你把这个树枝抱好，我先下去两步，你跟着我往下爬。"

“好。”

“那我放手了？”

“好。”

爬下树后就简单了，周衍照轻车熟路，掏出后门钥匙开了后门，就跟她溜出了院子。周衍照一直把她送到体育馆外头，找到约定的地方，全班女生都在那里集合，个个兴奋得像是小鸟出笼，叽叽喳喳。她快活地找到了同学们，顿时把刚刚爬树的那点小惊险忘得一干二净。

周衍照没跟她去听演唱会，说："幼稚！"他约了人喝茶谈事，等到演唱会散场的时候，才来接她。那时候周衍照刚换了第三辆哈雷机车，载着她穿过夜色正好的城市，大街小巷，飞快地被甩在身后。凌厉的风把头盔下她的刘海都吹乱了，扎进眼睛里，他速度太快，丝毫不理会红绿灯和交通规则，转弯的时候车身几乎贴到地上。周小萌吓得紧紧搂着他的腰，经过熟悉的巷口，有人吹口哨拍巴掌，还有人叫"十哥"，显然都是熟人。没一会儿就有好几辆机车跟上来，紧紧追逐着他们。周小萌起初没注意，后来车越来越多，她才发现，竟然有数十辆机车从大街小巷汇集出来，紧紧追在他们后头。

"哥哥！"她想提醒周衍照，可是速度太快，不论她怎么叫，声音都被风夺走了。那时候她第一次见到小光，只有他的车在最后超过了他们，并且将优势保持到了最后。他们飙车的目的地是还没有贯通的一段高架，所有的车都刹在了刷着反光涂料的水泥墩前，周衍照一偏腿撑住车身，摘下头盔，说："行啊，小光，你又赢了！"

"光哥都赢第三回了！"

"来来！一个吻！"

周围的人都在起哄，周衍照回过身来，说："今天不行，今天是我妹妹。"

"瞎说！你别是新泡上的马子，舍不得吧？"

"亲一下又不会掉块肉！"

"就是！愿赌服输！十哥，您可不是这么掉价的人！"

周小萌压根没听清楚他们在说什么，随手就把头盔摘下来了。这群人一看到她的脸，起哄得更厉害了，还有人吹口哨："怪不得十哥舍不得，果然是又粉又嫩！"

周衍照脸色一沉，还没有说话，小光已经说了："别瞎闹了，这真是十哥的妹妹，我去他家的时候见过。"

"我妹妹，小萌。"周衍照随手揉了揉她的头发，"以后大家看到她，可要有当哥哥的样子！"

"光哥你可别轻饶他，赢一场一个法式深吻，不能因为是妹妹就算了！"

"就是就是！"

周衍照也不恼，笑吟吟地问小光："今儿真是对不住你，我真没想飙车的，因为妹妹在车上。不过既然这样，还是按规矩来，要不，我跟你法式深吻一下？"说着就下车，作势真的要去吻小光。小光板着脸一边闪避，一边说："记账！记账！下次叫你车上的妞吻我就行了！"大家起哄一笑，周小萌也绷不住笑了。

末了还是周衍照觉得有所亏欠似的，所以发话请所有人吃消夜。周小萌从来没有这么晚了还坐着机车在南阅街头飞驰，这时候她才知道，原来南阅市的晚上，跟白天完全不一样。白天的繁华热闹到了晚上，沉淀成了另一种风景。那些寻常街巷，在路灯下也显得格外有风情似的。

他们这么多机车呼啸而过，在空旷的街头好像一群飞速穿梭的鱼，又好似万箭齐发。但这箭却是会拐弯的，顺着那些老街骑楼，七拐八弯，到了江边的夜市，正是热闹的时候，他们把车停在树下，就寻着相熟的店家去了。

每部机车上的少年都带了女伴，个个都比周小萌大不了两岁，但是个个都像成年人似的，把周小萌当成小孩儿。刚在店里坐下来，就满场发烟，香烟扔来扔去，周衍照却随手把她面前的杯子拿走："小孩子喝果汁好了。"

"我来。"旁边有女人伸出一双涂着艳丽蔻丹的手，往那只杯子里倒了一杯菠萝汁，然后递给周小萌，"十妹，这个给你。"

"瞎叫什么！"周衍照似乎又气又好笑，"我排行第十，她又不排行第十。"

"十哥的妹妹，不就简称十妹了。"那女人满不在乎，拔下嘴上的烟，掸了掸烟灰，随手递给自己身边的男人，斜睨着打量周小萌，"哎，十哥，你别说，你这妹妹长得真漂亮，幸好跟你一点也不像，像你就完蛋了！"

"我操！"她身边的男人爆笑起来，"十哥，她这是挖苦你长得不好看！"

"男人要长得好看干什么？"周衍照随手往他胳膊上拍了一巴掌，"还有，我妹妹在这儿，别张口闭口不干不净的，有点忌讳好不好？"

"唉，没劲，连说话都怕带坏你妹妹。她要知道你在外头干的那些坏事，怕不要吓哭了！"

"我干什么坏事了？"周衍照笑得格外洒脱，"少在这里胡说，真要吓着我妹妹，看我不剥了你的皮！"

周小萌从来没有见过这样子的周衍照，在她心里，哥哥就是哥哥而已，虽然调皮，但在家的时候，碍着周彬礼的管束所以装腔作势，多少也不会太出格。今天晚上的周衍照完全不一样，他飞扬跋扈，却又洒脱自如，跟在家里的样子，是完全不一样的。在他身上，有一种异样的神采，这群少年都好似刺儿头，隐隐透出一种野性和暴力的倾向，却又都倾慕他，服从他。他好似狼群中最有威望的那一只，每次总是不紧不慢就能占据上风，从最远的悬崖上俯瞰整个草原。

周衍照坐的样子也跟在家里不一样，家里毕竟有叶思容，周彬礼是不怎么管孩子的，叶思容却成天跟在两个孩子后头谆谆叮嘱。周衍照对叶思容还是挺尊重也挺客气的，他毕竟幼年丧母，叶思容对他也确实用心，从小就教他坐有坐相，他在家的时候也都坐得规规矩矩，腰杆挺直，双膝并拢，一派乖儿子模样。至于在夜市摊子上，当然放松许多，一只手搭在周小萌身后的椅背上，另一只手捏着香烟，而腿跷在桌子底下的横柱上，好像全身都没有骨头似的，懒洋洋的，就像叶思容捡回来的那只流浪狗——周小萌想到这里，就忍不住偷笑，再看周衍照，腿伸得老长，可不像那只狗欠身打呵欠的时候。她自顾自在那里笑着，冷不防脸蛋被人捏了一把，正是周衍照："傻笑什么？"

"没有，炒花蛤好吃。"她很机灵地回答。周衍照要是知道她把他想成狗，一定会捏痛她的耳朵。

"少吃点这种辣东西，回头又该嚷嚷脸上长痘了。"

周小萌两个月前长了几颗痘痘，成天愁眉苦脸，长吁短叹的，躺在床上都恨得捶床。有天周衍照回来得晚了，从她窗子里爬进来，正好看到她趴在床上哭，吓了一大跳，还以为她受了什么天大的委屈。蹲在床边上耐着性子哄了她半晌，才问出来，原来是额头上长了好大两颗痘痘，周小萌觉得无颜见人了。

"长痘谁没长过啊！"周衍照放心了，狠狠戳了她一指头，"瞎想什么，过两天不就消了！"

"又不是你长痘！"周小萌正是别扭的少女期，红着眼眶直吸气，"你懂什么！"

"谁说我没长过。"周衍照牺牲自己，开始哄叛逆期少女，"到现在还长呢，不信你看！"

"哪儿？"

周衍照把耳朵拨开："耳朵后面，你看！"

周小萌看了看，果然有个小疙瘩，顿时又觉得更愁人了："你到现在都还长啊？那我即使长到像你这么老了，还会长痘……呜呜呜……"她刚哭了两声，周衍照就伸出手胳肢她："什么叫像我这么老了！"他们小时候常常闹着玩，因为周衍照知道她最怕痒，一呵气手还没有伸到她腋窝下，她自己反倒先笑得瘫了，最能逗得她破涕为笑。所以他手还没等碰到她胳膊，她果然就已经先笑得缩成一团："哥哥我错了……好了……"周衍照挠了她几下，她越发全身都软了，连说话都断断续续，"对不起啦……哥哥放过我吧……哥哥……求你啦……好了求你了……"

她笑得连眼泪都快流出来了，说话也喘不上气来，只好用水汪汪的眼睛望着周衍照，示意告饶。她推着周衍照的手，弓着身子咯咯又笑了几声，却看见周衍照不知为何僵在那里，两只手攥紧了她身侧的床单，额头上连汗都有了。周小萌不由得奇怪："怎么啦？"

"没事，我想起件要紧事。"周衍照脸色很难看，"你先睡，我走了。"

周小萌看他落荒而逃似的，开门就走了，心想，他肯定是又忘记周彬礼交代的要紧事了，不然怎么就慌成这样。

对十六岁的周小萌而言，能够溜出去看演唱会，是少女生涯最璀璨最快乐的极端。演唱会的兴奋加上飙车的刺激，现在坐在这里吃消夜，周围全是鲜衣怒马的少年，这样的感觉太好了，就像是暗夜里突然绽满朵朵鲜花，让她觉得自己在另一个新奇的世界里。虽然被周衍照提醒会长痘痘，但她压根也没想起两个月前那个莫名其妙的晚上，只是朝周衍照扮了个鬼脸，把余下的花蛤吃光光。

周衍照和其他人都是喝啤酒，成箱的啤酒搬上来，每人一瓶，瞬间见底，好像喝汽水似的。周小萌剥皮皮虾的时候把手给刺流血了，周衍照就不让她再吃了，说："小孩子晚上吃太多东西不好。"

"你才小孩子呢！"周小萌愤愤，"我都十六岁了！"

"就是，别听你哥的。"旁边有人起哄，"他十六岁都换了几个女朋友了！"

"小妹妹，你知道你哥现在的女朋友是谁吗？"

"南阅江之花啊！"

139

"回头叫你哥哥带给你瞧瞧！"

七嘴八舌说得周衍照下不来台，纵然少年老成，但毕竟还年轻，周衍照的脸皮还没有像后来那样，厚到铜墙铁壁似的。于是跟他们敷衍了一阵，就说要送周小萌回家，因为她天天十点半就要睡觉的，今天晚上实在太晚了。

一群人就这样散了，各自跨上机车，飞扬在夜风里，四散开去。周衍照骑着机车的时候，周小萌直打呵欠，搂着他的腰，把头搁在他背上，就那样睡着了。她实在是太累了，也实在是太困了。最后周衍照把她摇醒，他们已经进了院门，就在那棵大树底下了。

周小萌揉了揉眼睛："怎么就到这儿了？"

"我把你背进来的。"周衍照不知道为什么，语气里满是嘲讽，"睡得像猪一样！把你扔沟里你都不知道。你也不看看别的女孩子，谁像你似的，管不住自己的嘴，吃得这么胖，重死了！"

周小萌觉得这话特别刺耳，她在嘴皮子上是绝不肯吃亏的，眼珠转了转，就笑眯眯："哥哥背过很多女朋友喽？要不怎么知道别人都比我轻呢？"

"别人当然都比你轻！"

"猪八戒才背媳妇，你成天背女朋友，比猪八戒还猪八戒呢，好意思说我是猪！我就算是猪，你是猪的哥哥——大肥猪！"

周衍照大约被这句话噎着了，过了好一阵子，才说："你要不是我妹妹，我才不会背你呢！你要再说，我就把你一个人扔在这儿，自己爬上去回房间睡觉去！"

周小萌明知道他不会这样做，可是还是装出很害怕的样子，拉着他的袖子撒娇："哥哥……"

周衍照无可奈何，蹲下来，说："踩着我的背，我把你顶到树上去。"

周小萌踩着他的背，双手抱紧了树干，周衍照慢慢站起来，她却站不稳了，周衍照将她双腿抱住，用力往上一送，她终于搂住了那根横出来的枝丫，连忙翻上去。周衍照将她送上第一个枝丫，自己也爬上去，而且比她爬得还高，伸手将她拉上第二个枝丫，再往上爬，就是窗台了。周小萌觉得爬树还挺好玩的，比刚才从窗子里爬出来的时候也胆大了许多，周衍照先翻进窗子里，再把她拉进去。两个人也不敢开灯，摸索着又怕撞到桌子旁的东西，正窸窸窣窣的时候，突然屋子里大放光明。他们从暗黑里进来，灯突然一亮，刺得眼睛都睁不开。

周小萌下意识地掩住眼睛，周衍照本能地挡在她前面，周彬礼已经一巴掌扇上来："作死的东西！你深更半夜把你妹妹带到哪儿去了？你阿姨都快急疯了！"

周小萌也没想到会被大人发现，看着周衍照挨了好几下，周彬礼是真的怒了，连打带骂，踹了周衍照好几脚。周小萌吓愣住了，半晌才"哇"一声哭出声来，抱着周彬礼的胳膊直哀求："爸爸！爸爸你别生气！"

周彬礼自幼疼这个女儿，看她蹲在桌子上像只受惊的小鸟，吓得全身都在发抖，纵有满腔的怒火，也强自先按下去。他狠狠瞪了周衍照一眼，又安抚周小萌："别哭别哭！爸爸不是骂你，来，慢慢下来，别跳，当心崴着脚，你哥哥真不是东西……你别跟他学，快去看看你妈，你妈都急病了……"

原来叶思容心细，惦着女儿说不舒服早早就睡了，她担心女儿是受凉发烧，所以过了几个小时，估摸着女儿睡熟了，就想去看看。谁知道周小萌把房间反锁了，叶思容知道女儿大了，有时候不太愿意被大人当小孩子照顾，又怕打扰她睡觉，所以没有敲门，叫用人找了钥匙来，只说悄悄进去看看。她也没有开灯，朦胧看床上睡着人，就悄悄过去摸了一摸，担心女儿发烧，又担心被子裹得太紧出汗。结果一摸被子底下，竟然是枕头，这才觉得不对，打开灯一看，被子裹着枕头做成人样，周小萌当然不知去向。

　　叶思容急得眼前一黑，就晕过去了，吓得家里用人立刻给周彬礼打电话，他临时有应酬还没回来，听说女儿不见了，亦是又惊又怒，立刻赶回来，听用人把事情一讲，再把房里这情形一看，就知道女儿不是被人掳走的，肯定是偷偷溜出去的。一向乖巧的女儿，怎么会夜里从家里溜出去？就算溜出房间，又是怎么出的院门？周彬礼一想，就知道是谁干的好事。

　　周小萌没想到妈妈竟然会急晕过去，又痛又悔，奔到妈妈的床前。周彬礼早就请了医生来，说是一时太着急才会这样，现在虚弱只能躺在床上吊着点滴。周小萌看到妈妈这样子，自然又哭了一场。叶思容面白如纸，却摸索着握住她的手，惨淡地微笑："回来就好……别吓妈妈了……妈妈可只有你一个……"

　　周小萌伏在妈妈床边，又"嘤嘤"地哭了一阵，才被劝去洗澡睡觉。周小萌毕竟只有十六岁，这么一折腾差不多是半夜，被用人哄去睡了，第二天才知道，周彬礼把周衍照打得特别厉害。这几年周彬礼都不怎么动手揍儿子了，这次却破了例，父子两个大吵一架，周衍照赌气半夜就跑掉了。

周彬礼说："谁也不许去找他！也不准给他钱！他还反了不成！"

叶思容一连几天都病着，家里也没有人敢劝周彬礼，只有周小萌偷偷内疚，觉得是自己连累了哥哥。她从家里偷了一大包零食，又把自己攒的零花钱都清出来，搁在信封里，然后装在书包里带到学校去。

周小萌有周小萌的办法，虽然她不知道周衍照去了哪里，但肯定会有人知道。全校都知道她是周衍照的妹妹，她托几个高年级的学生跟学校附近出没的几个混混打听，果然就传来消息说周衍照现在暂住在饼市街养伤。

饼市街也是南阆市的一景，当初这里全部住的是卖饼的人家。南阆旧俗，无论过什么节日，或家里做生日、娶媳妇、生子，大大小小的红白喜事等，都是要吃饼的。不仅要吃饼，还要送亲朋好友礼饼，所以旧时候南阆城有许多人家就以做饼为业，最兴旺的时候，这里一整条街都是饼店。前店后宅，黑压压的一片屋子，就叫了饼市街。后来旧俗渐废，这里处于闹市，却因为是老街区的缘故，巷道狭窄，里弄曲折，渐渐成了城中出名的藏污纳垢的场所。所以听说周衍照现在窝在饼市街，周小萌一点也不觉得稀奇。周衍照好多朋友就是生在饼市街，在饼市街长大，就连周彬礼自己，也是出生在饼市街某个阁楼里，后来赤手空拳打下一片天下，才搬到背山面湖的别墅里去。

周小萌就对那几个混混说："我要去看看我哥哥。"

那几个混混面露难色，为首的人说："要让十哥知道，会骂我们的。"

"那不是小姑娘该去的地方。"

"就是！"

几个人都说得斩钉截铁，他们都晓得前两年周衍照骑着机车闯进校园的事，可见周衍照把这个妹妹呵护得跟眼珠子似的，再说上头还有周彬礼那样的人物，周彬礼跺一跺脚，整个南阅市的黑道是一定会震三震的。周彬礼已经发话了，谁也不许照顾周衍照，更不许给他钱。饼市街的少年们自然是阳奉阴违，一边儿敷衍着各自的家长，一边儿仍旧窝藏着周衍照。不过这几个混混有共识，周家父子的家事，怎么样也不该掺和进去，窝藏周衍照是义气，但娇滴滴的周家二小姐，那是绝不应该被自己带去饼市街。

"我就是去看看我哥哥。"周小萌不高兴了，"我爸爸不会知道的。"

"那也不行……"

"别为难我们了。"

"你放心吧，十哥好着呢，都是点皮外伤。大家不会少了他吃的喝的……"

周小萌却觉得内疚，事情本来就由她而起，若不是因为帮她，周衍照怎么会被周彬礼打，如果不是因为挨打，他也不会顶撞周彬礼然后离家出走……周小萌决心一定要见一见周衍照。

周小萌生平第一次逃学，就是因为周衍照。周家的司机每天晚上会来接她放学，她只有翘课才可能去看周衍照。所以她跟班主任请假，借口说肚子疼。女孩儿总有不方便的两天，班主任是中年妇女，也有女儿，听她这么一说，就批准了半天假。

周小萌拎着书包从学校出来，拦了辆出租车就直奔饼市街。开到饼市街南的牌楼底下，司机就说："小姑娘，只能到这儿了，里面太窄，车进不去。"

周小萌付了钱，仰头看了看那尊古旧的牌楼，四面的建筑都是骑楼，使得狭窄的街巷显得更深邃了，纵然是光天化日之下，也仿佛有几分幽暗似的。白天的饼市街看上去，跟南阆市的其他老街没什么两样，只是仿佛更冷清一些，小发廊都还没有开门，零零星星开着的铺面，都是卖烟酒杂货的，还有卖槟榔的小摊，就摆在巷子的拐角，借那一点点阴凉，挡去秋日的太阳。

周小萌站在巷口发了一会儿呆，这里纵横交错，是蛛网一样的小巷，怎么才能找到周衍照呢？就在她愣神的时候，突然旁边蹿出一道黑影，劈手抓住她手里的书包。她下意识去夺，那人却意不在此，正好趁着她一伸手，就在她胸口摸了一把，旋即猥琐地笑起来。周小萌大怒，连耳朵都气红了，将包往怀中一夺，腿已经踢出去。

自从初中被几个小流氓堵过一次之后，虽然周衍照替她出了气，但仍旧担心她受欺负，所以把她小时候学过一阵的跆拳道又逼着她重新练起来。每逢双休，就拖着她去跆拳道馆练习，有周衍照这个严师，她虽然不算高徒，但手底下已经很有两下子了。这一脚立刻把对方绊倒在地，周小萌又踢又踹："臭流氓！臭流氓！"一边骂，一边委屈得都要哭了。

那人没防到她身手竟然这样好，被绊倒之后又被踢中要害，疼得大叫。这时候巷子里闻声窜出七八个少年，每个人手中都捏着弹簧刀，面容狰狞。周小萌纵然胆大，但看着这些人突然围上来，也吓傻了，往后退了一步，厉声质问："你们要干什么？"

有人把地上的人拉起来，那人弓着身子骂道："哪里来的臭娘们儿，敢到饼市街来闹事？今天非把你教得认识爷不可！"

周小萌慢慢往后缩，背靠着墙，周衍照教过她，这样可以避免腹背受敌，只需要应付正面而来的攻击就行了。可是她面对七八个持刀的人，到底还是害怕，所以挺直了背，说："我是来找我哥哥的，他叫周衍照！"

为首的少年愣了一下，周小萌见有效，又补了一句："我爸爸是周彬礼！"

周彬礼三个字，在整个南阅市可谓一尊金字招牌，黑白两道都要给些面子。在饼市街来讲，那是比市长更加如雷贯耳的人物。所以她这么一说，当场的人都愣了，将信将疑地看着她，既不敢信，又不敢不信。七八个少年执着刀，僵在那里，一时不知道怎么办才好。

正在这时候，突然听到一阵引擎的轰鸣声——饼市街窄得连出租车都进不来，但机车却是可以灵活进出的，这也是饼市街许多人的交通工具。骑机车的人从巷子深处驶出来，看到这边的情形，不由得放慢了车速。等看清楚是周小萌，那车就"嘎"一声刹住了，周小萌也看清楚了，骑车的正是小光。他没有戴头盔，两只眼睛正炯炯地看着她，好似看到什么怪物似的："周小萌？"

周小萌一见到是他，虽然只见过一面，但一看是见着熟人，终于"哇"一声哭出声来。小光一见她哭，连忙从车上下来，问："怎么了？"

"我要哥哥……"周小萌毕竟娇生惯养，她刚刚又怒又羞又怕，现在只有一个念头，那就是找到周衍照，"我要哥哥……"

小光没有妹妹，平常打交道的女孩，也都是跟男生一样，很少见到这样跟洋娃娃似的少女。看她哭得上气不接下气，顿时慌了："你别急呀，你哥哥好好的，就住我家里。别哭了，我带你去！"

周小萌抱着书包，坐在小光的机车上，一路哭一路哭，哭得小光连机车都骑得七拐八扭，平日再熟不过的路，都差点走错。好容易到了自己家楼下，把车一停，说："就在楼上。"

周小萌哭得鼻尖都红了，还没从车上下来，二楼阁楼的窗子已经被推开，正是周衍照。他依稀听到妹妹的哭声，还以为是自己听错了，到底按捺不住，打开窗子只说看看，结果探头一看竟然真的是周小萌。他一急就问："怎么了？"一边问一边就从楼上冲下来了。

周小萌见到他才觉得满腹的委屈好似洪水一般直泄出来，哭着扑到他怀里："流氓……摸我！"

周衍照一听，气得青筋都突起来了，回头就狠狠给了小光一拳，打得小光一个趔趄，连嘴角都裂了。他想也没想还要打，周小萌已经拉住他，哽咽："不是他，是……是……是刚才那群人……"

小光舔了舔嘴角的伤，周衍照气得糊涂了，这时候才回过

147

神来，连声说："没事吧？真对不住……"

"没事。"小光满不在乎，说，"你妹妹就是我妹妹，刚才那帮人我看见了，就是雷林和几个混蛋。你先管你妹妹，我去找他们算账！"他一偏腿跨上机车就走了，周衍照心里乱糟糟的，扶着周小萌上楼，问："伤着哪儿没有？你怎么到这儿来了？咳，你这不是添乱么……"

周小萌被他扶上楼，这才看到他连鞋子都没穿就冲下楼，两只拖鞋就被甩在门口，倒觉得哥哥这话不算不中听，只是仍旧委屈："我是来看你的……"

"谁告诉你我在这儿？"周衍照咬牙切齿，发誓要把那多嘴的人嘴上钉根铁签。

周小萌一看他的脸色，又哭起来："我好心好意来看你……"

"好了好了，是哥哥不对。"周衍照看她哭的那样子，心里烦乱，连忙抓了一卷纸给她，"来，把脸擦擦，别哭了。你要来，应该叫我去接你……你怎么不打我电话？"

周小萌觉得委屈极了："你关机……"

周衍照这才想起来，他确实把手机关掉了，因为半夜跑出去之后，周彬礼又打电话把他吼了一顿，他一生气就把手机关了。他耐着性子说："那你也不能一个人跑来，这里多乱……"

一说到这些，周小萌就想起那只黑乎乎的手按在胸口，顿时一阵恶心反胃，放声大哭："太脏了！太脏了！我要洗澡！我要洗澡！"

"好好，洗澡。"周衍照被她哭慌了神，答应了才想起

148

来，这里连热水器都没有，实在是不方便洗澡。自己平时倒是无所谓，凉水一冲，可是妹妹可不能洗凉水澡，非冻出毛病来不可。他一思量就有了主意，刚要出门去，周小萌死活拽着他不肯撒手，他只好掏出手机打了一圈电话，让左邻右舍把自己家的开水都送过来，还让巷口的小店送新盆新毛巾来。

一时间送来了七八瓶开水，还有一大瓶没启封的沐浴露。周小萌这才放下书包，抽抽搭搭地洗澡去了。周衍照不放心，隔着门跟她说话："那些人没欺负你吧？"

"就这样还不叫欺负我？"周小萌又气又急，连连顿足，把卫生间薄薄的楼板踩得震响，"那个流氓摸我！"

周衍照觉得放心了一点……她说"那个流氓摸我"……还好是一个人……还好是摸……但立刻心里的火气又蹿上来，半个人也不行！谁敢碰到周小萌的衣角，就应该剁手！

周小萌洗了一个多小时，连皮都快搓掉了一层，最后才出来。周衍照一直没敢走，隔门听她渐渐地不哭了，却也不敢多问，怕她又哭，也怕自己忍不住冲出去杀人。

周小萌把半瓶沐浴露都用完了，洗得皮肤都发红了，她肌肤雪白，揉搓之后颈中一道道的指痕，看得周衍照心惊肉跳。过了半晌才记起来，她进去的时候脖子里还没有这些道道，想必是她自己搓的。

周小萌哭得够了，也哭得累了，她没有衣服换，穿的是周衍照的一件干净衬衣，长得像裙子似的，周衍照的沙滩裤穿在她身上，更像一层裙子，松松垮垮的，头发还在滴着水。周衍照看娇滴滴的妹妹变成这样子，心里一阵阵揪着疼。周小萌还在抽噎，像小孩子哭久了，缓不过气来。周衍照伸手搂着她，拍着她的背，只觉得她像只小兔子，受尽了惊吓，简直让人心疼得不行。她连耳朵都搓红了，脖子里的指痕一直延伸下去，微松的领口露出泛红的肌肤，他看着有一颗水珠从她头发上滑下来，掉进她的脖子里，顺着那指痕慢慢滑下去了。周衍照觉得嗓子眼发干，忍不住喉结滑动，咽了口口水，周小萌却在他怀里蹭了蹭，撒娇似的又叫了声："哥哥！"

周衍照觉得自己疯了，周小萌也觉得周衍照疯了，突然她就被他猛然推到了墙上，后脑勺刚撞上墙壁，就被周衍照扶住了，然后他就几近凶猛地吻住了她的唇。周小萌吓傻了，周衍照身上有汗气烟味，男人特有的气息，带着侵袭汹涌进她的鼻腔。她透不过气来，周衍照的舌头撬开了她的嘴，唇齿交缠，他的掌心像烙铁一样烫，紧紧扶着她的腰，越吻越紧，越吻越贪婪，全身紧绷，内心深处的渴求就像是一把火，烧得他难受极了，烧得他觉得自己像头野兽，心里的欲望叫嚣着只想把她整个人都吞下去。周小萌完全没有经验，接吻是只在电视上看过的镜头，哥哥从来不是这样子，这样子凶狠，这样子霸道，这样纯粹侵占，是一个陌生的男人。

Chapter
03

你带我走

【九】

萧思致答应下周衍照的约见之后，就给周小萌打了个电话，告诉她："你哥哥要见我。"

周小萌正在试礼服，孙凌希是独生女，对她十分亲近，说是要让她在婚礼上当伴娘。两个人本来是来店中看订婚宴上的衣服，周小萌是这里的VIP，经理十分殷勤，闻言立刻又捧出大画册的婚纱让孙凌希过目。周小萌就暂时去试订婚宴上的礼服，相熟的店员说："周小姐的尺寸我们都有，不过这条裙子是独立设计师的，要不要明天叫他带助手飞过来看周小姐试身再改？"

"不用了。"周小萌说，"帮孙小姐试好就行了，我只是陪客。"

店员细心地替她将衣服后腰用别针别好，再理一理，看着镜中："这样子真漂亮！去年您买的那件晚礼服也是这位设计师的作品，这位设计师的作品挺挑人的，一般人穿着都不好看，可是最衬您的气质。"

去年的裙子——周小萌想起来，买那条裙子是因为圣诞节，这几年周衍照生意越做越大，圣诞节的时候受邀请去商会举办的冷餐会，那种场合男人都是带原配太太去，于是没太太的周衍照带她去替自己敷衍太太帮，所以她到店里来订了件晚礼服。可惜那天晚上周衍照喝多了，回家之后发酒疯，把她那条裙子给撕坏了，现在想起来，如果真让设计师知道，不知道该怎么吐血呢。就在这时候，萧思致打电话来，告诉她周衍照约见他见面的事。

周小萌说："他要见你你就去吧，不过我哥哥脾气不好，你说话注意些。"

"我知道。"萧思致顿了顿，又问，"你在做什么？"

"试衣服，哥哥要订婚。"

"噢。"

"要不要我拍张照片给你看？"

"什么？"

"我穿着新裙子的照片呀！"周小萌撒起娇来，"你要设置成手机背景哦！"

"好。"

　　周小萌对着镜子拍了几张照片，挑了两张用彩信发给萧思致。一张是她叉腰微笑，仿佛是杂志的封面模特，另一张却是她特意扭过腰，拍到后腰上那一排别针。没一会儿萧思致发短信问："背后的别针是做什么？"

　　"给衣服尺寸做记号，这裙子全世界只有一条，可以量身再改。"

　　"好像一只豪猪！"

　　"哼！"

　　萧思致看她发过来一个娇嗔的"哼"字，不由得咧嘴笑了笑，就将她那张后腰全是别针的照片设置成手机背景，然后看了看时间，出门去见周衍照。

　　周衍照派了司机到学校门口来接他，他本来以为周衍照又会约在什么私密香艳的地方，没想到却是山脚下的观音庙。这里香火鼎盛，又是著名的风景区，游客如织。不过今天萧思致到的时候，已经过了景点开放时间，所以里里外外，都没有香客，连工作人员也都下班了。他们直接就从停车场的小门进去，原来还有不通过售票处的门。

　　走到山门外，周衍照的两个保镖拦住他："萧哥，对不住。"

　　萧思致愣了一愣，旋即明白过来，举起手来，其中一个人拿着机场安检似的仪器，把他全身上下都扫了一遍，让他把手机钱包钥匙都交出来。萧思致也不恼，笑吟吟都掏给他们，才进了山门。

　　偌大的殿宇里，只有周衍照一个人，夕阳照进殿中，将他的身影拉得老长老长，显得十分孤寂，也不知道跟他形影不离的小光去了哪里。萧思致看周衍照一个人捧着香站在佛前，倒是十分虔诚的模样，也不知道站了多久，周衍照才将香插入香炉中，然后跪拜再三，这才起身。转过身看到萧思致，也不跟他打招呼，只说："来，上炷香。"

萧思致依言捧香，却没有下拜，只说："十哥，我不信这个。"

"信不信也只是个念想罢了。"周衍照凝视着佛龛中慈眉善目的菩萨，说，"杀人放火金腰带，修桥补路无尸骸。我们捞偏门的，若是信因果报应，早就该死一万回了。"

萧思致不解："那十哥还拜？"

周衍照显得意兴阑珊："说了你也不懂。走吧，我们去后堂喝茶，这里方丈藏有上好的佛茶。"

周衍照显然是来惯的，地势极熟，带他走进后院的月洞门，旁边还放了块"游客止步"的告示牌。原来月洞门后是一片禅房，小光就站在滴水檐下，朝他们微微点了点头。旁边有个保镖拿着一只盘子，里面是萧思致的手机钱包等物，显然没查出什么来。此时看到他们，保镖就将盘子递过来。萧思致拿起钥匙钱包放回兜里，周衍照倒有兴趣，拿起他手机看了看，未解锁的屏幕上壁纸就是周小萌的照片。周衍照看了看照片中她身上那排别针，挑了挑眉，说："像豪猪。"

萧思致"噗"一下子笑了，说："我也是这么跟她说，结果她恼了，不理我了。"

周衍照不冷不热地笑着，将手机还给他，两个人进禅房，茶盘早就摆好了，却并没有别人。两个人坐下来，周衍照开始洗杯，说："其实也不为喝茶，就是为了找个地方说话。搜你身也没别的意思，是怕你带了不该带的东西。"

"十哥也太小心了。"萧思致又赶紧补上一句，"不过小心驶得万年船。"

"没办法，最近风声太紧。"周衍照将闻香杯细细嗅过，漫不经心地说，"有件事，我得找个妥当人去办，又得是新面孔，所以才想到你。"

萧思致露出很好奇的样子："十哥想让我去办什么事？"

"其实也没什么，送笔钱去给个人。"周衍照说，"只是要走一趟泰国。"

萧思致挠了挠头发，问："多少钱？"

"八百万。"周衍照含笑，"美金。"

萧思致说："这么大一笔钱，怎么带出境？"

"所以只能偷渡。"周衍照说，"到边境之后，会有人接应你，等过了边境，泰国那边也会有人来接你。你放心，我叫你送的不是什么赃款，也不是货款，只是去年我手头紧，找人借了一笔钱，这时候连本带息还给他。我们这行，只收现金，所以只得你跑一趟了。"

"我怕办不好，误了十哥的事。"

周衍照笑笑："你要不愿意也没关系。"

"不是，真不是。"萧思致讷讷的，"这么大一笔钱，我只是怕我自己弄丢了，或者路上出什么意外，耽搁了十哥的事，我就没脸见十哥，更没脸见小萌了……"

周衍照放声大笑，似乎挺畅怀的样子。他手指轻叩着茶船，问萧思致："你知道我是做什么的吗？"

萧思致说："十哥是道上的大英雄、大老板。"

"得啦，想追我妹妹，也不用拍我的马屁。"周衍照仍旧是满面笑容，似乎心情甚好，"即使是捞偏门，打打杀杀，那是幼儿园小朋友才玩的游戏。从古至今，挣钱靠的是什么？是行人所不能行，做人所不能做。你有没有去过平远？"

萧思致愣了一下，旋即摇头。

"那是古代社会的金融之都，天下最大的钱庄票号，竟然都集中在小小的平远县城，很奇怪吧？可是又不奇怪。古代人难以携带金银出门，于是平远人想出来，开钱庄，发银票，汇通天下。"周衍照说，"那就是银行的雏形，到了现代，流通的货币换成纸钞，银行业务更加多种多样，可是有些业务，是银行做不了的。

"南阅市是工商业最为发达的城市，这个城市每日的现金流，是一个巨大到无法想象的数字，银行在每年最后一天结算的时候，要用庞大的服务器，才知道他们需要的数据是多少。即使如此，民间借贷仍旧十分兴旺，因为有些业务，根本是银行无法完成，甚至是法律不允许它完成的。有些人的有些钱更是来历不明，绝对不能存进银行里去。试想，一个明明没有正当收入理由的人，户头突然多出来三千万，怎么能不令人生疑呢？这些钱，一定得想办法洗干净了。"

萧思致终于明白过来："地下钱庄？"

周衍照含笑看着他："我也不知道我的公司每年能周转多少钱，不过每天肯定都超过八千万美金。你连区区八百万美金都怕替我弄丢了，将来怎么跟着我办大事？"

萧思致呼出一口气，说："十哥，只要您相信我，我就去。"

"我妹妹很喜欢你。"周衍照轻拍他的肩膀，推心置腹地说，"我们迟早是一家人。你要有心，就早点过来帮我。"

他们两个密谈，小光就站在走廊下抽烟，近年来他已经很少抽烟，因为烟草会使人反应迟钝。倒是周衍照这几年烟抽得越来越凶，少年时代不过一天半包，现在差不多一天三包了，要是周小萌再闹点什么花头，他能抽到咯血。上次小光就忍不住挖苦他迟早得肺癌，周衍照倒毫不在意："抽烟你也嘀咕，非逼着我抽别的去？"小光不愿意想这些，他把烟头扔了，用脚尖踩碎，对保镖说："我去厕所，你们盯着点。"

厕所还在很远的地方，天已经黑了，一个人也没有，但小光还是很仔细地把厕所里都检查了一遍，确认没有人，才打电话给周小萌。

周小萌接到他电话的时候很意外："我哥哥怎么了？"

"你怎么不问一下萧老师怎么了？"

"如果我哥哥现在把萧思致怎么样了，你也不会打电话来给我。"

"周小姐，您挺恨十哥的吧？"

周小萌语气冷淡："这是我们家的家事，轮不到你插嘴。"

"您恨不恨十哥没关系，怎么对十哥也没关系，可也不能拿他当枪使。"

周小萌笑起来："光哥，您这么忙的人，打电话给我，就为了说这些无聊的话？"

"他瞧见照片了。"

"什么照片？"

"明人不说暗话，咱们别绕圈子了，最近的风声很不好，十哥还要把萧思致引进门，这个人来历底细不清不楚的，怎么能用？"

"哥哥要用什么人，跟我有什么关系？"周小萌更冷淡了，"你们在外头干的那些事，我从来不知道，也不想听。"

"锦衣玉食，都是十哥供着你。你非要激得他在这当头，用一个外人，出了事会害死多少人你知道吗？"

周小萌什么都没说，就直接将电话挂了。

她走回餐厅，孙凌希还以为是萧思致给她打电话，她才会避到走廊去听，于是取笑她："谈恋爱光明正大，有什么不好意思的？"

周小萌知道她误会了，也不愿意解释，只是顺着她的话意做出害羞的样子："连你也打趣我？我跟萧老师才刚刚开始交往……"

"刚开始的时候才是最好的时候呢！"孙凌希笑盈盈的，"哪个人刚开始谈恋爱的时候不是蜜里调油的？"

"哦……"周小萌说，"我真想不出来我哥哥那么严肃的人，谈恋爱是什么样子……"

"你不是说他以前有挺多女朋友吗？"

"他不会带回家来，有时候在街上遇见了，也就是大家说一会儿话，我还真没有看过他认真谈恋爱的样子。"

孙凌希有点矜持，又有点不好意思的样子："其实也跟你和萧老师差不多，不过就是吃饭、散步、喝茶……"

周小萌面前的一份牛排已经冷了，她拿叉子拨弄着，单手支颐，好似一副小女儿的愁态，问："孙姐姐，你今天晚上能不能晚点睡？"

"怎么了？"

"哥哥不太喜欢萧老师，刚才萧老师给我打电话，说我哥哥找他……"周小萌吞吞吐吐地说，"我怕他跟哥哥谈得不好，晚上哥哥回来，肯定要冲我发脾气的。"

"怎么会呢？"孙凌希有点疑惑，"上次我们去山上，你哥哥不就是和萧老师在一起吗？我看他们俩，挺合得来的。男人嘛，能在一起去那种地方，交情不会差到哪里去的。"

"真的吗？"

"当然了。"孙凌希安慰她，"你就是凡事想太多，你哥哥有时候说话是不太注意，我看他也不是不喜欢你，就是在家里那样说话习惯了。"

周小萌垂下眼帘，她浓密的眼睫在眼皮下投下一圈茸茸的阴影，显得很忧虑："孙姐姐，能不能等哥哥晚上回来之后，你帮我和萧老师说几句话……"

"当然可以。"孙凌希有点好笑。她今天试了订婚礼服，又去珠宝店看了首饰，连婚纱都大略看过一些，心情正好，所以对周小萌也特别笼络："放心吧，没事的。"

她们吃完晚饭回家去，等到十点多，周衍照还没有回家。孙凌希习惯了早睡，看着电视就直打呵欠，周小萌于是劝她上楼去休息，孙凌希说："没事，等你哥哥回来吧，你别担心了。"

一直等到午夜，周衍照才回家。进门看见客厅灯火辉煌，两个女人都没有睡，不由得诧异："你怎么还没睡？"这句话，当然是对着孙凌希说的。

"你没回来，睡不着。"孙凌希早就站起来，接过他臂弯上的外套，问，"饿不饿？厨房还炖的有粥。"

　　"不用了，晚上跟人谈事，吃得挺饱的。"周衍照催促她，"你赶紧上楼睡觉去吧，别熬夜了。"

　　"我先上楼去了。"周小萌不失时机地说，"哥哥陪陪孙姐姐吧，她等你一晚上了。"

　　她一走，周衍照就摸了摸孙凌希的脸："怎么了？"

　　"你没回来，总觉得有点不安心似的。"

　　"牛奶喝了吗？"

　　"没有。"

　　"我替你温牛奶，喝过好睡觉。"他起身走向厨房，没一会儿果然端了一杯牛奶回来，"走，咱们上楼。"

　　到了孙凌希的房间，他随手将牛奶放在床头柜上，说："你早点睡，明天还要上班呢。"

　　孙凌希却从后面抱住他的肩，他比她高许多，所以她跳了一跳，踮着脚才揽住了他的脖子："晚安吻都没有？"

　　周衍照回过身来吻她，不过轻轻触一触她的唇就放开，见她幽怨的眼神，于是捏了捏她的脸，说："门没关。"

　　"又不会有人闯进来。"孙凌希撒娇，"人家等你半夜，你就这样敷衍我？"

　　周衍照笑了笑，走过去关房门。孙凌希记起来隔壁住的是周小萌，怕她没睡走出来撞见，又叮嘱一句："反锁！"

　　周衍照把门反锁上了，走回来将她抱起，然后把她放在床上，却没有抽出胳膊，只是好整以暇地问："反锁做什么呀？"

　　他的脸隔得近，孙凌希几乎可以看见他瞳孔中自己的倒影。他虽然是在笑着，可是眼睛里并不见任何温柔的神情，这个男人就是这样，他的心坚硬得如同金石，很少会有真实的情绪外露，任何时候几乎都不例外。她扬起脸来吻了吻他的下巴，问："又喝酒了？"

　　"一点点。"周衍照漫不经心，玩弄着她散落的长发，"谈事情哪有不喝酒的？"

　　"又烟又酒，你身上这气味，简直可以熏死一头骆驼。"孙凌希慢慢抚摸着他俊朗的侧脸，"去洗澡吧。"

　　"我还是回房间去洗。"男人突然有点意兴阑珊似的，放开手坐起来。

　　孙凌希揽住他的腰，温柔地问："怎么啦？"

　　"你还没有三个月，又不能吃，光让我看着，哪有这么残忍的事？我还是回房去，省得难受。"

　　孙凌希笑得眉眼都弯起来，把他的脸扳过来又亲了一下："真没有在外面乱来？"

　　周衍照似笑非笑地看了她一眼，离得近，孙凌希的脸颊仿佛玉脂一般，吹弹可破。他说："我要真乱来你怎么办？"

　　"我还能怎么办……"孙凌希语气透着委屈，"我又管不着你……"

　　"喝牛奶睡觉。"周衍照把牛奶端给她，"乖，别胡思乱想的，这阵子我忙，没工夫乱来。"

　　他回自己房间洗了个澡，又重新到孙凌希房间里来，打开门也没有开灯，站在床边弯腰碰了碰她的眼皮，孙凌希已经睡得极沉，他退出去，关好房门。周小萌早就睡了，门也早就关上了。他想了想径直回到主卧室，从阳台上翻出去，窗外那棵树已经长得更加繁茂，他扶着树枝从横倚的粗大枝干上走过去，轻轻拉开临树的窗子，踏进窗台里。

周小萌似乎睡着了，背朝着窗子躺在床上，头埋在枕头里。他从窗台跨进来，她动都没动。月光从窗子里照进来，她睡衣领口下露出一截雪白修长的后颈，仿佛一只蜷缩着的天鹅。周衍照觉得自己大约是喝多了，因为他伸手摸了摸那段后颈，周小萌的声音十分冷静："别碰我！"

周衍照索性将她从床上搂过来，低头吻她，她任由他亲吻，不过没什么反应。周衍照最生气她这样子，觉得索然无味，吻了片刻就放开她，摸出烟盒来，点上烟，靠着窗边那张桌子，问："你真喜欢萧思致？"

"喜欢不喜欢，哥哥关心了做什么呢？"周小萌坐起来，抱着双膝，好像有些冷的样子，"我说喜欢他，哥哥只怕就要把他给弄死。他那个人，那么笨，到时候怎么死的都不知道。我说不喜欢他，哥哥也未见得信。"

"你不是说他合适吗？"

"是挺合适的。"周小萌眼波闪闪，看着周衍照，"你别害他了。"

"你都说这话了，我能不害他吗？"周衍照心情好了些似的，表情仿佛逗弄猫，"又或者，你为你的爱人做点牺牲？"

周小萌看了他几秒钟，起身将他拽倒在床上，自己翻身爬上去，解开他的睡衣扣子。一直解到腰里的时候，周衍照按住了她的手，看了她片刻，将她推开了，坐在床边又点上一支烟。

周小萌比孙凌希胆子大得多，她就站在床上，拿脚尖踢踢他的腰："给我一支！"

周衍照没理她，她自己伸手去拿，还没有碰到烟盒，已经被他一肘拐过来，正好击在她的膝弯上。她人往下一栽，差点没跌到床底下去，幸好被他伸手捞住了，她头顶茸茸的短发堪堪擦过床前的地板。他把她抱起来，往床上一扔，说："别发疯了！"

周小萌被他这一扔，头撞在床头上，"咕咚"一响，差点把她眼泪都撞出来了。这时候她实在不愿意哭给他看，所以一边揉着头顶被撞的地方，一边慢慢地缩到床里面去，把头埋进枕头里。她任何声息都没有发出来，他却像是背后长了眼睛似的，问："你又哭什么？"

"我就喜欢萧思致！你都要结婚了，还这样对我？"周小萌哽咽着，说不出来话，"你跟别的女人结婚，让我陪着去看婚纱……"

"你哭也没用。"周衍照狠狠地把烟拧熄了，"我又不会跟你结婚。"

周小萌把眼泪擦干了，慢慢倒露出个柔媚的笑容，起身从后面搂住他的脖子，亲吻他的耳垂："那哥哥，不跟孙姐姐结婚好不好？"

周衍照侧脸看着她脸上娇媚的笑容，突然觉得心里怨怼更加狰狞，他说："你不用做出这种样子。萧思致是吧？我看你还是对他真好，你放心吧，我绝对不会把他怎么样，相反，我还打算好好用一用他，栽培他。"他将她拉过去，"你不就是唯恐我把他害了？你知道要怎么才能害一个人么？那就是把他捧到高处，让他以为，自己可以呼风唤雨……"他慢慢亲吻她微凉的嘴唇，"从最高的地方跌下来，才会粉身碎骨……懂么？"

周小萌怆然地笑了笑："我有什么不懂？哥哥当年，不就是这么收拾我的吗？"

这句话只是让周衍照顿了顿，他勾起她的下巴，又吻了吻："当年你觉得，我是真的喜欢你？"

"是啊，那时候哥哥装得真像。"

周衍照又顿了顿，才说："那时候，你也装得挺像的。"

周小萌偏过头去，看着窗外的树，夜已经深了，四周都没有灯，墨色的枝叶葳蕤，像浸在夜的海里。这株树长得太茂密了，枝叶连绵遮掩住两间屋子的窗子，所以这里是周家监控器的唯一死角。如果从她的窗子翻出去，再从树上就可以去到周衍照的卧房，而不会被摄像头拍到，上次她冒险试过才敢确定。

夜风微凉，吹得树枝微微晃动，轻轻敲在窗棂上，沙沙作响。她想起很久之前的事情，恍惚还像是昨天一般，可是那都是上辈子的事了吧？而今生，早就支离破碎，遥不可及。她喃喃地说："树犹如此，人何以堪！"

她又转过脸来，笑着对周衍照重复了一遍这八个字，说："哥哥，你知道这是什么意思吗？"不等他回答，说，"我知道你不耐烦听这些，你从小看到语文课本就头疼，我妈花了那么多时间，也没让你语文成绩好一点。就像那时候我不明白，你为什么就喜欢跟人打架……"她语气里带了一点凄凉，"其实有时候不明白，反而好。"

周衍照仍旧没有说话，周小萌慢慢地讲述："古时候有个叫桓温的人去打仗，路过金城，看到他年轻的时候种在那里的柳树都已经长到十个人都抱不拢，他感叹说：'树犹如此，人何以堪！'连树都已经这样了，何况是人呢……"她停顿了片刻，才说，"哥哥，从前的事，我们以后都不提了，我想和你商量一件事。"

"什么？"

"你能不能再骗我一次，就今天晚上，你再装一会儿，装作是当年那样喜欢我的。"

周衍照的脸色看不出来是什么表情，瞧了她半晌，问："那我有什么好处？"

"我会对哥哥好。"周小萌的语气很轻，像是在梦呓，"我也会装，装作喜欢你。"

"我不稀罕。"周衍照拨开她的手站起来，周小萌扑上去，使劲箍着他的腰，试图把他拖回来，周衍照反手一抄，就把她胳膊扭到身后去了。两个人已经好几年没有过招，周小萌原本就是他教出来的，认真不是对手，可是这时候拼起命来，周衍照一时也占不到上风。两个人沉默地在黑暗中摔打，好几次周小萌都撞到了床柱上，但她一声不吭，最后周衍照总算把她给死死按在了床上，低声吼："你疯够了没有？"

周小萌唏嘘了一下，周衍照这才觉得满手都是她的眼泪，冰凉冰凉的，手上的劲就渐渐地松了。她慢慢伸手搂住他的脖子，把脸埋在他胸口，哽咽："哥哥……哥哥……"

周衍照没力气再拉开她的手，只觉得她的眼泪浸透了自己的睡衣，她的嘴唇像她的眼泪一样凉。她说："没有装……我真的没有装……你明明心里知道……你为什么要这样对我……"

"放手！"

"我不放！"周小萌号啕大哭，"在北京的时候你骗我！你说叫我先走，你马上就来找我，那一次你骗我放开手，然后你就再也没有回来！"

周衍照硬把她的手指掰开，她像小狗一样咬在他手背上，"呜呜"地哭着，他都不觉得手背疼了，只是麻木地想要挣开她。两个人撕扯了很久，周小萌终于被他推开了，她把头埋在枕下，捏拳捶着床，乱打乱踢，好像回到十六岁，可以那样任情任性，纵容自己。周衍照听她闷在枕下的哭声，终于伸手又将她拉起来，拉进自己怀里，像抱着婴儿一样，哄着她："别哭了，别哭了……"

周小萌抓着他的衣襟，嘴唇哭得泛白，痉挛一样揪着他的衣服，却寻着他的唇了。这个吻像是等了许久许久，连周衍照都觉得，这辈子可能再也不会等到了。两个人的吻是咸的，是苦的，吻了很久也不肯放开。周小萌的动作很激烈，把他睡衣扣子都扯掉了好几颗，周衍照被她弄疼了，皱了皱眉，却任由她去了。

天明的时候下起雨来，两个人都还没有睡着。周小萌像只乖巧的小猫，窝在他的胸口，硬赖着不肯让他起来，他动一下，她就像八爪章鱼似的，紧贴着他不肯放。他只好说："我得回去了。"

"不准走！"周小萌几个小时前就把他的衣服全扔在浴缸里冲水泡上了，还倒了半瓶泡泡浴的沐浴露进去。那会儿他都没反应过来，抢都没有抢到，已经全浸透了。他还没来得及懊恼，周小萌已经像小狐狸精似的，重新缠上来，让他没了思考的余力。

"过会儿天亮了。"

"反正不准走！"周小萌眼眸如水，像一只吃饱了的猫，懒洋洋伏在他身上，手握要害，在他耳边得意轻笑着，"要不，你就这样不穿衣服从树上爬回去？"

"别攥着，流氓！"

"流氓也是哥哥教的！"小狐狸精媚眼如丝，"要不，我把床单借你，你裹上之后大摇大摆从走廊里回去……咦……"她察觉不对，后半个字都没来得及说出口，翻天覆地，已经换了位置。这次轮到她恨声了："流——氓！"

周衍照天亮之后才回房间，好在下雨天，大清早院子里压根没人走动，更没人会注意到树上。他到底没有惨到裹床单的地步，不过是穿着在浴缸里泡了一夜的湿衣服，凉飕飕的，又在树上被雨淋，更觉得冷。回到主卧后把湿衣服脱了，痛快冲了个热水澡，拿毛巾胡乱擦擦，倒在床上就睡着了。

他一直睡了很久，最后是手机铃声把他吵醒，电话是小光打来的："十哥？"

"嗯？"他还没有醒透，连声音里都透着倦意。

"上午您没到公司来。"

"哦，我睡过了。"周衍照想起来上午还有事，抓起床头的手表看了看，已经是下午两点，不由得咒骂了一句。

"您是不是不大舒服？"

"没有，刚醒，人有点迷糊。"周衍照觉得浑身骨头疼，昨晚的小狐狸精简直是敲骨吸髓，他也从来没有那样放纵过自己，简直是……想想都觉得荒唐。他不知不觉轻笑出声，倒把电话那头的小光给弄迷糊了："十哥？"

"噢，没事。我太累了，下午就不过去公司了，有要紧事的话，给我打电话。"

"好。"

周衍照挂上电话之后，又想了想，拿起支烟含在嘴里，一边找打火机，一边打电话给周小萌。

周小萌的手机响了好久都没接，他干脆打她房间的座机。果然她也没睡醒，连接电话都还含糊着。

他问："你今天又请病假？"

"讨厌！"她咕哝着把电话挂了，窝进被子里继续睡。

他继续重拨，周小萌抓起听筒，简直要发脾气了："我要睡觉！"

"活该，谁叫你昨晚那么流氓的！"

"你才流氓！"周小萌又气又羞似的，把电话又挂了。

周衍照想都能想出她的表情，雪白的脸颊上泛起红晕，好似剥了壳的鸡蛋，哦不，是饼市街的人家新生了儿子送的红蛋，剥完壳后，还有一抹晕红染着。他不由得再继续拨，周小萌拿起听筒搁到一边，但没一会儿手机又"嗡嗡"响起来，这么一折腾，她其实也睡不着了，只好爬起来拿手机，果然还是周衍照。他的声音像哄着小红帽的大灰狼："乖，从树上爬过来，我接你。"

"不去！"

"有好处。"

"什么好处你先说。"

"你过来我就告诉你。"

周小萌本来不想理他，但想了想还是答应了。开窗子一看，外头雨下得正大，只好随手拿了条浴巾披在衣服外，悄悄爬到树上。不过是几步路，果然看到周衍照开着窗子在等她，一看到她，就伸手搂住她的腰，将她从树上抱进窗台。

周小萌推开他，将落满雨点的浴巾掀到一边，似笑非笑："有什么好处快说。"

"你不怕我诓你，压根就没什么好处么？"

"堂堂周家十少，道上赫赫有名的南阅十哥，要是骗我，也忒让人笑话了。"

周衍照笑了一声，说："我腰疼，你给我踩踩，我就告诉你，好处是什么。"

周小萌没办法，只好暂时充当一下踩背小姐，抓住周衍照那张欧式大床的围栏，一边踩一边恨恨地想，踩断他的脊椎骨最好了。踩了一会儿周衍照自己忍不住了："算了算了，你这叫踩背么？跟洗床单似的。"南阅旧俗，没有洗衣机的时候，都是踩着洗床单，因为厚重，手搓不动。周小萌年岁小，没见过，只有周衍照少年时代经常在饼市街打混，见过女人那样踩着洗床单。

周小萌手刚一松就被周衍照搂住了，说："好处么，陪我再睡会儿。晚上跟我一起去吃饭。"

"哥哥还是别跟我起腻了。"周小萌冷冷地说，"孙姐姐早就起床了，哥哥不怕她来敲门么？"

周衍照默然，周小萌说："昨天晚上的事，我就当哥哥是答应我了，哄我一晚上玩儿，刚刚为止，是我哄哥哥高兴，咱们两清了。以后哥哥要结婚也好，要生孩子也好，我都不会再多说一个字。哥哥也别拦着我谈恋爱嫁人就行了。"

周衍照拿了支烟点上，抽了一口，方才说："行啊，不过话说清楚，我从前没拦过你谈恋爱，以后更不会了。你喜欢萧思致，你就嫁去。"

"萧思致看上去聪明，其实人挺老实的，说句哥哥不爱听的，你做的这行，挣得多，风险大，我不想以后担惊受怕，哥哥别把萧思致弄到公司去上班。"

周衍照的笑容更似嘲讽："他要真娶了你，他就是周衍照的妹夫，不管你怎么想把他洗干净，道上人都会认定了，他是我的妹夫，我的事就跟他沾边，我欠的账，没准就有人算到他头上。现在不把他弄到公司去跟着我干，将来有一天，人家也会逼得他不能不跟着我干。"

"结婚后我跟他走，离开南阅。"

周衍照嗤笑了一声："离开南阅？如意算盘挺不错的，你以为离开南阅就能避祸？不在我的地盘上，更方便有些人动手了，到时候把你们俩一锅烩了，送到我面前来，我可不会买一块墓地把你们俩埋了，我抛到江里去喂鱼！"

周小萌有些赌气似的，眼圈微微红肿，是没有睡好，也是昨天哭过，起初是伤心地哭，后来是周衍照把她逗弄得哭。不过是昨天晚上的事，周衍照已经觉得，都像从前那几年一样，再不揭开，也再不提起，连想，都不愿意再去想。

他拿定了主意："萧思致现在跟着我，不会吃亏。你要嫁的人，总应该有能力保护你。"

周衍照与孙凌希的订婚仪式办得非常盛大，周衍照这几年在南阅市正是如日中天，比起当初周彬礼执掌公司的时候，更有青出于蓝之势。所以黑白两道统统给面子，偌大一间五星级酒店的宴会厅，宾客云集。

孙凌希穿平底鞋，晚礼服亦是宽松的希腊式，挽着周衍照的手，矜持微笑，招呼客人，十分大方得体。惹得客人们纷纷窃窃私语，互相询问到底是哪家千金收服了周家十少爷。

周家虽然算不上什么体面人家，但是财雄势大，周衍照这几年明面上的生意亦十分风光。周小萌就听到有两个女客酸溜溜地说："也不知道看上她哪一点。""长得漂亮吧？男人都吃这一套。""漂亮的也多了去了，听说孙家不过小门小户的，你看看孙家家长都没来订婚仪式，别是怯场吧？"

吃吃的笑声令周小萌觉得格外刺耳，她身边的萧思致不动声色，递给她一杯果汁，问："要不要吃块蛋糕？"

"给我两块。"周小萌真觉得饿了，从下午开始，公关公司就不停地跟她沟通各种细节，然后处理各种意外状况。孙凌希虽然是女主人身份，但今天这样的日子，大小事情，自然全是周小萌一手打理了。等所有宾客到齐，仪式结束，开始倒香槟，她才真正松了口气。

萧思致给她拿了两块蛋糕，两个人躲到露台上去吃。露台上风大，萧思致把西服脱下来，给她披到肩上，问她："冷不冷？"

　　周小萌摇了摇头，说："我想起我小时候了。"她想起刚刚那些女人的话，还有点戚戚然，"到周家，也有些人拿冷眼看我和我妈妈。妈妈还好一点，她是大人，爸爸又处处维护她，人家不敢当着她的面说什么，我小时候很听了一些难听的话。说我是拖油瓶，沾周家的光，什么难听的都有。那时候我还不怎么懂事，只晓得爸爸走了好久没回来，换了一个人来当我爸爸……小孩子哪晓得那么多，不过两三岁时候的事……"

　　"你爸爸是？"

　　"意外事故，他是学校的老师，教高中的，以前重点高中抓得紧，每天都有晚自习。那天晚自习放学后，有几个小流氓在学校外面堵着学生要钱，恰好被我爸爸看见了，上去阻止，谁知道其中一个人带着水果刀，我爸爸被捅了十几刀，还没等送到医院，人就已经不行了。我妈妈跟他是师专同学，两个人从师专毕业就结婚了，分配在同一个学校。他教数学，还代班主任，我妈妈教语文。从此之后我妈妈再不能去学校上课，一走近那条路，她就会全身冒冷汗，然后晕过去。医生说是创伤后应激障碍，她休养了差不多一年，然后就带着我改嫁了。"

　　萧思致有些好奇："那你妈妈怎么跟周彬礼认识的？他们两个人，好像生活圈子都不太一样。"

　　"他们从前就认识，爸爸——我是说周彬礼，他以前的太太是我妈妈的邻居，而且周太太身体不太好，常常去我外公那里看病，我外公是挺有名的一位中医。我妈妈跟原先那位周太太，就是我哥哥的妈妈关系不错，据说我哥哥满月的时候，我妈还送过他一个银锁。所以后来，我妈对我哥哥也挺好的。"周小萌说到这里，声音哑了下去。

萧思致不知道该怎么安慰她才好，过了片刻，才伸手抹去她嘴角的蛋糕屑，轻声说："都吃了一脸。"

"不说了。"周小萌放下碟子和叉子，问，"最近怎么样？"

"挺好的，你哥哥安排我收了几笔小账，对我表现满意，说打算放手让我去泰国。"

"多小的小账？"

"几十万也有，百来万也有。真看不出来，这年头还有人用这么多现金。动不动开着一部掉漆的面包车去拉几箱子人民币回来，实在是太刺激了。"

周小萌笑了笑，萧思致却问她："你说床下的那个……"他很隐晦地问，"不会被发现了吧？"

"什么？"周小萌问，"你觉得有什么不对？"

两个人并肩靠在栏杆上，面对着落地玻璃窗的宴会厅，从宴会厅里看起来，好似一对情侣在喁喁私语。这里是谈话的好地方，背后栏杆外就是城市的半空，谁也不会发现他们在说什么。

"我听到的内容不多，大部分时候都是孙凌希打电话，你哥哥说话的时候很少，而且从来没有打过电话。我总觉得他不住在那间屋子里。"

周小萌不动声色："孙姐姐跟他一起住在主卧，也许他觉得不便在卧室打电话了，不过我看他有时候也去客房睡。要不我再想想别的办法？"

"不，别冒险了。"萧思致阻止她，"还有件事，我正打算告诉你，我不知道你买的是什么样的东西，但这种东西的电池最多能管一个月，现在电池已经差不多了，如果有机会，你还是把东西拿走销毁，不要让你哥哥发现。我们有别的办法。"

最后一句话最让周小萌吃惊，但她的表情也只是微微诧异："什么办法？"

萧思致狡黠一笑："我都成天在他办公室进进出出了，能没有办法吗？"

周小萌于是不再追问，拿起栏杆上的果汁，默默地喝了一口。宴会厅里已经开始跳舞，一对一对衣冠楚楚的璧人，相拥起舞，好似无数只美丽的蝴蝶开始飞翔。这样衣香鬓影的场合，周衍照与孙凌希自然是最引人注目的，周小萌还没有见过周衍照跳舞，他姿态优雅，倒像是十分熟练，他怀中的孙凌希脸颊晕红，也不知道是因为热，还是因为喝过香槟。隔着玻璃，音乐声隐隐约约地传出来，宴会厅里的璀璨灯光将外面的夜色映得更加寂寥，里面那样多的欢声笑语，只是隔着一道玻璃门，却疏离得像是另一个世界。

萧思致看着周小萌，玻璃窗上映着宴会厅里的水晶吊灯，正好有一个光斑映在她的嘴角，倒像是个酒窝似的，没有笑也像是笑的模样。但她的眼睛是冷的，仿佛在看一幕什么好戏。萧思致起初觉得她并不复杂，二十出头的小女生，大学都没有毕业，娇生惯养所以单纯，当初老板派他来的时候，他几乎觉得是瞎胡闹，怎么能轻信这样一个小毛丫头？后来渐渐发现她确实可靠，而且胆大心细。只是这一刻，他压根猜不到她在想什么。

"要不要进去跳舞？"萧思致做了个邀请的姿势，周小萌却摇了摇头，说："没意思。"

"鲜花着锦，烈火烹油。"萧思致看着宴会厅中的奢靡场景，仿佛喟叹。

"可不是吗？"周小萌大约是冷，拉拢了肩上他的外套，就势靠在了他肩头，轻声问他，"萧思致，你毕业之后，打算去哪儿？"

萧思致愣了一愣，反应过来周小萌并不是问他毕业之后的打算，而是问他这件事情结束之后的打算。让他意外的并不是周小萌这样问，而是周小萌的语气。怎么说呢，大约喝多了冷果汁，她的嗓子哑哑的，透着慵懒甚至是妩媚。萧思致从前总觉得她年轻，乳臭未干的小姑娘，可是这一刻的周小萌是有风情的，她甚至是个风情万种的女人。

"说呀……"周小萌笑吟吟的，娇嗔似的伸出食指，在他胸口上戳了一戳，现在那块小小的光斑移动到了她的额头上，像一粒金色的砂，点在她的额角，是平地飞金，是敦煌壁画里散花的天女，额角点着佛光的印记。她眼眸似水，又仿佛是丝，缕缕渗着说不出的暧昧，她的声音也甜腻得好似渗了蜜，一字比一字更轻："我哥哥在看着我们。"

萧思致没有回头，扶着她的脸，在她唇上轻轻一吻："对不起！"

本来只是蜻蜓点水样的轻触，却没想到她突然伸手勾住他的脖子，主动加深了这个吻。萧思致一直以为周小萌连恋爱都不曾谈过，可是她非常非常会吻人，她的气息还带着果汁的芬芳，异常地甜美。她的手勾着他的脖子，搂得那么紧，那么用力，仿佛想要把她自己，全部倾注进这个吻里。有那么一刹那，萧思致简直大脑一片空白，浑浑噩噩，仿佛缺氧。

　　"对不起。"周衍照的声音在两人身后响起，语气平静，却不容置疑，"周小萌，凌希去了洗手间，这时候还没回来，你去看看她。"

　　周小萌脸颊晕红，仿佛是被哥哥撞见不经意的娇羞，又望了萧思致一眼，说："我马上回来。"

　　她像是一条鱼，很快溜走了，把两个男人留在露台上。

　　周衍照摸了摸身上，萧思致已经知道他的习惯，于是掏出一包烟来给他，又拿打火机替他点燃。

　　周衍照抽了两口烟，才说："我妹妹还小，我不希望她一毕业就结婚。"

　　"是，十哥。"

　　"我妹妹怎么喜欢你，是她的事。不过如果你自己不努力，我不会把她嫁给你。"

　　萧思致十分乖觉地又答应了一声："是。"

　　周衍照把烟掐熄了，然后又点了一支，慢吞吞地说："公司这么大，人多嘴杂，你也不愿意人人都说你是靠裙带爬上来的吧？"

　　"当然了，十哥。"萧思致表态，"我晓得分寸。"

周衍照似乎已经对谈话满意了，他拍了拍萧思致的肩膀，重新走进宴会厅。

周小萌走到洗手间里去，却没有看到孙凌希的人，她知道酒店提供了一个套间给孙凌希补妆，于是就搭电梯上楼去。果然孙凌希就在那里面，陪着她的还有化妆师和服装师。

"怎么啦？"

"都怪你哥哥，跳舞的时候不注意，踩到我的裙子。"

雪白的希腊式礼服被踩了一个淡灰色的脚印，看上去果然醒目。周小萌不由得抿着嘴笑，说："我还没见过哥哥跳舞呢，从前我都以为他不会。"

孙凌希叹了一声，说："这怎么办才好？"

"还有半场舞会，拿条裙子换上就好。"周小萌很自然地吩咐服装师，"店里还有没有孙小姐能穿的号码？别的款式也行。"

服装师很知趣，立刻说："我马上去取。"

"让司机送你。"周小萌打了个电话给司机，让他送服装师跑一趟。孙凌希或许是累了，坐在床上，半撑着腰。周小萌问："孙姐姐饿不饿，我叫他们送点吃的来？"

"真有点饿了。"孙凌希说，"这阵子不知道怎么回事，饿得快，而且一饿就心发慌。"

周小萌没有再接口，她打电话给酒店的餐厅，让他们送几样清淡的小食上来。孙凌希见周小萌嘴上一抹粉红色的唇彩都残了，问："要不要补个妆？"

周小萌进洗手间照镜子，一边补妆一边问孙凌希："哥哥有没有说过，婚礼几时办？"

"总得两三个月后吧。"孙凌希像是有淡淡的心事，随便找了个理由把化妆师打发出去，然后才跟周小萌说话，"连订婚宴都不让我父母来，还说是体谅我爸爸身体不好，这么大的事情哪有父母不到场的？你不知道，外头客人都在议论，听着真叫人生气！"

　　"孙姐姐别理她们，一群三姑六婆。"周小萌已经补好了唇彩走出来，到底是年轻，被房间里的灯一照，整张脸流光溢彩似的，她说，"哥哥也算钻石王老五，突然归了孙姐姐，那些人哪有不恨的？姐姐当她们是吃不到葡萄说葡萄酸吧！哥哥不让伯父伯母来，有哥哥的顾虑，伯父身体不好是其一，其二是老人家都爱清静，哥哥偏偏做这行，怕有些坏心眼的人盯上姐姐家里的长辈，倒是不好了。"

　　孙凌希这才笑了笑，正好酒店送的小食到了，周小萌亲自接过来，端到桌旁给孙凌希："来，先吃点东西，别饿着我的侄子。"

　　孙凌希吃了两只虾饺，又给周小萌分了一碗粥："你也吃点。"

　　"不用了，我刚吃了两块蛋糕，撑着了。"

　　周小萌看着孙凌希吃东西，孙凌希虽然出身一般，但吃相很优雅，可见后天自己努力不少。周小萌问："孙姐姐，跟自己喜欢的人订婚，是不是很幸福？"

　　"当然啦。"孙凌希笑着对她说，"等到时候你跟萧老师订婚，你就知道了。"

　　孙凌希指头上戴着一颗大钻，是订婚钻戒，刚刚在订婚仪式上拿出来的时候，很吸引了一阵旁人羡慕的眼光。周小萌看着她垂首注视钻石，不由得微笑，起码，这么大一颗钻石，很能让孙凌希觉得幸福吧。

孙凌希抬起头来，见她看着自己的戒指，于是笑了笑："我说买小一点，你哥哥偏偏挑了这个，太重了，会往一边歪，日常也戴不出去。"

"哥哥的心意嘛，所以看在这戒指的分上，外边人说三道四，姐姐就当她们是眼红好了。"

孙凌希说："过阵子就要去做第一次产检了，如果婚礼不快点办，我就连婚纱都穿不上了。落到那些人嘴里，更不知道会说得多难听了。"

周小萌笑着说："没关系，要不索性不穿婚纱了，按旧礼穿龙凤碧金裙褂。那样的衣服一穿，什么腰身都看不出来。"

孙凌希说："结婚一辈子才一次，不穿婚纱，总有点遗憾似的。"

这时候周小萌的手机响起来，她拿的是一只小小的手包，也就放得下一支口红和一只手机。她拿出来看看，对孙凌希说："萧思致找我，我出去接个电话。"

孙凌希笑着说："萧老师一刻不见了你，就要找你。"

周小萌回眸一笑，拿着手机走出去，刚刚带上门，胳膊已经被人拽住了，将她扯进隔壁房间。隔壁房间没有开灯，只有窗子里漏进来一点光，周衍照把她压在墙上，刚一俯身，周小萌却格外冷静似的："哥哥，你要敢碰我，我就咬你。订婚宴上带个牙印，不好看吧？"

周衍照凑得更近些，却只是伸出手来，漫不经心拍了拍她的脸，说："谁有兴趣碰你了？我只是想提醒你一下，别对孙凌希胡说八道。"

"哥哥怎么知道我会对孙姐姐说什么？"周小萌别开脸，说，"我得下去了，底下一个主人家的人都没有……"

周衍照的声音里透着挖苦："谁说底下没有主人家的人，萧思致在楼下呢。"

今天也是萧思致第一次在公众场合亮相，不过大部分宾客的注意力还是被孙凌希吸引了，毕竟那是周家未来的女主人。而周小萌，与周家关系亲密一点的人都知道，她不过是叶思容改嫁带到周家的拖油瓶，从前周彬礼在的时候还好，这两年周衍照格外不待见她，这么一个不得宠的妹妹，带个男朋友来，实在是无足轻重的事情。

周小萌的眼神在黑暗中很明亮，她突然笑了一声，说："哥哥不高兴？哥哥为什么不高兴？总不能为的是我亲了萧思致？哥哥，你现在知道了吧，为什么我看着你就觉得恶心？你跟孙凌希已经订婚了，我衷心祝你们俩，永结同心，早生贵子，白头到老！"

说完这些话，她就推开周衍照，径直走了出去。

楼下的舞会正到高潮，香槟塔被拿走大半，人人都沉浸于音乐和美酒的欢乐中，正是气氛热烈的时候。周小萌看到萧思致正在和小光说话，于是走过去，亲昵地挽住萧思致的胳膊："说什么呢？"

"小光哥问我，有没有看见十哥。"

"噢，他上去找孙姐姐了。"周小萌漫不经心地说，"对了，我看哥哥的样子，像是喝醉了，你们看着他一点吧。"

小光已经转身朝电梯走去，若有所思，又回头看了她一眼，周小萌只是嫣然一笑，随手从侍者的盘子里取了一杯酒。萧思致从来没有看过她喝酒，只觉得她喝得又快又急，到最后差一点就呛着了，于是伸手拍了拍她的背。周小萌将半个身子都依偎在他身上，喃喃说："刚才问你，你还没有告诉我，毕业后你打算干什么？"

萧思致不动声色，半搀半扶将她弄进休息室，让她在沙发上坐下来，才说："出什么事了？"

"没有。"周小萌垂下头去，"就是觉得心里……害怕……所以想跟你说说话。"

"这里不是说话的地方，要不我们再去露台？"

"不，不用了。"周小萌说，"外头冷，要不，我们溜走吧。"

萧思致吃了一惊，说："这不太好吧？你哥哥的订婚……"

"我们跟小光说一声，就说我突然胃疼。没关系的，客人这么多，不会有人注意到我们。再说，从舞会上逃走，多浪漫，我早就想这么干了。"

萧思致犹豫了一下，周小萌说："走吧，别多想了。"她拉着他的手，打开休息室的门，顺着墙边从宴会厅的侧门出去，果然没有人注意到。到电梯口的时候倒遇上了保镖守在电梯旁，周小萌说："跟光哥说一声，我胃疼，萧思致先送我回家了。"

"好的，二小姐。"

保镖替他们呼叫了楼下的司机，从大堂出来，司机的车正好停到门口雨廊下。周小萌好像喝醉了似的，披着萧思致的外套，将头一直靠在他的颈窝里。等到了离周家不远的地方，周小萌突然说："这车坐着让人犯晕，月亮这么好，我们走回去吧。"

萧思致不知道她玩什么花样，司机见萧思致陪着她，倒也没表示反对。谈恋爱的人，自然是不喜欢人跟着，司机当然识趣，何况这里离周家已经不远了，不过几百米的距离。

周小萌打发走了司机，就跟萧思致散步，萧思致见她无精打采，问："到底怎么啦？我们这样溜出来，你哥哥不会生气吗？"

"不会的，谈恋爱的人，肯定觉得人多的地方无趣，我们跑掉，他顶多觉得我任性，反倒不会怀疑我们的关系了。"周小萌站住脚，说，"突然好想吃艇仔粥，你陪我去吧。"

周小萌选的那家艇仔粥在老城区的一个菜场旁边，打车过去都得半个小时。南阅江边的晚市正是热闹的时候，过了十点，就允许路边摆摊了，所以老远就看到一些桌椅摆在江边的人行道上，将狭窄的街道变得更加狭窄。周小萌坐在椅子上，看油腻腻的菜单，问萧思致："你吃什么？"

"也吃粥吧。"

周小萌于是点了两碗艇仔粥，又点了一份马蹄糕。秋晚风凉，吹得她双颊滚烫，萧思致看她眼睛明亮，仿佛猫儿一样，于是忍不住问："你不会喝酒吧？"

"还行，就是一杯红酒的量，刚才那杯喝急了。"

这时候老板送了粥上来，萧思致晚上也没工夫吃什么东西，尝了尝粥，顿时觉得鲜香，说："味道真不错。"

"老字号了，你看招牌。"

萧思致一看招牌，果然老旧，木底上的漆都快掉光了。周小萌说："我妈妈原来经常带我到这儿来吃一碗粥。她说，有时候，会觉得全身都发冷，好像死了一样难受，所以只有生滚的粥吃下去，才觉得自己是活着的。"

萧思致听她提到妈妈，知道她的伤心，于是安抚似的拍了拍她搁在桌子上的手。

周小萌说："我做得并不过分，对不对？那是我妈妈。"

萧思致点点头，说："不过分。再说，他有错在前……"

周小萌沉默了片刻，将一碗粥慢慢吃着。这时候她的手机响起来，她看了看屏幕，说："是小光。"

"大约是不放心我们，告诉他我们就回去吧。"

周小萌却把手机关了，说："粥都还没吃完，回去做什么？"

萧思致觉得她今晚特别任性，大约是大小姐脾气发作，于是笑着摇了摇头，果然他的手机紧接着响起来。小光问："你们在哪儿？家里用人说你们没在家。"

"出来走走，陪小萌在喝粥。"

小光停顿了一会儿，说："那早点回家。"

"我知道……"萧思致话没有说完，周小萌突然将他的手机抢过去，二话不说，打开外盖取下电池。萧思致没提防，等抢回手机，她已经举手把那块电池用力掷出栏杆外，电池又轻又小，"噗"一声就没入碧沉沉的南阅江水里。萧思致问："你做什么？"

"不做什么。"周小萌耸耸肩，"看着小光那四平八稳的样子，我就觉得讨厌！让他着急一下也好。"

萧思致拿着没有电池的手机，哭笑不得："真是小孩子脾气。"

"我们今天晚上不回去吧。"周小萌无限慵懒地靠在椅背上，晚礼服胸口的金线在路灯下熠熠闪光。明明是廉价的塑料椅，被她这么一衬，倒好像名媛斜倚在自家客厅的丝绒沙发里似的，说不出的华丽旖旎："找个KTV，唱通宵。"

萧思致说："还是早点回去吧，你把我手机电池扔了，会出问题的。要不，现在跟我去买电池。"

"好啊。"周小萌大约是真喝醉了，分外温柔。

卖电器的市场都已经关了门，萧思致拉着她转了一圈，也没找到卖手机电池的小店，便利店里，更没有这种东西出售。萧思致不由得说："真要被你害死了。"

"难道那块电池还有什么特别？"周小萌笑嘻嘻地问，"是不是尖端科技？"

"没什么尖端科技。"萧思致说，"尖端科技也不能带在身上。"

"走吧，走吧，唱歌去！"

"我给小光打个电话。"萧思致找着间公用电话亭，给小光打了个电话。他果然已经急了，问："你们到底在哪儿？怎么把手机都关了？"

"没事，小萌喝醉了，闹着要唱歌，我会想办法哄她回家的。"

"要派司机去接吗？"

"不用，我们打车回去。"

周小萌已经不耐地催促："走不走啊？你又不跟小光谈恋爱，没完没了说什么呢？"

"好的，就走。"萧思致匆忙说，"光哥，您放心吧，我看着她，不会有事的。"

周小萌却不是那么好哄的，她非要去唱歌不可。萧思致一反对，她就说："那你一个人回家好了，反正我不回去。"

萧思致没办法，又不能在大街上把她硬拖回去，只得陪她随便找了家KTV，两个人先点歌唱。周小萌一进包厢，就一口气点了二十多首歌，萧思致说："你是麦霸啊？"

"当然了，我唱歌可好了。"周小萌挺骄傲的，说，"不信你听着吧！"

她的歌果然唱得非常好，尤其是一首《梦醒了》，几乎唱得跟原唱无二，萧思致甚至都误以为是原音没有切掉，她的声线十分优美：

> 我想起你描述梦想天堂的样子
>
> 手指着远方画出一栋一栋房子
>
> 你傻笑的表情又那么诚实
>
> 所有的信任是从那一刻开始
>
> 你给我一个到那片天空的地址
>
> 只因为太高摔得我血流不止
>
> 带着伤口回到当初背叛的城市
>
> 唯一收容我的却是自己的影子
>
> 想跟着你一辈子

至少这样的世界没有现实

想赖着你一辈子

做你感情里最后一个天使

如果梦醒时还在一起

请容许我们相依为命

绚烂也许一时

平淡走完一世

是我选择你这样的男子

就怕梦醒时已分两地

谁也挽不回这场分离

爱恨可以不分

责任可以不问

天亮了我还是不是

你的女人

……

　　萧思致看着她眼中的盈盈泪光，突然开始猜测，到底是谁会让她唱出这样低婉的情歌？难道是那个冷面冷心的小光？

　　两个小时的歌没唱完，周小萌倒点了好几瓶啤酒喝了，她本来就带着几分醉意，酒一喝杂，更加醉得厉害。最后萧思致不管怎么样哄骗利诱，周小萌死活扒着沙发，就是不肯出包厢。萧思致没有办法，只好把她手机掏出来开机，周小萌已经醉得东倒西歪，抢了两下没能把手机抢回去。萧思致开机，看到两个未接电话提醒，都是小光，于是直接打过去，告诉他自己和周小萌所在的位置，并且说周小萌喝醉了。

小光的声音听不出任何情绪，只是说："你们待在那里别动，我带人去接你们。"过了不到半个小时，果然KTV的经理陪着小光上来了，还带着一大群人，那样子，倒像是来打架的。

周小萌已经睡倒在沙发上，小光看了一眼，对萧思致说："抱她下楼。"

萧思致只好将周小萌打横抱起，好在周小萌并不重，而且虽然醉得糊涂，却十分乖顺，被他一抱起来，就伸手搂住他的脖子，将头贴在他的胸口，软软的像一只蜷起来的猫。等下了楼，萧思致才发现来了十几辆车，一溜静悄悄全停在街边，幸好凌晨时分街上人车稀少，不然这阵仗，只怕连交警都要被惊动了。

小光亲自开一部奔驰，萧思致把周小萌放在后座，自己坐了副驾的位置。小光等他上车之后，才说："这里是什么地方，你带她来？"

小光平时寡言少语，萧思致更没听过他如此凌厉的语气。车子已经启动，萧思致有点讪讪地说："我也不知道这是什么地方……"

"你先回学校宿舍吧，明天早点到公司，估计十哥有话跟你说。"

"好。"

萧思致换了一辆车走，临下车之前看到周小萌独自半躺在后座上，醉态可掬。他走了之后车子重新启动，开得更快，周小萌觉得一阵阵犯恶心，只好爬起来坐着。小光说："萧思致不知道那是什么地方，二小姐应该知道那是什么地方。"

"我不就是去吃了碗粥，唱了会儿歌？哥哥要是不高兴的话，要杀要剐由他。"

是红灯，小光将车停下，连头也没回，说："你要干什么我不管，可你别连累十哥。"

周小萌笑了笑，语气凄凉："你看，我现在什么也没有，从前还有人对我好，现在，对我好的人，一个也没有了。当初，为什么不是你呢？"

小光没有说话，只是看着前面的红灯，寂静夜半的路口，只有红绿灯上的数字，在不停地变换着倒计时。仿佛有机车的声音由远及近，周小萌觉得自己听错了，这个城市早就禁止机车上路了，所有的市区机车牌照也早就被取缔了。她喃喃地说："我想去饼市街。"

小光仍旧没有说话，她又提高了声音说了一遍："我要去饼市街。"

"太晚了，而且饼市街没什么酒店。"

"我想去饼市街，你不能这样，让我回家去看着他们两个人，我心里好难过。萧思致什么都不知道，难道你也什么都不知道？你不能逼着我回家去，看着他和孙凌希，我会死的。"她软弱地捂住脸，细碎地抽泣。

小光终于说："我给十哥打个电话。"

电话通了，小光只讲了两句话，就把电话挂了。他说："十哥答应了。"

周小萌其实听见了周衍照的声音，他说的是："她愿意死哪儿去就死哪儿去！"

他吼的声音那么大，她在车子的后座都听见了。

【十】

从城西到城东，再到饼市街，周小萌在后座里迷迷糊糊，东倒西歪地睡了一觉。最后到的时候，她自己又醒了，饼市街是重点改造的城中村，本来都快要拆了，可是因为动迁费用谈不拢，所以又耽搁下来。几年过去，街道更狭窄，车子开不进去了，小光扶着她走路，对所有人说："你们先回去吧，明天我送二小姐回去。"

周小萌还穿着高跟鞋，晚礼服的下摆又窄，跌跌撞撞，走得像条美人鱼。小光前年就在市内很好的地段买了望江的高层公寓孝敬父母，可是饼市街的老房子还在，他也经常回来。已经是凌晨了，两边的发廊和网吧亮着灯，时不时有人趿着拖鞋走过，呱嗒呱嗒的，还有人同他打招呼："光哥，回来了？"

小光不太爱跟人说话，只是点点头。周小萌不太能跟得上他，她觉得自己像是穿行在巨大的迷宫里，又像是往事的凉风一阵阵吹上来，吹得她心里发寒。她身上披着萧思致的西服外套，她就一直攥着那外套的衣襟，男式的外套又松又宽，捏在手心里直发潮。她恍惚想起来，她也曾披着一个男人的外套穿过这里狭窄的街巷，那时候也有小光，只不过小光总是不远不近地跟在他和她的后一步。因为那天小光回来，正好撞见周衍照吻她，两个人的尴尬从此变成了三个人的尴尬。不知道周衍照对小光说过些什么，总之从那之后，小光对她就是一种不冷不热的调子，离她近，可是又离她远。

今天她只是需要一个暂时的容身之所，她从来没有想过，自己会在这样的情形下回到饼市街，也许饼市街早就不是记忆中的饼市街了。她不断地哄着自己，哄到了今天，实在再没有力气，只好任由自己随着往事的洪水，被淹没透顶。

于家老旧的阁楼连木梯都没有换过，只是窗机空调换成了分体机。已经是秋天了，这里的屋子仍旧热得像蒸笼，邻居开着空调，滴滴答答滴着水。周小萌上楼的时候摔了一跤，小光把她搀起来的时候，只看到她的脸，泪痕满面。

他已经习惯了什么也不问，只是把她扶起来，然后弯下腰，脱掉她的鞋，让她赤足跟着自己，一步步往楼上走。楼梯的尽头是个黑洞，像是随时能吞噬掉人。周小萌突然双膝发软，她说："我不上去了。"

小光也没说什么，只是转身："那我送二小姐回去。"

周小萌拉住他的衣角，哀求似的看着他，小光在黑暗中，就像一个影子一样，过了许久他才说："小萌，你要知道，有些事是从头就不是那样子。"

周小萌觉得筋疲力尽，她就势缓缓蹲下去，坐在高高的楼梯上，望着底下漏进来的那一点点路灯的光，她迷惘又怅然："你说，他当年是不是有一点点真心对我？"

小光没有作声，只是坐在墙边，他整个人都融进了阴影里。让她觉得这阴影就像那些往事一样，破碎成一片片的；又像是一只只蛾，不顾一切冲着那光明的地方去，却不知道，最后只是焚烧自己的火焰。

"我真是不想活了，又不能死，你知道这种滋味吗？有时候我会骗一下自己，或许这两年，就是做梦，噩梦醒了，什么都好了。爸爸没出事，妈妈也还好好活着，哥哥是哥哥，我是我自己。你觉得我对他不好是吗？你觉得我想着法子折腾他是吗？你觉得我今天就是故意跑到姓蒋的老巢那边去，故意让他难堪是吗？你怎么不想一想，他怎么样对我？他把我从北京骗回来，他让我等他两天，等两天他就回去，跟我一起去加拿大……他答应过的，我们当时说得好好的，他怎么能这样对我？"

小光站起来把房门打开，说："你进屋子去吧，我去给你买条新毛巾。"

"我不要新毛巾，我要哥哥。"周小萌的声音仿佛梦呓，"我只要哥哥。"

小光已经往下走了两步，终于回过头来，安静地看着她，说："周小萌，你认清一下事实，也不要骗自己了，他对你怎么样，你心里有数。有时候他是对你不好，但你自己选的，就别抱怨。"

"我选过什么了？他把我骗回来，如果给我一枪，让我陪着我妈去，也就完了。他为什么做出这种禽兽不如的事情？他这两年到底把我当成什么？玩物？即便是玩物，他总有玩腻的一天吧？他为什么还不放过我？"

"你要问，问十哥去。"

周小萌的身子往后缩了缩，她似乎没有力气了，所以靠在了楼角的墙壁上。小光去买了两条崭新的毛巾回来，楼梯上却空空如也，周小萌不知道去了哪里。

他心中一惊，环顾四周，四通八达的巷子空荡荡的，只有白炽路灯惨淡的光映在水泥地上。他一急，就伸指为哨，打了个呼哨，声音尖厉，相邻的人家纷纷推开窗子，有人探出头来："光哥，出什么事了？"

"有没有瞧见一个女孩子？二十出头，穿着长裙子，长得特别漂亮。"

还有人开玩笑，一边挠着肚皮上的痒痒，一边说："光哥，您怎么把女人带回饼市街来还弄丢啊，这不天大的笑话么？"

"别瞎扯了，快说，看见没？"

"那不是！"街对面楼上的人伸手一指，小光回头一看，果然天台上有个人坐在水泥围栏上抽烟，两只脚还晃来晃去，正是周小萌。

小光几步冲上天台，一手把她拖下来，另一只手就夺过烟去，一闻之后立刻厉声质问："你在哪儿弄的？"

"楼下买的。"

四周死寂一般，她穿着晚礼服又绾着头发，醉态十足。有人没看到是小光带她回来的，将她当成了下班回家的"公主"，于是向她兜售"好东西"，周小萌一听就知道是什么，于是买了一支。

"我送你回去，你不能在这儿。"

"我哥哥又不会知道，你怕什么？"周小萌咯咯笑着，"再说他自己不也抽么？还有我那爸爸，成天往我妈牛奶里头搁什么？他们姓周的父子俩，都是只许州官放火，不许百姓点灯。"

"别胡说了！"小光拖着她，拖得她踉踉跄跄，一直将她拖进了屋子。周小萌突然倔强地站住了，这里的一切都没怎么大变，连那张吃饭的桌子都还在原来的地方。如果这世上只有一个人曾经见过周衍照下厨，那么大约就只有她了。那天下午她一直哭到肚子饿，最后又被周衍照的强吻给吓坏了，尤其正好小光上来撞见，虽然小光一愣之下掉头就走。可是在少女羞赧的内心，她真的觉得自己简直无颜活下去了。周衍照哄了几个小时哄不好她，最后都快半夜了，他心急火燎，只怕她饿出毛病来，于是给她煮了一碗面。

那碗面当然很难吃，他在惨白的面条里煮了两个鸡蛋，又加了很多油，她一口也没能吃下去。最后是他带着她，去夜市上吃饭。

那时候即使是少年的笨拙，可是他曾经全心全意，那样对她好。

她突然再没有力气回忆，只是慢慢摸索着，坐在那张桌子边。

她对小光说："我想吃面，你给我煮一碗，好不好？"

"我不会煮面，你要想吃，要不，我叫人去夜市买一碗？"

"你试一下，煮面又不难。"

小光的眼睛在黑暗中亦是明亮的，他一字一顿地说："周小萌，这世上没有一个会是他，你别做梦了，你清醒一点，别逼我说难听的话。"

周小萌笑了一下，只是笑得比哭还难看："我不会把你当成是他，不过，你要再不说些难听的话，也许我真的会忍不住幻想，是不是可以求你带我走。萧思致做不到，可是你可以，带我远走高飞，一辈子不回来。"

周衍照接到蒋庆诚电话的时候，其实心情阴郁到了极点。他和蒋庆诚并不是老死不相往来，相反，偶尔隔上一年半载，总有机会见面。两个人虽然一边城东一边城西，手底下人免不了磕磕碰碰，有时候闹得大了，摆和头酒的时候，自然就要请两位大哥亲自出面。但这种时候打电话来，自然是黄鼠狼给鸡拜年，不会有好心。

所以蒋庆诚祝周衍照订婚快乐的时候，周衍照打了个哈哈混了过去，说："连我的订婚宴您都不来，太不给面子了。"

"我挺想去的，可是这不出了点事么……哎，老十，你说我手下那些人，怎么就那么不懂事呢！你妹妹到我这边来吃个消夜，他们都大惊小怪的，还嚷嚷着要把二小姐请到家里去，好好跟她认识认识。我说了：呸！你们这群人一肚子坏水，看着人家小姑娘长得标致，就想招惹。十哥的妹妹，那跟我的女儿是一样的……谁敢动她一根汗毛，我就跟谁没完！"

"别啊。"周衍照不冷不热地笑着，"蒋哥，您这是占我便宜呢？"

"哎哟，瞧我这张臭嘴！你看我就是不会说话。我的意思是，你的妹妹呢，那跟我亲妹子一样，她想到哪儿吃消夜，谁也不能不识趣去打扰她，你说是不是？"

周衍照冷冷地说："周小萌都不是我的亲妹子，怎么反倒成了您的亲妹子？"

蒋庆诚哈哈大笑，说："得了，你是聪明人，咱们明人不说暗话。孙凌希的事，我就不跟你计较了，可你妹子都送到我嘴边上来了，我没法跟底下人交代。那批货你还给我，我就让你妹子一根汗毛不少地回去。"

"蒋哥是糊涂了吧？那批货原来就是我的，只是蒋哥您中间插了一杠子进来，还把我的人打了个半死，幸好他们拼命，才没弄丢了货。蒋哥，我还没问您要医药费呢！"

"老十，敬酒不吃吃罚酒是吧？"

"您尽管把周小萌给剐了，扔进南阆江里喂鱼。您也晓得，她妈把我爸弄成那种半死不活的样子，我早就看她不顺眼了，就是老头子见不着她就不肯吃饭，所以我才留着她。"

"老十，有个事我觉得挺奇怪的，你那后妈躺在医院里，据说一个月得六七万块钱的医药费，每次都是你开支票。你恨你后妈都恨成这样了，怎么还肯替她出钱呢？"

周衍照冷笑："蒋哥对我们家的事，还挺上心的啊？依蒋哥看来，要是您有一个仇人，是让她痛快死了好，还是全身动弹不得，插满管子躺在医院活着受罪更有趣？"

"啧啧，老十，谁得罪你谁倒霉。不过为了个仇人，每个月花那么多钱，值得么？"

"人各有志，就像蒋哥您，嫂子给您生了三个女儿，您一气之下就在外头养了位二嫂，刚生了个儿子看得跟眼珠子似的，每个月花的钱，不比我替仇人花的少吧？对了，上个礼拜好像是侄子的满月酒吧？都没请客，更没请我，您真是太小气了！"

蒋庆诚好像牙疼似的抽了口气，说："周衍照，你挺能耐的。"

"我还知道二嫂跟侄子住在哪儿呢！蒋哥，这样下去不行啊，您总瞒着嫂子，可嫂子那脾气，知道了还不跟您没完？您还是早点把他们接回家去，这样才安心。"

蒋庆诚打了个哈哈，说："多谢你的提醒。"

"谢就不用了。我妹妹不懂事，还以为有些地方也是可以随便去得的，您看我面子，就别跟小丫头一般见识了。我这就叫人把她接回来。"

蒋庆诚突然闲闲地说："要不这样，我替我堂弟提个亲，你放心，没别的意思，就是觉得我们两家这几年争来争去，忒没意思了。你也知道，生意越来越不好做，要不我们干脆一起干，你妹妹嫁给我弟弟，从此之后，咱们就是一家人了。"

周衍照冷笑："行啊，几时约个时间，咱们好好谈谈。今天不成，我这订婚订到一半儿，客人都还没走。"

"好，就这么说定了。"蒋庆诚说，"过几天我再跟你约日子，到时候咱们让两个年轻人见见。你放心，我堂弟是念过大学的，长得么一表人才，绝对配得上你妹妹。"

"配得上配不上无所谓，关键是蒋哥您有这份心。"

"嘿嘿，都快成一家人了，何必这么见外。你放心吧，你妹妹好好的，一根头发丝都没少，赶紧叫人来接她吧。"

"好，我让小光去。"

他挂断电话就走出来，叫人把小光找来。小光一进休息室，就习惯性反手带上门，知道他肯定是有事找自己。

周衍照阴沉着脸问："周小萌去哪儿了？"

"萧思致刚刚打过电话，说他们在外头吃消夜。"

"去找！"

小光见他脸色不对，于是问："十哥，怎么了？"

"怎么了？你有脸问我怎么了？连一个人都看不住！萧思致蠢，你也跟他一样蠢？我要是不问，你是不是还跟我说他们是回家了？回家了他们能跑到蒋庆诚那里去？周小萌发疯，你也跟着发疯？"他声音到最后几乎是咆哮，"我为什么要订这个婚，你难道不是一清二楚？"

小光慢慢地将眼睛抬起来，看着周衍照，周衍照终于觉察到自己的失态。他把领带扯开，颓然地坐在沙发里，过了片刻，才说："对不住，我不该骂你。是我没处理好，反倒拿你撒气。"

小光说："十哥，有些话，其实不如告诉她。"

"你叫我怎么跟她说？"周衍照仿佛十分疲倦，"去吧，把人找回来。蒋庆诚的话，一半真一半假，被我挡回去了，你先去想办法，把人找回来。"

小光问："带多少人去？"

"多带点人去。"周衍照又有了一点力气似的，从沙发上坐正了，冷笑，"姓蒋的要是想要来硬的，我就闹出点事给他看看。公安部的专案组还在南阅呢，我看他怎么收这个场！你给我一寸一寸地方地搜过去，他要真敢动我的人，我就拿他儿子陪葬！"

小光嘴角动了动，说："十哥，这样姓蒋的会起疑心的。"

"他疑心都已经有了，我怎么能不做场戏给他看看？我要是不大张旗鼓，他不真以为我欲盖弥彰？"

小光答应了一声，转身朝外走。突然周衍照又叫住他，说："万一她要真落在别人手里，你知道该怎么办。"

小光终于忍不住动容："十哥！"

"我自己下不去手，所以你一定要替我办到。"周衍照的声音很平静，似乎在讲一件早就已经决定的事情，"要是别人送一根她的手指来，我大约只有往自己脑袋上开一枪了。你也不想闹成那样是吧？"

小光什么也没说，终究只是很了然地点了点头。

所以在接到萧思致电话的时候，小光狠狠松了口气，再看看懵懵懂懂什么都不知道的一对小情侣，他那么淡定的人，也禁不住生气。

只是他没有料到，周小萌最后会要去饼市街。

而他竟然会带她去。

是鬼迷了心窍也好，是想让自己更清醒也好，其实她要去的并不是饼市街。就像许多年前，她坐在机车的后头，一路哭哭啼啼，说要哥哥。

那时候自己在想什么呢，就好比这一刻，自己在想什么呢，其实都只是惘然。

周小萌已经睡着了，呼吸均停，薄薄的被子裹着她的人，像个婴儿似的睡着。小光倒睡不着了，这套房子很小，其实是从阁楼上搭出来的一个通间，所以最里端做了卫生间，外边一点是卧室，再外边一点，是饭厅兼厨房也兼客厅，窄窄的八九个平方。他自从成年之后，父母就在这最外间给他搭了个钢丝单人床，他也睡惯了这钢丝床，即使是再贵的酒店，也比不上这张窄小的钢丝床舒服。

只是今天他睡不着了。

本来他已经戒烟很久了，这时候却突然想抽支烟，只好坐起来，发愣地看着不远处熟睡中的周小萌。开着里间的门是她要求的，她说："我害怕。"他其实知道她并不是因为害怕，而是因为难受。

洗澡的时候他听见"咚咚"响，他怕出事，隔着门问她怎么了，她说："有只蟑螂。"停了一停又说，"已经打死了。"

小光觉得这两年她变了许多，以前如果看到蟑螂，她一定会跳起来哭着叫哥哥吧？

不管怎样，她再也不是那个穿着公主裙，精致美好像洋娃娃似的周家二小姐了。小光突然想把她从梦中摇醒，问她一句话，可是最后只是叹了口气，重新睡倒在钢丝床上。

大约是凌晨四点多钟，他听见有人上楼梯，于是轻轻起身打开门，果然是周衍照来了。他大约是一个人来的，车也不知道被他扔在哪里，八成是很远的地方，他脸色灰败，明显一直没有睡过。

小光侧身让他进门，然后对他说："我去给你买包烟。"

"不用。我看看就走。"周衍照就站在门口，看了一眼周小萌，她半夜翻过身，现在是背对着门睡着的，只有一弯背影。他果然只看了一眼，就说："我走了。"

"我送你。"

"别，别把她一个人放在这儿。"

走到楼梯口，周衍照突然回过头，声音很轻微，他说："连你也觉得我做错了，是吗？"

"十哥从开头就错了。"小光说，"当初不应该打电话给她，让她从北京回来。"

"当初我要让她走了，就真的一辈子再也见不到她了。"周衍照沉默了几秒钟，说，"那时候我想过，与其一辈子见不到她，不如把她留在我身边，多一天也好，哪怕万劫不复，后患无穷，我也这么干了。"

周小萌这一觉睡得极好，醒来的时候天早就已经亮了。小光在天台上晾衣服，旧式洗衣机没有甩干的功能，T恤牛仔裤都挂在晾衣绳上往下滴水，晨曦里他整个人都蒙着一层金边似的，茸茸的。周小萌觉得早晨的饼市街最安静，所有人都好像没睡醒似的，相邻的天台上有一只猫，蹲在那里，静静地看着她。她伸手逗那只猫玩，小光说："那是野猫，当心它挠你。"

那只猫已经灵巧地跳上屋脊，掉头而去。小光问："你早上吃什么？我给你买，要不回家去吃？"

周小萌穿着小光的旧T恤，牌子很好，可是洗得毛毛的，她穿得像短裙似的，热裤卷起来也到膝盖，站在阳光的中央，显得年纪很小，脸庞依稀还有少女天真稚气的影子。她说："回家去吃吧，少不了要挨哥哥骂，骂就骂吧，反正都已经这样了。"

　　她说话的语气很轻松，像是在讲别人的事。小光故意没看她的脸，弯腰从盆子里捞起一件衣服拧干，说："以后别像昨天晚上那样了，就算不为别的，总得为自己打算。"

　　"我这一辈子，算是完了，还有什么好打算呢。"周小萌显得意兴阑珊，"要是萧思致愿意娶我，我就嫁给他好了；要是他不愿意娶我，我就再找一个人。"

　　小光回过头来，定定地看了她好一会儿，才说："要是他不愿意，我娶你。"

　　周小萌嘴角微弯，明明是笑着的，可是眼睛里掩不住凄惶之色："哥哥不会答应的。"

　　小光突然伸出手来，摸了摸她发顶的那个发旋，这是从来不曾有过的亲昵举动。周小萌愣愣地看着他，他掌心微潮，隔着头发也感觉得到那温润，他就手揉了揉她的头发，说："傻丫头。"

　　周小萌愣愣地站在那里，看着他把衣服一件件晾完，最后他说："走吧，我送你回去。"

　　周小萌昨天夜里借酒装疯，萧思致不知道那是谁的地盘，她却是知道得一清二楚。以周衍照的脾气，估计又要给她难堪，谁知回到周家之后，周衍照早就已经到公司去了。只有孙凌希睡觉还没有起来，小光将她送回家之后就匆匆地走了，她一个人吃完早餐，隔着窗子，看着周彬礼在花园里，他独自坐在轮椅上，对着一丛山茶花在发呆。

　　周小萌于是走出去，叫了声："爸爸。"

　　周彬礼吃力地抬起头，看了她一眼，问："你妈妈呢？"

　　"她上街去了。"周小萌蹲下来，替周彬礼整理了一下搭在他膝盖上的毛毯，说，"爸爸别坐在这里了，太阳晒过来了。"

"哦……"老人茫然地看了她一眼，问，"小萌，你怎么又瘦了？是不是又快考试了？"

"是啊，就快考试了。"

"读书把人都读瘦了。"老人爱怜地伸出手来，"来，爸爸有好东西给你。"

周小萌知道他一会儿糊涂，一会儿清醒，所以只是顺嘴哄着他："好。"

"我把钥匙藏在花盆下面了。"老人神秘地指了指那盆山茶花，"去拿。"

周小萌答应了一声，却没有动，周彬礼不耐烦起来："快把花盆搬起来，快点啊！"

周小萌无奈，只得装模作样地将花盆搬动了一下，同时伸手摸了摸，嘴里说："是什么钥匙……"没想到泥土里真有个硬硬的东西，她摸出来一看，居然真是一柄钥匙，只不过藏了不知道有多久，早就锈迹斑斑。

周彬礼看她拿到钥匙，笑得很得意："我和你妈妈一起藏的，别人都不知道。小萌，生日快乐！"

周小萌鼻子有些发酸，周彬礼什么都忘了，唯独还牢牢记得，今天是她的生日。这世上大约也只有他还记得她的生日，她好几年不过生日了，家里出了事之后，哪里还有那种心思。

几年前离家出走的时候，正是生日前夕。虽然叶思容一直主张她去加拿大，一手替她办好了所有留学的手续，但万万没想到，周衍照早就订了跟她同一架班机的机票。

那时候真的是傻啊，以为远走天涯，就可以避开一切世俗可能有的纷扰，甚至，可以避开父母。

在北京的时候接到电话，说家里出事了，她和周衍照的第一反应，竟然是父母发现了他们的私奔，所以使诈想骗他们回去。可是第二个电话是小光打来的，周衍照听了很久，她永远都记得挂上电话之后，他惨白的脸色，他说："小萌，你先去加拿大，你就待在国外，更安全。我回家看看到底怎么回事，要是没事，我会尽快过去跟你会合。"

她送他到机场，只不过短短几个小时，她已经觉得他离自己越来越远，他就在安检口之前，最后一次拥抱她，说："等我！"只是这两个字，就让她掉了眼泪，她搂着他的腰，死命地不肯放手，最后是他硬起心肠，又哄又骗让她松开了手。她泪眼蒙眬站在安检口，眼睁睁看着他走进去，一步步走得更远，突然没来由地就觉得，他一辈子都不会回来了。

她在北京耽搁了两天，把国际机票改签推迟，到底是不愿意独自上飞机。只抱着万一的希望，希望家里没出大事，他会回来跟她一起走。

后来他打电话给她的时候，说周彬礼车祸伤得很严重，叶思容也受伤了，她一点都没有怀疑，直接就买了一张机票回家。

那时候在想什么呢？

只是在担心父母吧，还在担心他，他在电话中语气焦灼，声音里透着疲惫，周家到底是捞偏门的，家大业大，得罪的人也多。那时候她一心想的是，天上所有的神啊，如果你们知晓，请一定一定保佑哥哥，父母已经出了事，他不能再出事了。

她都忘了那天是自己生日，就记得踏入家门，看着周衍照安然无恙地站在客厅中央，他转过脸来看了她一眼。那是他最后一次，用那样温柔眷恋的眼神看着她。

她攥紧了手心的钥匙，前尘往事早就被她埋在十八层地狱的底下，任谁来，都不肯轻易再翻检。只是没有想到，原来多年之前，父母仍旧给自己准备了生日礼物，可是这份礼物她没有收到，就已经骤然生变。

周彬礼看她失魂落魄地站在那里，还以为她是惊喜，于是像孩童般得意："银行保险柜，密码加钥匙，还要你亲自签名才可以打开，密码就是你生日。"

她听到自己的声音，远得像是别人在说话："谢谢爸爸。"

"谢谢你妈妈吧，是她说把钥匙藏在花盆底下，然后让你自己来找，一定很有趣，哈哈，哈哈。"

周小萌看老人笑得连牙都露出来了，心里忍不住一阵阵难过，说："爸爸，我推您进去吧，您该睡午觉了。"

"好，好……"周彬礼说，"记得去开保险柜。"

"嗯。"

她下午的时候去了一趟银行，签名核实身份之后，银行的人用机油把钥匙擦了半天，才配合密码打开保险柜。

原来是她婴儿时代的手印和脚印，小小的石膏模子。那时候做这些东西都十分简陋，不像如今纪念品公司遍地都是，那时候也是叶思容有心，所以替她拓了手模脚模。

还有一张贺卡，是叶思容写的："生日快乐！我的小萌。"

周小萌刹那间几乎所有力气都失去，她倚靠在柱子上，这是妈妈一生最后的手迹，她永远不会醒来，更不会书写了。

有一颗很大的眼泪落在那张卡片上，她连忙用手拭去，然后将那张卡片举起来，贴近自己的嘴唇，就像无数次，妈妈亲吻她那样。卡片连一丝折痕都没有，可是已经过去这么多年了，她觉得自己都已经活了一辈子了，从前破碎的片断，都遥远得像是上一世。

只是一点点碎屑，就够她满足很久很久。

银行工作人员见她这样子伤感，一直没有过来打扰，最后她要走的时候，工作人员才问："周小姐，您名下还有个保险柜，租期就快到期了，您还续租吗？"

"什么？"周小萌愣了一下，很快反应过来，以为是周彬礼以她名字开的保险柜，他一直记不清这些事了。于是她说："哦，我忘了，能把合同拿来我看看吗？也是要钥匙和密码的吗？"

"您签名就可以开启了，和信用卡一样。"

周小萌说："那就打开看看吧，看完我再决定续不续租。"

工作人员拿了份凭证来让她签名，然后就打开保险柜。柜子里是一只鞋盒，她突然心跳加快，手也抖得厉害，几乎不敢打开来看。

最后她终于打开，果然里面是一双木头鞋，做得十分精致，掏空了镂出花来，外面又用颜料勾勒出花纹。她把鞋子翻过来，果然鞋底上刻的有字。一只底上刻的是"一生"，另一只底上刻的是"相伴"。

她十六岁的时候，周衍照曾经去过一趟荷兰，她千叮万嘱，让他给自己带双木鞋，结果还是被他给忘记了。回来之后，她自然大大地不依，生了好几天闷气。周衍照说："木鞋有什么难的？回头我给你做一双。"

周小萌说："吹牛！"

"真不吹牛，哥哥的手艺，你等着瞧吧！"

周衍照雕刻很有一手，大约是因为他玩刀玩得好，雕刻用的是巧劲。当年他还小的时候，叶思容看他这也不愿意学，那也不肯用心，就成天拿小刀雕橡皮玩儿，倒也没拦着他。再长大一点，甚至给他买了工具，让他雕木头，也治印。

周衍照对治印那样文绉绉的事没多少兴趣，但随手雕个小猫小狗什么的，做得津津有味。但他的脾气，喜欢的事也维持不了多久，青春期的周衍照特别忙碌，就把这点小爱好抛到了九霄云外。

等他真找了块木头来雕鞋的时候，周小萌倒又迷信了："我同学说不能送鞋给别人，一送鞋就代表要越走越远，特别不吉利。"

周衍照嗤笑一声，说："什么吉不吉利，那我在鞋底刻几个字好了，就刻'一生相伴'，够吉利了吧？"

后来他事多，木鞋的事，就不见他提起了。

她一直以为他没雕，却原来，是他没送。

刻了一生相伴，原来也不能一生相伴啊！

她用指尖慢慢摩挲鞋底那深深的刻痕，人的一生这么漫长，命运这么无常，一生相伴，是多么痴心的一个词。

周小萌从银行出来之后，并没有立刻回家，而是去买了块蛋糕。

她手头的现款非常有限，周衍照给她的附卡是不能取现的，或许没有人相信，堂堂周家的二小姐，成天身上一毛钱都没有。她成绩虽然中上，但常常缺课，自然也拿不到奖学金，有没有现金就全凭周衍照高兴了，向他拿钱是件难堪的事，周小萌除非迫不得已，通常不会去跟他开那个口。把自尊心踩在脚下的滋味太难受了，尤其从他手里接过几张粉红色的钞票，总让她觉得自己是在出卖自己，事实也确实如此。但连自欺欺人都变成奢侈的时候，她总会下意识回避那种难堪。

有时候周衍照高兴，会给她几扎现金，让她数着玩，数完之后，他常常会一张不剩地拿走，还会冷嘲热讽，说："你只有数钱的时候还有点活泛。"起初周小萌会觉得难受，后来他再这样说的时候，她也就充耳不闻了，只是有时候趁他睡着了，从他钱包里偷偷拿两张钞票。他钱包里现金不多，第二天他自然就会知道，不过有时候会逼她把钱拿出来，有时候或许会忘了追究。她知道自己不应当那样拿他的钱，但花钱的地方太多了，不见得处处都可以刷卡。而且一旦她刷了卡，她吃了什么，买了什么，去了什么地方，他会知道得一清二楚。

他用金钱织了一个笼子，她哪里也不能去。

到现在，她手头有的所有现金，也不过才三百四十多块钱，难受的时候，她总是愿意一个人吃饭，不刷卡，仿佛这样就可以证明什么似的。她知道自己的幼稚，现金和刷卡，不都是他的钱？

又有什么区别呢？

可是今天她还是给自己买了块蛋糕，很小的一块，也得十二块钱。她坐在店里一口一口吃完，然后再去医院看叶思容。

她特意把这个月探视的机会留到了这一天，叶思容还是老样子，没有任何变化。她帮着护工替妈妈擦洗，今天她出奇地沉默，并不想说任何话。在婴儿时代，在她刚刚出生的时候，妈妈也是这样照顾她的吧？那时候她是个小小的婴儿，不会说话，成天只会睡觉和哭。可是叶思容现在，连哭都不会了。

等护理走了，天色都已经暗了下来。黄昏时分仿佛又要下雨了，病房的窗外就是一株榕树，枝叶繁茂，风一吹就沙沙作响。

她在妈妈的病床前站了很久很久，一直站到天都黑透了，才说："妈妈，我嫁给哥哥好不好？"

停了一停，她自己反倒笑了笑："我知道是不成的，妈妈你别生气。他都把你害成这样了，我怎么能嫁给他呢？"她低着头，用手指摩挲着病床的钢制护栏，声音低得几乎微不可闻，"可是妈妈，想到他要娶别人，我还是很难过啊……是真的难过。"

没有回答，只有仪器单调工作的声音，还有窗外的风声。

她难过地想，要是妈妈还清醒着就好了，自己可以哭，可以闹，可以撒娇，可以不讲理，甚至闹到妈妈给她一巴掌，也会让她觉得好受许多。

离开医院，她执意要搭公交车回家，司机没办法，只好任凭她投币上车，司机开车跟在公交车的后头。这趟车人不多，上车的时候有人紧跟在她后头，却没有零钱，只好讪讪地问她："小姐，能不能借我两块钱？"

周小萌皱了皱眉头，此时此刻她不愿意说话，更不想理会一个陌生人，于是掏出来两块钱，扔进投币箱里。那人连声道谢，却一直跟着她走到公交车最后一排，她坐在靠窗的位置，那人就坐在了她旁边。周小萌又忍不住皱眉，因为前面空位置很多，这个人明显是故意跟着她坐。果然，那人开口就问："方不方便留个联络方式？我好把钱还给您？"

周小萌不是没有被人搭讪过，因为她长得漂亮，从中学时代就是校花的地位，可惜有周衍照这样的哥哥，一帮男生有贼心没贼胆。进了大学之后她跟同学来往得少，又不住校，但常常还是有外系的男生慕名前来，在教室外徘徊。后来渐渐都知道她家世非同一般，又天天有名车接送，许多男生这才打了退堂鼓。

周小萌应付这种人非常有经验，只冷冷地说了三个字"不用了"，就扭头看着车窗外。谁知那个男人并不死心，仍旧笑盈盈地问："我看您也是从××医院那一站上车的，是在那家医院工作吗？"

周小萌自顾自掏出手机，塞上耳机，却不防那个人竟然伸手就要扯她的耳机。她反应极快，肘一沉就撞向那人胸口，没想到那个人竟然是近身搏击的高手，出招居然比她还要快，周小萌的胳膊没撞在他胸口，倒被他牢牢捏住了。只是一招她就知道自己不是他的对手，伸手就将手机往窗外一扔，那人却抄手一捞，就着耳机的那根细线，竟然将手机扯回来了。他笑眯眯地说："这么好的手机，你扔了干吗？"

周小萌冷笑："你不会不知道我是谁吧？看到后头那辆奔驰没有？司机一觉得不对，就会招呼人来。"

那人探头看了一眼，仍旧是笑眯眯的模样："看到奔驰后面那辆宝马没有？那是我的司机，咱们俩挺般配的呀，你奔驰我宝马。"

周小萌瞟了一眼紧随在奔驰后头的宝马车，司机估计已经发现被跟踪了，周小萌都能清楚地看到司机在打电话，而她的手机一闪一闪的，显示着"司机"两个字。

那人将她的手机还给她，说："麻烦你赶紧接电话，别把事闹大了，我只是礼尚往来一下而已。"

周小萌不能不问了："什么礼尚往来？"

"我哥说，姓周的丫头都有胆量上咱们这儿来逛半夜，你一个大男人，输什么也不能输脸……你知道他们混黑社会的，最讲究脸面了，没办法，我只好亲自走一趟了。你说你好端端的没事跑到城西去干吗？我哥那个人正愁找不着事来治我，你这不是害我吗？"

周小萌终于明白过来了："你姓蒋？"

"是啊。"那人一脸的诚恳，"赶紧接你司机的电话，说你没事，后头那车不要管。这事闹大了，对咱们俩都没好处，对吧？"

周小萌并没有迟疑，立刻就接了电话："我没事。"

司机语气焦急："二小姐，后头有辆宝马车跟着咱们。"

"那是我朋友的车，跟我们闹着玩呢，不要管它。"

"可是……"

"哥哥的地盘上，还有十分钟就能看到他公司的大楼，你怕什么？"

司机一想也是，在这半个城里，周衍照虽不敢说只手遮天，却也是什么都不怕的。但他谨慎惯了，问："是不是打电话给光哥，让他多派个车来接您。"

"不用，看着他就烦。"

周小萌不等司机再说什么，就挂断了电话，然后心平气和，打量了一下那个人。那人不过二十五岁左右，穿着仿佛很普通，周小萌对男装很有研究，因为很长一段时间，周衍照和周彬礼的衣服都是她买的。所以她一眼就认出来，他身上的衬衣是日本定制的，因为领子的最里端绣着字，通常日本裁缝会在西服里衬绣上客人的名字，从她那个角度正好看见是个"泽"字，于是她问："你叫蒋泽？"

"原来你知道我叫蒋泽。"蒋泽顿时觉得这事不好玩了似的，"你哥哥不会已经把我的大事小事全都跟你说过一遍了吧？包括我幼儿园曾经亲过隔壁床的小女孩？"

周小萌很有技巧地说："哥哥没有说过。"这句话很简短，也很容易让人产生歧义，让蒋泽不知道她说哥哥没有说过哪句话。

果然蒋泽把腿跷起来，一派很悠闲的样子，说："既然你也是个明白人，我就打开天窗说亮话了。我呢，对我哥那摊破事一点兴趣都没有，他偏偏只有三个女儿，所以成天忧心忡忡，琢磨着把我弄去当他的接班人。你说我堂堂东京大学毕业，怎么能去跟他捞偏门呢？"

　　这话其实也是说一半藏一半，蒋庆诚有三个女儿不假，可是他二奶刚给他生了一个儿子，只是瞒得严实，没有几个人知道这件事。蒋泽虽然知道，但依蒋庆诚的意思，自己儿子太小了，还在襁褓之中，等他长大自己不知道有多老了，江湖上打打杀杀，手底下的人也不见得服气。所以想在儿子接手之前，培养一个可靠的人，想来想去，自然只有自家人可靠。蒋庆诚没有兄弟，所以最亲近就是这个小堂弟了。没想到蒋泽完全不买他的账，一听说要跟周家二小姐相亲，立刻就行动，打算把这事给搅黄了。

　　当时听到蒋庆诚的如意算盘，蒋泽就忍不住好笑："只听说政治联姻、商业联姻，这年头，竟然连黑社会都讲究联姻？"

　　蒋庆诚瞪了他一眼："怎么说话呢？什么叫黑社会？我们明明是生意人。再说捞偏门又怎么了？现在这个社会，捞偏门也需要技术，也要用人才，你以为捞偏门容易呢？"

　　"不容易，不容易！"蒋泽仍旧笑眯眯的，"可是大哥，哪怕不容易，你也不能牺牲我的终身幸福，让我去娶那个什么周家二小姐啊！"

　　"周家二小姐哪一点配不上你？"蒋庆诚说，"我看是你配不上她！光凭她一个人带个小子闯到我家楼下吃艇仔粥，我就要伸出大拇指，夸她一声有胆气。人家一个娇滴滴的女孩子，都有这种江湖儿女的气魄，哪像你，成天念书都念傻了，还成天瞧不起我们捞偏门的。我供你读书，把你养到这么大，难道你就连个女人都不如？"

"大哥，别对我用激将法。"蒋泽完全不上当，"人家就跑到你楼下吃碗粥，有什么大不了的，值得你这样夸她。"

蒋庆诚"哼"了一声，将一张照片拍在他面前。蒋泽一看，照片里是一对小情侣，形容亲密，两个人都不过二十出头。女的容貌可谓惊人地美，楚楚动人，而男的就稍嫌普通，扔在大街上可能完全找不出来。

蒋泽不由得摇头感叹："鲜花啊鲜花，怎么又插在……"

蒋庆诚得意地一笑："你不是号称追任何女孩子都不用三个月吗？包括有男朋友的。这就是周衍照的妹妹周小萌，旁边就是她的男朋友，你要追得上她，算你本事。"

蒋泽压根不上当："可是我对每个已经追上的女孩，兴趣也不会超过三个月啊！我要是追上她又把她甩了，她哥哥不跟我没完？甚至连累大哥你。"

"别瞎扯了，你只要追上她，哪怕一天后甩了她，我都保证不找你麻烦。"

"真的？"

"我什么时候诓过你？"

"成交！"

只是兴致盎然的蒋泽没想到，周小萌真人还挺漂亮的，比上镜更好看，不过她的身手倒不让他觉得意外，这才像周衍照的妹妹嘛。周衍照年纪轻轻就处处压蒋庆诚一头，没点真本事怎么做得到。

公交到站了，周小萌站起来，对他说："再见。"

蒋泽的话还没说完，不过他倒也不急了，笑嘻嘻地说："再见。"

周小萌到了第二天才明白他这句"再见"是什么意思，原来他早就知道他们会再次见面。

她第二天下午没有课，中午就回家了。刚到家周衍照就打电话回来，对她说："晚上约了蒋家的人吃饭，孙凌希不去，你跟我去。"

周小萌虽然有几分奇怪，可是也没有多想，因为孙凌希毕竟曾经跟蒋庆诚有点不愉快。晚上的时候司机直接接她去吃饭的地方，在酒店大堂才见着周衍照。他一个人坐在大堂的沙发里抽烟，保镖们都离得远远的，周小萌走到他面前，叫了声"哥哥"。

周小萌很少陪周衍照应酬，毕竟周衍照除了那种非得带女伴不可的场合，一般轻易不会带她出去见人。今天周衍照总有点心不在焉似的，连眼皮都没抬一下，只是说："走吧。"

入席之后，周小萌立刻明白过来，这是一局相亲饭。因为昨天骚扰她的那个蒋泽，就坐在桌子对面，笑眯眯地看着她。蒋庆诚跟周衍照见面，自然是好一番亲热，两个人先握手，又拍肩，这才坐下来喝茶，凑在一起窃窃私语，不知道在说什么话。这情形要是让外人看见了，只怕要惊出一身冷汗。周小萌回头只见周衍照与蒋庆诚都笑得欢畅，心中恨意勃发，可是表面上不动声色，甚至还主动跟蒋泽打了个招呼："是你啊，又见面了。"

蒋庆诚一脸的诧异："怎么，你们俩见过？"

"他搭公交车没有零钱，我借给他两块。"

蒋泽一唱一和，笑得格外灿烂似的："是啊，周小姐真是个好人，还说不用还给她钱了。"

"咦，你什么时候搭过公交车？"

"坐公交车这么有情趣的事情，像你是不会懂的啦！"蒋泽说，"周小姐不也坐公交车？这才是懂得生活情趣的人。"

蒋庆诚显然非常宠这个堂弟，被他顶撞也不以为忤，反倒笑眯眯的："你们年轻人的情趣，我们当然不懂。"

这时候酒店的老板恰好进包厢来跟两位大哥打招呼，于是话就岔开去。今晚蒋庆诚带了老婆和最小的一个女儿来，小女孩特别喜欢周小萌，虽然是初次见面，但是一点也不怕生，一直缠着周小萌说话，问东问西。周小萌将她敷衍得极好，只是跟蒋庆诚的老婆没什么话说，因为他老婆是客家人，周小萌不懂客家话，蒋太太又不会说普通话，两个人自然无从聊起。不过看周小萌这么耐心地哄小女孩儿，蒋太太就对蒋庆诚说了几句话，蒋庆诚哈哈大笑，对周衍照说："我太太夸你妹妹呢，说这年头对小孩子这么耐心的年轻女人可不多。还说你妹妹这么贤惠，不知将来是谁有福气娶了她。"

话说得这么直白了，周小萌就羞红满面地低下头去，装成一只鹌鹑的模样，而蒋泽笑眯眯地看着她，好像什么都没听懂似的。开始上菜之后，蒋家小妹就一直吵吵要挨着大姐姐坐，蒋庆诚就纠正说："不是大姐姐，是阿姨。"

"不是阿姨，是大姐姐！"蒋家小妹执拗起来，"阿姨不好，我只要大姐姐！"

蒋太太呵斥了两句，小女孩儿突然"哇"一声哭起来，说："阿姨都是坏人，我不要阿姨！阿姨生了小弟弟，会把爸爸抢走的！"

"没规矩！"蒋庆诚突然变了脸色，骂了一句之后就是一通客家话，说得极快，周小萌压根听不懂，就看见蒋太太涨红着脸伸手打了小女孩两下，小女孩越发号啕大哭，纵然周小萌连声劝解，也越哭越厉害。蒋太太没办法，抱起孩子去洗手间，一路嘴里还在不停嘀咕，也不知道是说什么。蒋庆诚皱着眉对周衍照说："见笑了，老婆孩子都不懂事，真是没办法。"

周衍照一手搁在椅背上，另一只手搁在桌上，玩弄着一个筷架，闲闲地说："蒋哥，不是我说您，男人三妻四妾，总不是什么好事。家务先乱起来，怎么在外头做事？"

蒋庆诚只是哈哈一笑，然后亲自替周衍照斟了一杯酒，说："你哪里晓得我的苦处。我这老婆是在乡下的时候娶的，老话说，糟糠之妻，我也不想对不起她。可是你也看到了，这样子的太太，怎么带出来应酬生意？若她有周小姐的一半漂亮能干，我早就乖乖在家里做老婆奴了。"

"我妹妹被我宠坏了。"周衍照微笑，"别看她在外人面前一副文静小姐的模样，其实脾气可大了，连我的话都不听，我只怕她嫁不出去。哪怕嫁出去了，她那脾气，也够人受的。"

"怎么会呢？"

两个人说来说去都是些虚应故事的话，蒋太太带着孩子回来了，他们两个人还没有说完。周小萌拿着只小汤勺，慢慢舀着那汤喝，正在心里冷笑的时候，突然听到蒋泽问："你的电话没事吧？我真怕我把你的耳机线扯断了。"

周小萌心中着恼，却含羞带怯地说："没事。"

周衍照终于看了她一眼，她却索性放下汤勺，问蒋泽：

"刚刚听见蒋大哥说，你新订了一部跑车，是银蓝色的，国内都没有这一款……"

"是啊，才从香港运过来，要不请周小姐替我试试车？"

"好啊，我还没有开过跑车。"

他们两个人一搭上话，蒋庆诚就格外高兴，拉着周衍照说话。这一晚上是蒋家请客，热热闹闹宾主尽欢，最后蒋家人在酒店门口送周衍照和周小萌上车，蒋泽还抢上一步，亲自替周小萌拉开车门，说："还不知道周小姐的电话是多少，回头我要请周小姐替我试车的呀。"

周小萌就把电话告诉他，然后又道谢。周衍照上车之后，车子缓缓启动，周小萌从后视镜里看见蒋家人还站在那里目送，唇边不禁浮起一缕笑意。周衍照见她笑得甚是欢畅，于是冷笑道："怎么？这么快就把萧老师忘了？"

"哥哥带我来应酬蒋家的人，我怎么敢不替哥哥办好差事。"周小萌淡淡地笑着，"反正我喜欢谁，忘了谁，哥哥也不会放在心上。"

周衍照一路上都没有再说话。回到家里孙凌希已经睡了，他回房间抽了几支烟，洗完澡出来，突然听见隔壁周小萌的房间里，发出阵阵奇怪的嗡鸣声。他微一凝神，听出来这似乎是电钻的声音，于是他推开门走到走廊里，越发听得清楚了，正是电钻的声音。周小萌的房门没锁，他一扭就打开了，她正坐在床上拿一支小电钻钻什么东西，听见他进来，连头也没抬。

周衍照认出她手里的东西，正是一双木鞋。他万万没想到这样东西竟然会在她手里，下意识几步走过去，劈手夺下一看，木鞋早就被电钻钻得千疮百孔，横一道竖一道，已经不大能看出鞋子的模样了，至于鞋底的字，早就被钻磨得一点也看不出来了。床上散落一床的木屑，还有几点木屑溅在她的头发上，好似春天茸茸的轻絮一般。周小萌一脸坦然地看着他，仿佛就等着他发脾气。

周衍照最后却什么也没说，只把那双鞋从窗子里扔出去，砸在树枝上"啪"一响，然后又是沉闷的一声，是落在了地上。

他转身回主卧睡觉去了，周小萌还拿着电钻坐在床上，仿佛出神的样子，又好像什么也没有想。他睡得警醒，半夜突然醒来，推开窗子一看，底下院子里有细微的光柱，渐渐移过来，于是纤细的人影被庭院灯照亮，果然是周小萌拿着手电筒，在院子里找那双木鞋。她穿着睡衣睡裤，素色底子上是一团团的花，在路灯茸茸的光线里，她整个人都像是一朵蒲公英，仿佛只要夜风稍大，就会将她吹散似的。

她的头发被风吹乱了，但她弓着身子，执意地拿手电一点点扫过花丛，大约是实在找不到了，最后她蹲下去，一动不动地蹲在那里，很久很久也不起身。周衍照几乎觉得她是不是睡着了，就像一只小鸭子蹲在那里，把头藏在翅膀底下。过了好久，她才挪了一下，他探出身去轻轻拨开树枝往下看，才发现原来她在打电话。

正是夜深人静的时候，她的声音并不大，可是断断续续都能听见。她大约是打给萧思致，带着一缕哭音似的，就像是哀求："你带我走吧……我真的不想在这里了……实在太难受了……"

前半句话她其实也对他说过："你带我走吧。"多么动听的五个字，包含着全心全意的信任和爱慕，愿意和他远走天涯，从此一生一世，朝夕相伴。

他慢慢地将窗子一寸一寸地拉回来，关上，将所有的温软夜风和她细碎的声音都重新隔绝。当年她对他说这句话的时候，他真的抛下一切带她走了，可是他们到底没有走掉。

那时候真是天真啊，以为只要横下心来，就能去往新的世界，拥有自己想拥有的一切。

他躺在床上，耳畔似乎还回响着她的声音，轻轻地一遍遍地说："哥哥，你带我走吧。"

那时候为了她这一句话，他就离开了家，走后不到二十四小时，周彬礼就受到重创。他赶回来的时候，周彬礼已经奄奄一息，命悬一线。

他想起叶思容，那个女人的声音有种奇特的透彻，她的目光也是，她说："小萌是永远不会原谅你的，如果让她在你和我之间选择一个，她一定会选我，因为我是她妈妈。"

当时他是怎么答的呢？他记得自己曾经冷笑："是么？要是让我在我爸和她中间选一个，我也会选我爸的。"

叶思容镇定得就像面对的并不是黑洞洞的枪口，而是一朵绽放的鲜花一样，她最后只说了四个字："你会后悔。"

她的目光中充满了一种奇特的东西，过了很久之后，周衍照才明白那种奇特的东西原来是怜悯，这个女人养育他多年，他不得不承认，其实叶思容比周彬礼更了解他。

其实他并没有后悔，只是每时每刻，都会觉得痛苦，就像是蚀骨的毒，每一秒钟，都让人痛。

Chapter
04

心的开关

【十一】

　　孙凌希出事的时候，周小萌正和萧思致在一起。萧思致刚刚从缅甸回来，原本周衍照是想让他去泰国的，但不知道为什么后来又临时改成缅甸。不过周衍照生性多疑，朝令夕改也是常有的事。萧思致特别用心，周衍照交代他的事，他办得很顺当，因为一切都是安排好的，只是交割的时候，对方对突然换了个新人来很谨慎，核对身份时多耽搁了一些时间。然后萧思致又不能搭飞机，从云南边境一路坐长途大巴回来，风尘仆仆。周衍照对他倒是很客气，在公司办公室里见他，道了辛苦，亲自抽了份子钱给他，说："小萌有话跟你说，你中午跟她吃饭吧。"

萧思致觉得有些意外，不明白为什么周衍照这么说。等见了周小萌才知道，周小萌说："哥哥带我去相亲，对方是蒋庆诚的堂弟。"

萧思致略略一惊，问："他打算跟蒋庆诚联手？"

"不知道。"周小萌说，"也许他只是觉得，我还有点用处，不如拿来当枚棋子。"

萧思致觉得一别几日，她格外憔悴似的，还以为是相亲给她的压力，于是安慰她："没有关系，你大学都还没有毕业，你哥哥再急，也不能在这时候把你嫁出去。"

周小萌却是笑容浅浅，神情有一丝恍惚似的，过了片刻才说："他这个人，还真说不定。"

"那我们下一步怎么办？你哥哥的意思是让我跟你分手吗？"萧思致担心的是另一件事，"他是不是看出什么破绽？"

"应该没有。"周小萌简短地说，"他只是觉得没必要瞒着你，我们两个人，对他来说，都是无足轻重。他可能希望你别捣乱。"

就在这时候，萧思致突然接到小光的电话，劈面就问："在哪儿？"

"在吃饭。"萧思致觉得小光的语气大不同往常，于是立刻问，"光哥，出什么事了？"

"二小姐跟你在一起？"

"是的，她在这里。"

"马上带她回家。"

萧思致很机敏，立刻就知道是真的出事了，马上对周小萌说："走吧，我们先回家。"

司机原本在楼下等，他们上车就走，回到周家之后才知道，原来今天孙凌希去医院做第一次产检，周衍照本来陪着她，但临时接了个电话去处理一件要紧事，于是就先走了，留下司机和保镖陪着孙凌希。到公司之后周衍照接到孙凌希的一个电话，但没说话就挂断了，周衍照立刻打给司机，司机的手机已经关机。一个小时后头破血流的保镖被人发现倒在出城的高速公路收费站之外，不省人事。而司机连车带人，包括车上的孙凌希，都消失得无影无踪。

南阅是千万人口的城市，在偌大的城中藏起一辆车或者一个人，实在是太容易了。只是谁敢在太岁头上动土？周衍照并没有回周家，他留在公司办公室里。家里的气氛无端端也显得紧张起来，周小萌听说孙凌希失踪，只是怔了一怔，萧思致却觉得，山雨欲来风满楼。

一连三天，整个南阅市表面上却是出奇的平静，连公交车上的小偷小摸都少了许多。周衍照的人几乎将整个南阅市给翻过来，一声不吭将半座城都搜了个遍，连一些特殊的关系都动用了，查看医院之外的交通监控记录。道上的人都知道要出大事了，就像是预知未来的暴风骤雨，小鱼小虾们都潜入自己的洞穴，不再出来惹是生非。

第四天的时候孙凌希的尸体在郊区一个水渠里浮起，刑警大队的队长亲自出的现场。去刑警大队的停尸房认人的时候，周衍照冷静得几乎像是去赴一场饭局，他看了一眼就说："是她。"孙家父母早就已经哭脱了力，被亲友们叫了急救车送进医院。刑警大队的队长送周衍照出来，他是知道周衍照的脾气，于是皱着眉头对他说："老十，你可别乱来。"

周衍照冷笑："一尸两命，你还劝我不要乱来？方队长，要是你女朋友出了这档子事，你会不会乱来？"

孙凌希到底是被谁害了，一时间满城风雨，各种传闻都有。周小萌因为家里出了这种事，也请了好几天的事假没去学校，萧思致受了派遣，负责处理孙凌希的后事，从周家到医院两头跑。只是周衍照大约是伤心得狠了，竟然像换了个人似的，回家就倒头睡觉，白天在办公室里就跟小光一起关着门说事，小光则进进出出忙得很，只是谁也不知道他在忙什么。

第五天的晚上周小萌才见着周衍照，他半夜大约是饿了，下楼去地下室拿酒，却没想到周小萌坐在地下室的桌子旁，倒是醒了一瓶好年份的红酒搁在那里。

周衍照这几天瘦得人都走了形，睡衣穿在他身上，都宽大了几分似的，他并没有瞥周小萌一眼，径直拿起桌上的醒酒器，给自己倒了杯酒，一仰脖子，像喝水似的就喝完了。再倒第二杯的时候，周小萌冷冷地问："哥哥做了什么亏心事，也怕半夜睡不着么？"

周衍照二话没说，操起桌子上的醒酒器就朝周小萌砸去。周小萌早就知道他会发作，身子一闪就避过去了，玻璃的醒酒壶落在地上，摔得粉碎，红酒四溅泼洒在米白色的地砖上，倒像是血迹般触目惊心。周衍照已经扑过去，拧住她的胳膊，将她狠狠按倒在桌子上，咬牙切齿地说："我做了什么亏心事？你怎么不说你做了什么亏心事？"

周小萌虽然背部被撞得剧痛，却是笑靥如花，她呼吸间仿佛有红酒的醇美香气。她仰起脸来，就在周衍照脸颊上轻轻吻了一下，她的嘴唇又香又软，她的声音亦是："哥哥都已经布置好了，我怎么能不推哥哥一把呢？"

周衍照冷笑："我布置好什么？"

"孙凌希这么香的饵，不是哥哥用来钓鱼的么？这么好的借口，要灭了蒋家，正是时候。"周小萌声音里透着说不出的愉悦，趁着周衍照手劲稍松，她将自己的双手抽出来，然后伸手搂住周衍照的脖子，仿佛娇嗔，"我就知道哥哥讨厌姓蒋的，我也讨厌，现在我终于不用嫁给姓蒋的啦！"

周衍照"哼"了一声，将她推开，自己走到红酒架子前去，重新选了一瓶酒，然后抽出来用开瓶器打开。周小萌瞥了他一眼，说："连醒酒器都摔了，还喝什么酒？"

周衍照没有理她，自顾自给自己斟上一杯酒。周小萌却好像菟丝花似的缠上来，软语娇声地问："你到底会不会把我嫁给别人？"

"你不是要嫁给萧思致吗？"周衍照仍旧没什么表情，"女孩子老不嫁人，总不像话。"

周小萌从后面抱住他的腰，将脸贴在他的背上，轻声地说："我谁也不嫁，你要是让我嫁给别人，我就一刀把你杀了。"

周衍照终于笑了一声："那你杀杀看。"

周小萌慢慢地放开手，却凄然地笑了笑，侧着脸看着周衍照，说："欺负我打不赢你么，还是欺负我心里总是喜欢你的？"

周衍照没再说什么，只是又喝了一杯酒，周小萌问："你这个人啊，就是这么铁石心肠，孙姐姐那么喜欢你，你也下得去手。我这么喜欢你，你还想着要把我嫁给别人。"

周衍照倒了一杯酒，推给她，说："别在这里胡说八道了，喝了上楼去睡觉！"

周小萌端起那杯酒，只是呷了一口，就皱着眉，仿佛喝药似的喝下去，将杯子放下，长叹了一声："我是真的做了亏心事睡不着了，哥哥陪我睡吧。"

周衍照未置可否，周小萌已经凑过来吻他。她的吻带着红酒的醇香，非常地动人，周衍照不知不觉就搂住了她的腰，加深了这个吻。正是意乱情迷的时候，突然听见周小萌问："哥哥，你别再拿旁的女人来气我，好不好？"

他仿佛被一桶凉水从头浇下，顿时情欲全无，他推开了周小萌，拿起酒杯，晃着杯中的酒，说："我没拿孙凌希来气你，你也别想多了。咱们俩的事，早就过去了。你还是正经找个喜欢的人嫁了，你嫁的人，将来也可以当我的帮手，公司的事多，多一个自己人，总是好的。"

周小萌仍旧笑着，只是眼中的落寞却是再也掩不住："你都把我害成这样了，你以为我还能喜欢别人么？"

"萧老师不是挺好的吗？你不也挺喜欢他的？"

周小萌咬住嘴唇，过了几秒才放开，牙齿早就咬出一个浅浅的白印，她说："是啊，我挺喜欢萧老师的，因为他转身的时候，最像你。"

周衍照丝毫没有为之所动，他说："萧思致悟性是差了点，好在也不是呆子，我带他一阵子，想必他也能学会做生意。到时候你们自立门户，过日子总不成问题。"

"哥哥就这么想把我扫地出门吗？"周小萌的语气不由得变得尖厉，"好啊，我一毕业就嫁给萧思致，保证不再在家里碍哥哥的眼！"

周衍照却像是早就下了什么决心似的，不论她如何冷嘲热讽，并不为之所动，反倒拿了那半瓶酒和一只杯子，说："我上去睡了，你也少喝点。"

周小萌气得抄起一只杯子就朝他扔过去，他身手好，自然是砸不到的，但杯子落地的声音还是令她觉得心如刀绞。她赌气似的也拿了一瓶酒上楼去，进了房间之后却没有开酒，反倒从窗子里爬出去，一直顺着树干走到主卧的那边，敲着窗户玻璃。

周衍照拉起窗帘一角看了她一眼，并没有开窗，周小萌恨得拿酒瓶砸在窗户上，"哗啦"一声玻璃碎了，在寂静的夜里格外动静大。后花园里养的狗吠起来，还有保安室里出来了人，朝这边走过来。

周衍照没有办法，只好打开窗子，将她拖进来。这时候值班的保安已经走到了树底下，仰头只看见周衍照站在窗口，树下闪闪烁烁，有什么东西映着庭院灯的光，仿佛是碎玻璃，于是问："十哥，怎么了？"

"玻璃打碎了。"周衍照说，"没事，我一时失手，你回去吧。"

等人走了之后，周衍照才回过头来看周小萌，她被他扯进窗子的时候太狼狈，膝盖上被碎玻璃划了一道，渗出血来，她随手扯了床单一角按着，可是血流如注，看着很可怕似的。周衍照皱了皱眉头，去浴室拿了条毛巾扔给她，自己转身出门去，过了会儿重新回来，手里拿的正是止血药和纱布。

他处理伤口十分熟练，周小萌看他蹲在那里替自己包扎伤口，于是轻声问："哥哥，你后悔吗？"

"有什么可后悔的？"周衍照一会儿工夫就把伤口包扎好了，扔下周小萌，走到窗户边去，把几片明晃晃的玻璃碎片拔下来。那些玻璃反射着日光灯，映在他脸上一闪，仿佛利刃的寒光。

"有时候你不说，不代表我不知道。孙凌希想干什么，你大约早就心里有数，所以才会将计就计。不过这个时候动手，哥哥就不怕蒋家反咬一口么？"

周衍照把碎玻璃片扔进洗手间里，走出来之后才冷冷地反问："我在外头的事，几时轮到你来过问？"

周小萌叹了声气，说："你不让我问，到底是害我呢，还是为了我好？"

周衍照不作声，将一样东西扔在床上，冷笑问："这是你装在孙凌希房里的？"

周小萌拿起来一看，果然是那个窃听器，不由得"噗"地一笑，说："哥哥果然早就知道了，可惜了，我也没听到什么。"

"以后别再干这种事了。"周衍照语气仍旧冷淡，"孙凌希很精明，如果当时被她发现了，你打算怎么解释？"

"这有什么好解释的，当然是哥哥替我背黑锅了。万一被她发现，自然就是你放的窃听器。"周小萌心情渐好似的，缩在床角像猫儿一样伸了个懒腰，端详了一下自己包着纱布的膝盖，说，"哥哥，你都没替我打个蝴蝶结！"

周小萌第一次帮周衍照包扎伤口，还是在饼市街的时候，当时他胳膊上不知道被周彬礼拿什么抽破了皮，周衍照打架如同家常便饭，压根没把那点小伤当回事，天气又热，几天下来伤口就红肿化脓了。周小萌看见只觉得触目惊心，于是一定要小光找了纱布和消炎药，替周衍照包扎起来。她那时候哪懂得什么包扎，就是先按上消炎药粉，然后拿纱布胡乱缠几圈，最后还系了个蝴蝶结。周衍照没说什么，她自己倒觉得老大不好意思，讪讪地说："蝴蝶结好看……"难得那时候周衍照一心哄着她高兴，竟然附和："蝴蝶结是挺好看的，以后我就系蝴蝶结！"

当时只引得她大发娇嗔："哥哥你还想打架！"

那时候他怎么哄自己的呢，她都已经忘了，不过是几年前的事，却遥远得一如前世了。她一想起来，就觉得有几分恍惚似的，所以脸上露出一种怅然若失的表情。

周衍照却没搭她的话茬，只是问她："你怎么知道孙凌希有问题？"

周小萌偏偏淘气："不告诉你！"

周衍照下了什么决心似的，终于说："下个星期你跟萧思致去泰国，去向四面佛还愿。他走了一趟缅甸，还挺可靠的，人也还机灵。"

周小萌脸上的笑意渐渐地淡了，最后才说："四面佛那么灵，还愿一定要自己去。哥哥许的愿，哥哥自己去还。"

周衍照难得语气温柔，伸手摸了摸她的头发，说："听话！"

周小萌一偏头就让过去了，没有让他温热的掌心触到自己的发顶。她语气尖刻："要还愿你自己去，我哪里也不去！"

周衍照慢条斯理点了一支烟，说："孙凌希这枚棋子埋得这么深，姓蒋的一定是处心积虑已久。可惜他算来算去，没算到专案组这时候还没走，他不敢轻举妄动。你放心，他不会拿我怎么样。"

"那我为什么要去泰国？"周小萌说，"我哪儿也不去，就待在南阆。"

周衍照终于抬头瞧了她一眼，说："那好吧。"

周小萌知道最近不比寻常，但也没有想到事情急转直下。第二天萧思致到周家来，给她带来一个重磅消息：蒋庆诚的二奶连同孩子一起，被连车带人沉在南阆江里。捞起来的时候自然是不行了，现场的情形人人看了都觉得残忍，才一个多月大的婴儿，是活活被呛死的。一时间蒋庆诚跟疯了一样，立刻扬言要跟周衍照拼命。现在外面的情形一触即发，就像是导火索已经快要烧到了火药库，人人自危。

周小萌脸色刹那间就变了，说："哥哥不会做这样的事。"

萧思致短暂地沉默了一下，说："这种时候，不是他做的，所有人也会认为是他做的。"

在家里说话不便，周小萌也没有询问更多。等萧思致一走，她就打电话给小光："哥哥呢？"

小光永远是那种不冷不热的腔调："十哥在忙。"

"那他今天晚上回家吗？"

"十哥没有说。"

周小萌有无数的话想要说，可是每一句话到了嘴边也只是咽下。她在电话那端沉默了良久，最后还是小光懂得她的心思，说："你放心。"

只是三个字，周小萌却懂得他承诺的分量，她说："你自己也要小心。"

"我明白。"小光很快地挂断了电话，周小萌抬眼看向窗外，最近两天周家加强了保安，连唯一的监控器死角，也新添了一架监控探头，正对着她的窗子。现在谁也不能爬树了，只怕有只苍蝇飞过，都会被拍下来。

周小萌却没想到这时候蒋泽会打电话给她，语气还挺轻松似的："小萌，是我，蒋泽。"

周小萌十分谨慎，问："蒋二哥有什么事吗？"

"没什么事，就看看你还好不好。"

"我挺好的，谢谢蒋二哥。"

"能不能不这么虚伪啊？一口一个二哥的，你哥都快跟我哥你死我活了，怎么样，你想不想把这事给抹过去？"

"人命关天，不是随随便便一句抹过去，就抹得过去的吧？而且我哥哥的事，我从来不管。蒋二哥，没事的话，我就先挂了，我还有论文没写……"

"别装了，周小萌，咱们打开天窗说亮话吧。你哥哥那个人太多疑了，我的电话他现在都不接了，你跟他说，十五的债了了，可是初一还欠着呢，叫他别忘记了！"

周小萌怔了一下，蒋泽已经把电话挂了。她心中疑惑，只好又打给小光，将蒋泽打电话给她的事原原本本讲了一遍。没想到小光大为紧张，立刻说："你待在家里哪儿也不要去，我马上回去。"

小光赶回来之后也没对周小萌说什么，只是交给她一只黑色的袋子，说："二小姐拿着防身吧。"

周小萌全身发冷，她并没有打开袋子，而是追问："哥哥怎么样？"

"十哥现在挺安全。"小光顿了一下，说，"二小姐别再接蒋泽的电话了。"

"蒋泽怎么了？"

小光犹豫了一下，还是告诉她了："原本十哥跟蒋泽说好了，等孙凌希出门的时候，就给个机会让孙凌希去见蒋庆诚，顺便引蛇出洞，看看他们到底还能玩出什么花样。可是没想到孙凌希死了。十哥原先以为是蒋庆诚发现什么破绽才杀孙凌希灭口，今天才知道是蒋泽干的。这个人，心狠手辣，连二嫂跟侄子都能活活淹死，蒋庆诚现在估计自身难保了，蒋家迟早要落在蒋泽手上，以后的事就更难说了。"

周小萌便觉得如同晴天霹雳，一个接一个似的，就响在自己头顶上，她追问："蒋泽的话是什么意思？什么初一？什么十五？"

"原先十哥答应过他，如果把蒋庆诚给拉下马，就跟他井水不犯河水，从此绝不踩过界到城西，还介绍缅甸的老板给他认识，将手头的货源都转给他。没想到蒋泽志向大得很，压根想的就不是把蒋庆诚从坐馆的位置上推下来，而是斩草除根，自己话事。十哥当初答应他的事，其实都办到了，就只有一样，没答应他。可没想到蒋泽追着不肯放。"

周小萌问："什么？"

小光又犹豫了一下，才说："蒋泽说，十哥的话他是肯信的，但他出的力多，十哥总得表示点诚意，要十哥把你嫁给他。十哥没答应，说他们蒋家是亲兄弟还翻脸呢，做了姻亲也是靠不住的，况且这个妹妹也不是周家亲生的，没意思。当时蒋泽就只笑了笑，没想到今天又提起这话头来。我觉得，他并不是真要提亲……"

还有半句话就不必说了，周小萌低着头，抓着那个黑色袋子，小光说："十哥懊悔得不得了，说孙凌希肯定不是蒋庆诚的人，八成是蒋泽的人，不该带她回家里来，一定是她看出什么来，最后还告诉了蒋泽。蒋泽杀了她，一是为了灭口，二是为了给十哥下战帖……他能杀孙凌希，就能动你……"

周小萌低头想了片刻，却抬起头来，缓缓地笑了笑，说："你跟哥哥说，放心吧，我又不是孙凌希，蒋泽想把我怎么样，没那么容易。哥哥在哪儿，我就在哪儿。反正我不会在他前头先死。"

小光不动声色，就像没听见她这么古怪的话一般。他只是把袋子拿过去，将袋子里的东西都倒出来，然后一一交代周小萌如何用，又告诉她，周家什么地方还藏着武器，紧要的时候可以拿出来救急。这些事，周小萌从前是不知道的，现在知道了，倒也觉得没什么意外。周衍照是个谨慎的人，大浪袭来，他一定会事先收了帆，然后驾船朝着浪尖冲去。

她不会将自己置于险境，因为她不会连累他。

周衍照仍旧很晚才回到家中，上了二楼之后走廊里静悄悄的，周小萌的房门已经关上了，他经过的时候也没多看一眼，只以为她睡了。没想到推开主卧的门，却发现床上有人。周小萌和衣睡在他床上，连被子都没有盖，身上的衣服早就睡得皱巴巴。他的床大，她却睡得蜷缩起来，像个孩子似的，只占了小小的一点地方。

周衍照本来弯腰想要将她拍醒，但是一俯身看她长长的睫毛安静地覆在眼上，双颊微红，倒像是做了什么美梦一般。又像是很久很久之前，有一次他回来得晚了，仍旧从树上偷偷爬进窗子，她不知为什么伏在桌子上睡着了，手里还握着笔，面前摊开着英语课本，上面画满了红的蓝的道道。她就像一只小鸟，就那样将头枕在翅膀上睡着了。他不知道愣在那里多久，最后才轻轻地将笔从她手里抽出来，然后将她抱到床上去，给她搭上被子。

那时候她的脸颊就像是苹果一样，带着粉脆粉脆的光泽，仿佛有清香，让人几乎不忍碰触。

他无声地将手指缩回去，转身走到贵妃榻上坐下来，点燃一支烟。

或许是打火机的声音惊动了她，也或许是烟草的气味，没过多久周小萌就醒了，翻了个身，有点发怔地看着他。

没有开灯，黑暗中他也看得清她的样子，像是小孩子睡迷了，又像是刚醒过来有几分恍惚似的。他把烟掐熄了，说："谁让你进我房里来的？"

周小萌没有说话，她抱膝坐在床角，仍旧歪着头看着他。周衍照随手捻亮了身边的落地灯，声音里还透着几分刻薄：

"别装哑巴了，出去！"

周小萌仍旧没有说话，落地灯的光线似水，融融地映在人身上，那光微带黄晕，一圈圈更似泛起涟漪。她像是被灯光刺痛了眼睛似的，慢慢将头转过去，拉起被子，重新缩进去睡了。周衍照不耐烦，几步走过来掀起被子，想把她揪起来，周小萌却很听话，乖乖攀着他的胳膊，只是不撒手。周衍照没办法，跟她拉扯了两下，不耐烦了，只好任由她解着自己的扣子。

她的吻又轻又暖，触在他的唇上就像雪花一般，一触即融。周衍照抱紧了她，就像是想要狠狠把她嵌进自己的身体里去一样，有好几次他都焦虑地想，为什么天还不亮，可是又盼着，天要是永远不亮就好了。

周小萌累了，到了天亮的时候，连翻身都不曾，仍旧保持着入睡前的姿势一动未动。周衍照想去洗手间，可是她像一只考拉紧紧搂着桉树一样，紧紧地搂着他的胳膊，整个脸就埋在他的怀里，他试了几次都没办法分开她的手，最后一次大约是使力稍大，她在睡意深沉中反倒挣了一挣，将他的胳膊抱得更紧了。

周衍照偏过头吻了吻她的耳朵，大约是痒，她往里缩了一下，他说："我去洗手间。"

她含混地拒绝："不行。"

"洗手间。"

"不行。"这一次更含糊了，但是抱着他的手却收得更紧了。

周衍照没办法，只好将她抱起来，像是晃着洋娃娃似的晃了一下："那陪我去洗手间？"

　　周小萌终于翻了个身，从他胳膊里重新滚落到了床上，将背影留给他，放他去洗手间了。他去完洗手间回来，突然发现床上没人了，心下一惊，转过身来，却看到周小萌已经起床了，穿着他的衬衣站在窗前，微微眯着眼睛，看着东方的薄薄微曦。

　　周衍照看她站在阳光里，秋日的朝阳将衬衣照得半透明。她倒像披着一件羽衣一般，衬着那几乎要破窗而入的绿意，仿佛花间的精灵，随时可以振动透明的翅膀，飞上枝头去。

　　过了两秒钟，他才说："别站在窗户前头。"

　　周小萌没有动，说："附近没有合适的狙击点，爸爸当年选这个地方买房子，是有道理的。"

　　他拉上窗帘，说："穿成这样，也不怕被人看到。"

　　周小萌"咭"地一笑，像一只快活的小鸟，立刻就拍拍翅膀飞起来，扑到他背上去，去势太快，差点冲得他站不稳。她借着这一跃之势搂住他的脖子，将脸贴在他的背上，喃喃地说："不要赶我走。"

　　"我跟老大说好了，他会叫老五去机场接你，你住十天半个月，最多一个月，就回来。"

　　"要走我们一起走。"

　　"听话。"

　　"你为什么总想赶我走呢？"

　　"等过阵子你再回来。"他说，"等过阵子就好了。"

　　"你没有信用了。"周小萌的声调还很轻松，可是遮掩不住语气里的苍凉之意，"上次你叫我等，可是你再也没回来。"

周衍照短暂地沉默了片刻，说："可是后来咱们俩还是在一块儿的。"

"后来不算。"周小萌说，"这两年，都不算。"她停了一停，说，"你放心，万一我真落到别人手里，绝不会让你为难。"

周衍照没有答话，他拿衣服洗澡去了。周小萌回到床上去等他，左等他不回来，右等他不回来，后来就睡着了。

她这一觉睡得很沉，周衍照什么时候走的都不知道，她睡到中午才醒，也不知道做了什么梦，猛然出了一身冷汗，坐起来才知道原来不是睡在自己床上。周衍照的房间十分安静，静得听得见床头柜上手表走动的声音。

他没戴表就走了，周小萌记得这块手表他每天都要戴的。虽然男人讲究什么场合穿什么衣服配什么表，但周衍照不怎么习惯那一套，所以每天手腕上都是这块手表。

周小萌拿起那块手表摇了一摇，听它走得"喳喳"响，于是随手套到自己手腕上，那块手表表带太长，她虽然扣住了，但仍旧很容易从手腕上滑落。回到自己房里梳洗过后，就去储藏室找了工具，重新将皮带打孔，折腾了半天打了好几个孔，最后表带可以重新再绕过一圈，这样子虽然难看一些，但总算长短合适了。

她弄好了手表之后，看到手机上有好几个未接电话，全部都是蒋泽。

周小萌没有理睬，但过了片刻，手机"嘀"一响，是有短信。仍旧是蒋泽，却只有三个字"接电话"，干脆简单，好似一个现成的阴谋。

旋即电话响起来，一闪一闪的名字，正是蒋泽。周小萌考虑了两秒钟，还是接了。一听电话通了，蒋泽的笑声就传过来："二小姐，我还以为你跟令兄一样，把我的电话拉入黑名单了。"

"蒋先生有话请直说。"

"好，我晓得二小姐是个干脆人，我现在在医院里，你要不要过来？"

周小萌明知道答案，却不得不问："什么医院？"

"你说呢？令堂大人的气色不错！哎，周小萌，你哥哥对你妈不错的呀，每个月这么高的医疗费，竟然从来没有拖欠过。"

周小萌冷笑："跟他有什么关系？那是我自己挣的钱。"

"啧啧，周小姐，咱们也别兜圈子了，你哥哥欺人太甚，我也只好走一步算一步。你到底是来，还是不来？"

周小萌把电话挂断了，她虽然气急，可是头脑还是十分清醒。先是检查武器，然后换了身衣服，特意拿了一个厚实的购物袋，把东西都装进去，然后换鞋出门。刚刚走到院子里，没想到小光就站在院子里，周小萌没提防，被他看个正着，他问："二小姐往哪儿去？"

"我去看妈妈。"

小光不动声色，说："这两天风声不好，不要出门，过两天再去吧。"

"我不放心。"

"那我陪你去。"

"我一个人去就行了。"

小光说："把你包给我。"

周小萌不动，小光伸手站在那里，一动不动。可是他站的地方已经完全挡住她的去路，她没有办法，只好赌气似的，将包往他手上一扔。

小光没有打开购物袋，只是在手里掂了掂，说："二小姐还是乖乖待在家里，别给十哥找麻烦了。"

周小萌语气讥诮："是啊，我不给他找麻烦，我妈妈要是死掉，正好让他顺心如意。"

小光丝毫不为之所动，反倒往后退了一步，说："二小姐，回屋子里去吧。"

周小萌知道动手硬闯是不成的，只好回到屋子里。她上楼关好门，打了一个电话给蒋泽，问："你想要什么？"

蒋泽轻轻地笑起来，笑声愉悦："你是个聪明人，为什么总是装傻呢？"

"说重点。"

"我要是让你一枪打死他，你干不干呢？"

周小萌不耐烦地打断他的话："没等我动手，他就会先一枪打死我了，你想别的办法吧。"

"你们兄妹俩，感情挺不错的。他都把你害成这样了，你还不舍得动他啊？"

"蒋先生，你要是说废话，那就不必再谈了。"

"周小萌，你去对你哥哥说，你愿意息事宁人，嫁给我，咱们两家的事就算了了。现在闹成这样，谁都收不了场，谁脸上也都不好看。”

“我哥哥不会答应的。”

“依我看，要是你本人愿意，你哥哥八成也不会拦着你。”

“我本人也不愿意。”周小萌冷冷地说，“你连你亲哥哥都往心口捅刀子，嫁你这样的人，比嫁个畜生都不如。”

蒋泽倒是一点也不恼：“小姑娘骂起人来，就不可爱了。”

“我不可爱的地方多着呢，所以你也别惦记我了。”

“唉，让我不惦记你，好像有点难度，谁让你那么招人喜欢呢？你说你妈妈这样子，我要是把她的氧气关掉，她是不是马上就断气了？中国的医学是怎么认定临床死亡的？脑死？心脏停跳？”

“你到底要什么？”

“咱们还是见个面吧。你哥哥那么无趣的人，藏着你这么有趣的一个妹妹，真是暴殄天物了。”

“我出不去。”

“我相信你有办法出来，你这么有本事的人，一定能想出办法。”蒋泽又在轻轻地笑，“我给你四个小时，四个小时后，咱们在山顶的凉亭见。”

周小萌挂断电话之后只犹豫了几秒钟，就走到主卧去。周衍照的房间是挺大的套间，里面还有盥洗室。她打开浴柜，一眼就看到里面放着的剃须刀，周衍照从来不用电动剃须刀，所以浴柜里还放着大半包新拆封的刀片。她拿着剃须刀，早晨的时候他大约刚刚用过，冰凉的金属刀架上，仿佛还有属于他的气息，特殊的，亲密的，只属于他的。她没有用新刀片，直接将剃须刀上的那枚刀片取下来。她右手拈着刀片，于是伸出左手，看了看自己手腕，薄薄的皮肤底下浅蓝色的静脉，刀片微凉，十分锋利，切开皮肉的时候几乎没有觉得痛。她将那沾着鲜血的刀片放回剃须刀内，然后放回原来的地方。

她离开主卧朝自己的房间走去，这条走廊她走过无数遍，小时候只要听到妈妈的声音，她就会摇摇晃晃从自己的房里溜出来，悄悄地打开主卧的门。那时候周彬礼总是会一把抱起她，叫她"小公主"，那时候妈妈真年轻啊，温柔地注视着自己，仿佛自己是这世上唯一的珍宝。

她没能顺利走回自己房间，就晕倒在走廊上。

她失去意识的时间并不久，甚至只觉得有几分钟，等她清醒的时候，整个人都在一种难受的晃动中，她视线模糊，只看到小光的脸。他的脸色是苍白的，几乎没有血色，她在眩晕中被他重新放下来，她才渐渐地明白，刚才他是抱着她在跑，现在她躺在车子的后座。

他将她放好之后正打算松手，突然听她喃喃叫了声："小光……"他以为她是要说话，于是俯身凑到她的耳边，她的声息似乎更微弱了，又叫了一声，"小光……"她的嘴唇微微颤抖，似乎连说话的力气都在渐渐失去，他于是凑得更近些。周小萌突然双手一扬，她的手中不知何时已经拿着极细的一根钢线，以迅雷不及掩耳之势，在小光颈中一绕，钢线深深地嵌入皮肉，瞬间就沁出血珠。小光几乎没有挣扎，他只是睁大眼睛看着她，她说："对不起！"一脚踹中，小光倒下去，她用尽力气才爬起来，将小光扶到一旁。不远处的保镖已经发现不对，纷纷朝着这个方向奔过来。她启动车子，径直朝门外冲去。

手腕上的血还在滴滴答答，大约是小光替她粗略地包扎过。纱布缠得很紧，但是血浸透了纱布，沿着手腕往下滴，染得脚下那张车内地毯斑斑点点，尽是猩红的血迹。

后头有车子追上来，闯了几个红灯之后，车速越来越快，但还是没能甩掉后边的人。她尽量集中精神开车，握着方向盘的手在抖，也许是因为持续失血，她觉得耳畔一直嗡嗡作响，最后才发现不是错觉，是手机一直在振动。

她压根不看到底是谁打来的电话，将车开到饼市街前的牌坊底下，把车往那里一扔，紧紧握着手腕上的伤口，冲进了错综复杂的巷子里。

小光在饼市街还藏着一部机车，她从骑楼底下找到那部机车，钥匙就放在老阁楼窗台上种着葱的那个破花盆底下，一摸就摸到了。她骑机车还是周衍照偷偷教她的，离合器在哪里，油门在哪里，怎么踩刹车，当年她也只是骑了一小圈，就吓得他不再让她骑了，说太危险。

她顺利地发动了机车，发动机轰鸣起来。邻家楼上有人打开窗子，看到是她就叫嚷起来，可是她已经骑着机车穿过狭窄的小巷走掉了。

她没有戴头盔，风吹得头发一根根竖起来，抽在脸上又痒又痛。正是市区堵车最厉害的时候，她骑着车在车流中穿梭。终于赶在天黑之前到了山上，远远地看见凉亭里一个人都没有，她连扶住机车的力气都没有，最后几乎是翻滚地跌下去，只听见机车"轰"一响，倒在一旁。

她没有力气站起来，血把衣襟都打湿了大半，还有一些血点溅在脸上。骑机车的时候速度太快，血被风吹得甩到脸上，温热得像一场细雨。她挣扎了一下，终于有人从背后扶了她一把，仿佛是喟叹："怎么弄成这样子？"

她听出是蒋泽的声音，不过这时候她也没力气杀人了，只能任凭他半拖半抱，将她扶到一边坐下。她想要笑一笑，可是只是嘴角微动，侧脸看着他，问："我妈呢？"

"在医院呢。"蒋泽挺有风度地替她按着手腕上的伤口，"你也去医院吧，看样子割得挺深的，失血过多会死的。"

"我口渴，有水吗？"

蒋泽伸手招了招，有人送过来一瓶水，他拧开盖子递给她。她一口气喝下去大半，直呛得咳嗽起来。蒋泽说："咱们打个赌吧，要是你哥哥一个小时内赶到这儿来，我就娶你。要是他不来，我也娶你。"

"他不会来的。"周小萌说，"我出来的时候就知道，他不会来。我要是乖乖躲在家里，他就会让我太平无事；要是我闯出来，生死就由我自己了。"

蒋泽十分推心置腹的样子："也不见得，你别太悲观了。依我看，你挺重要的，他说不定马上就来了。"

"有件事情我挺好奇的。"周小萌又喝了一口水，咽下去，像是喝酒一般痛快，她问，"你为什么就确定我会来？"

"挺容易想明白的。"蒋泽说，"你看，你妈睡在医院里，你哥哥每个月付那么高的医药费，就为吊着她的一口气。出了这么大的事，医院里却连一个保镖都不安排，挺反常吧？

他其实是在赌，赌你会不会为了你妈，离开他。"

他说得有些绕口，周小萌失血过多，只觉得头晕眼花，抱着那瓶水，不停地喝。蒋泽说："你来了我就放心了，你看，周衍照输定了。"

"他没有输。"周小萌笑了笑，"只要他不来，他就是赢了。"

蒋泽很沉得住气，笑着说："那咱们就等等看吧。"

太阳终于没入了地平线，天色一分一分地黑下来，山上风大，吹着树木呼啸，好像有谁在哭似的。周小萌恍惚了一会儿了，趴在冰冷的石椅上，血还在不停地流，她也懒得去管了。她像是睡过去一会儿，其实是昏厥过去，最后被蒋泽掐着人中掐醒，他皱着眉头说："你要死，也等到周衍照来了再死。"

"他不会来的。"周小萌整个人都在发抖，也许是因为失血多，也许是因为冷，她昏昏沉沉，只想趴在那里重新睡过去。

山下有雪亮的车灯，沿着蜿蜒的山道上来，蒋泽精神一振，说："你瞧，这不是来了？"他看了看手表，说，"两个钟头……看来你哥哥犹豫了挺长一阵工夫，这才上山来。"

车子果然是周衍照的，远远就停下，四周的手电筒照得雪亮，车上除了司机，却只有小光。他高举着双手走下车，示意自己并无携带武器。蒋泽隐在暗处，自有人喝问："周衍照呢？"

"十哥让我带句话给二小姐。"小光仍旧是那么镇定，他脖子里缚着白纱布，想必那时候她下手勒得太狠，到底伤到了皮肉。他就站在那车灯的光晕里，说："太太一个钟头前病情恶化，医生抢救无效，已经宣布临床死亡，二小姐节哀。"

周小萌连说话的力气都快没有了，听到这个消息，也只是身子晃了一晃。蒋泽笑起来："好！干得好！这一招真是漂亮！釜底抽薪，周衍照要不来这一手，还真不配当我的对手。"他转过脸对周小萌说，"你听见啦？你妈死了。"

周小萌突然就扑上去，她手中的钢丝线还没有绕上蒋泽的脖子，就被他一脚踹开，黑暗里不知道是谁开了枪，"砰"一声响，凉亭里的灯灭掉了。拿着手电的人纷纷惊叫，黑暗中枪手的枪法非常精准，一枪一个，谁拿着手电就击中谁，一时间有人扔掉手电筒，有人尖叫，有人鲜血满身地倒下，不过区区几秒钟，山顶已经陷入一片黑暗。

蒋泽倒是一直死死扣着周小萌，她手腕上的血慢慢浸透了他的衣襟。周小萌冷笑："你埋伏了多少人？够不够我哥哥收拾的？"

蒋泽没有说话，枪声始终没有再响起来，有人受伤之后不断地呻吟，他拖着她慢慢向后退。周小萌的手被那条钢丝勒伤了，有好几个手指都不能动，蒋泽用钢丝缠住她的双腕，另一只手就揪着她的头发，一言不发。

周小萌说："你策划了这么久，不至于就这么点阵仗，就被我哥哥翻盘了吧？"

蒋泽知道她不停地说话，是想告知对方她和他的方位，黑暗中不知道有多少人，他确实埋伏下了不少人，整个山头几乎所有有利的据点都被他们占据。但周衍照竟然能够神不知鬼不觉地出现，他心中焦虑，叶思容一死，周小萌百无顾忌，这个女人是祸根，但现在情况不明，他只能拖着她当挡箭牌。

如果周衍照真的占了上风，开枪之前他总要顾忌一下，会不会子弹打在周小萌身上。

他已经拖着周小萌退到了台阶边，周小萌突然尖叫一声，用力一脚踹向他面门。他举手就是一枪，开枪的同时，枪口的火光也暴露了他的位置，枪声几乎同时响起，蒋泽连开了好几枪。周小萌只觉得有人抓住了自己的胳膊，狠狠将她扯开，她一路翻滚地跌下去，就像滚落的石子一般，一直滚到台阶的拐角处才停下来。她手上全是血，她哆嗦着摸索着搂着自己一路滚下去的那个人的脸，是周衍照，刚刚他拉她的那一瞬间她就知道了。他也许是受伤了，气息很急促，她叫了一声"哥哥"，又叫了一声"周衍照"，他都没有应她。

小光从山顶的石崖上一跃而下，将她推开，有子弹"唰唰"地击在他们身旁的石头上，飞溅起来的石屑砸在她的脸上，非常痛，她也并不觉得。枪声时断时续，远处终于响起警笛声。看得见红蓝相间的警灯，一路呼啸着从山腰驶上来。

"走！"小光的声音清楚而低沉，"带她走！"

有人将她拖起来，她拼死不放手，因为是握着周衍照的手指。可是拉她的那个人力气很大，硬将她手指掰开了，她呜咽地哭起来："哥哥！"

有人捂住她的嘴，子弹还在黑暗中呼啸着飞来，她几乎是拼尽了全力想要挣扎，朝着有周衍照气息的地方。那人捂得很紧，她用尽了全力也挣不开，最后窒息似的昏厥过去。

周小萌醒来的时候，似乎天已经亮了，身边有人走动，她睁开眼睛，模糊的视线，首先看到的是吊在斜上方微微晃动的血浆袋，然后是天花板上圆圆的吸顶灯，灯亮着，光线柔和，看不出是白天还是晚上。她有些吃力地想要抬起左手，但是被人按住了。

是周衍照，他的声音有些喑哑，说："别动。"

他的手微凉，握着她的指尖，让她有一种虚幻的不真实感，过了好几秒钟，才像小孩子似的"哇"一声哭起来。

周衍照皱着眉："哭什么？"凑近了看她，仿佛在端详她的眼泪是不是真的。

她抽抽搭搭的，将脸埋在他的肩头，抽泣着说："他们……掰我的手……"

"掰疼了？"周衍照将她的左手拿起来看了看，然后又换了右手，上面还扎着输血的针头，被绑得牢牢的。

"不是。"周小萌的孩子气发作，将自己的手夺回来。周衍照却说："下次别干这种蠢事了，血流得跟死人一样。"

周小萌没有作声，她有些直愣愣地盯着周衍照。因为包扎得特别严实，所以他也穿不了衣服，只是披着一件外套，露出肩下一点纱布，她问："你伤到哪儿了？"

"没事，子弹擦破皮。"

"我妈妈呢？"

周衍照没回答，周小萌又问了一遍，一直站在远处的小光才走过来，说："二小姐，太太走了……没什么痛苦，也是好事。"

周小萌怔了几秒钟，仿佛在猜度这个消息的真假，周衍照的唇边慢慢绽起一个冷笑："是啊，是我让人把你妈的氧气拔掉的。"

周小萌开始发抖："你明明可以……"

小光在旁边解释："实在是分不开那么多人手，所有人几乎都被安排上山，余下的人去医院。你妈妈不能移动，不能离开监护病房……蒋泽的人就在病房里头，我们要是把人弄出来，动静会太大……"

"所以你们就杀了她。"周小萌嘴角有一抹冷凝的微笑，"哥哥，你等这个机会很久了吧？可以名正言顺杀掉她？"

"是啊，我等这机会很久了。"

周小萌尖叫着扑上去，掐住周衍照的脖子，他却一动也没动。最后是小光看不过去，将周小萌硬是拖开："二小姐！二小姐！医生说她永远也不会醒了，十哥也是没办法！"

"我永远也不会原谅你。"周小萌的手似乎是痉挛，揪着自己的衣襟，又像是透不过来气，爆发出一阵剧烈的咳嗽。

"小光，你出去。"周衍照站得很远，只是冷冷地看着她。

小光转身走出去了，周衍照说："周小萌，你不是一直想知道，你妈妈为什么要杀我爸？今天你问，我就告诉你。"

"我不想听。"

周衍照将她的脸扳回来，一字一顿地说："你不想听，还是不敢听？"

她的眼泪一滴一滴落在他的衣襟上，她喃喃地叫了声"哥哥"。周衍照的声音很轻，却特别清楚："你是不是早就猜到了？"

"我不想听……"周小萌声音尖锐，她捂住耳朵，"我不想听！"

周衍照伸手将她搂进怀里，她狠狠咬在他肩膀上，咬得牙齿穿透皮肉，血腥渗入齿间，仿佛唯有借此才可以发泄心中的恨意和恐惧。他将她抱得很紧，像安抚婴儿一般，轻轻拍着她的背心，在她耳边低语："别怕，这世上再没有一个人知道了。"

"你不能因为这个……杀掉妈妈……"

他亲吻着她的耳郭，说："不会再有人知道。"

周小萌哭了片刻，最后被他搂在怀里睡着了。

她只睡了短短一小会儿，就马上惊醒："哥哥！"

周衍照应着她，他温暖的掌心摩挲着她的脸，让她渐渐地恢复镇定。她怔怔地看了他片刻，问："是真的吗？"

"DNA报告在蒋庆诚手里，所以我要拿回来。蒋泽不知道这件事，我答应蒋庆诚杀掉蒋泽，他答应将报告还给我。现在已经没什么问题了，我故意放走了蒋泽，他知道了山上的事是蒋庆诚和我联手，自然会回去解决蒋庆诚。"

"蒋庆诚不会告诉蒋泽吗？"

"蒋泽不会再相信他，他也不会再相信蒋泽。"周衍照说，"你放心，我已经让人准备好了，盯着蒋庆诚，哪怕蒋泽杀不了他，杀手也会趁机动手的。"

周小萌搂紧了他的脖子，说："我们一起走吧，去没人认识我们的地方，永远不回来了。"

"好，去泰国。"周衍照抚摸着她的头发，"我已经让人安排船了，等这两天风头过去，我们就走。"

周小萌昏昏沉沉又睡了一会儿。似乎听到是小光进来，对周衍照说："萧思致回来了，警察这时候把进城出城的路都堵了，搜查得很厉害。"

周衍照神色很放松，说："那让他进来，看看小萌。"

萧思致的神情却有几分紧张，一进来就跟周衍照打招呼："十哥！新闻都开始播了，说山顶发生枪战，警察开始大面积搜山了。咱们要不要换个地方？"

"不用，最危险的地方，就是最安全的。"周衍照说，"你别害怕，警察上山也查不到什么，满地弹壳，全是从东南亚走私进来的军火，他们找不到什么线索。"

他们说话的声音很低，周小萌不想和萧思致说话，所以一直闭着眼睛一动未动。等萧思致走后，她才翻了个身。

周衍照坐在离病床不远的沙发里抽烟，屋里窗帘拉得严实，他一个人坐着的时候，总显得十分孤寂，灯光将他的影子拉得又细又长。她鼻尖发酸，又叫了声："哥哥。"

这次周衍照没有应她，他大约是想到什么，正在兀自出神。过了片刻才抬头，慢慢看了她一眼。周小萌说："我们现在就走吧。"

"别傻了，现在满城都是警察。"周衍照安慰她，"等两天也是一样的。"他替她掖了掖被角，"别担心萧思致，到时候我把他支开就行了。"

周小萌愣了一下，她问："那爸爸呢？"

"小光会照顾他。"周衍照的神色阴郁，他说，"要是过几年外头环境好，把他接走也行。"

"其实我想不明白。"周小萌低着头，声音又渐渐变得迷茫，"爸爸为什么要那样对妈妈……为什么他要杀掉我爸爸……"

"也没什么想不明白的。"周衍照又点燃一支烟，"他那么喜欢你妈，眼睁睁看着她嫁给别的男人，能忍三年，真是奇迹。换作是我，没准婚礼前就动手了。萧思致运气好，前阵子要是他再过分一点点，没准我也让人捅他十几刀，或者把他装麻袋里，系上块预制板扔进南阅江。"

周小萌沉默了良久，才说："讨厌！"

周衍照戳了一记她的脸："以后我让你讨厌的日子还多着呢！"

周小萌笑了笑，她笑的时候十分恍惚，周衍照也看出来了。可是他能做的，只是用力抱紧她，将她抱得更紧些，说："放心吧，我都安排好了。"

"我想去看妈妈……"

"现在还不行，等警察走了，我陪你去。"

"她没过过什么顺心日子，一直在受苦……小时候我不明白，等长大了，我也没办法照顾她……"

"每个人都是自己选的，当初她如果选了别的路，也许就不会这样。"

"如果她选了别的路，也许这世上就不会有我了。"

"所以……"周衍照的吻轻轻地落在她的发梢，"这辈子遇上最重要。其他的人和事，都下地狱去好了。"

"妈妈为什么会嫁给爸爸？"

"那得问她自己才知道。"周衍照知道她情绪不稳定，所以轻言细语，"我们不说她了，你想吃什么吗？我让人去买。"

"我想吃面条。"周小萌喃喃地说，"哥哥你煮面条。"

"好，我去煮面条。"

他们是在一家私人诊所里，开诊所的医生是老熟人，十来年的交情，把诊所后头自己的一幢小楼让给他们住。一楼就有厨房，周衍照打开冰箱看看，没有面条，倒是橱柜里放着几包方便面。周衍照打开煤气灶，找了个锅坐上，开始烧水，这时候小光进来了，给他帮忙。

"外头情形怎么样？"

"满城的条子，据说专案组又抽调了人手来，部督大案，限时侦破。"

"影响太恶劣了。"

"是啊。"小光没什么表情，"市区枪战，好在不是在闹市区，但是也够他们忙一阵子的了。"

"姓蒋的怎么样？"周衍照接过小光拆开的方便面，将面饼扔进水里，调料什么的却没用，随手洗了一把葱，搁在砧板上切得七零八落的，长长短短。

"没动静。蒋庆诚是惊弓之鸟，现在连别墅都不住了，住在市中心的老房子里。"

"粥铺上的那一家？"

"对。"

"挺念旧的。"

"十哥你也挺念旧的。"

周衍照扔掉烟头，终于看了小光一眼，说："有话就直说。"

"你就不能利索一点告诉她，其实咱们到医院的时候一片混乱，不知道是谁拔掉的氧气管。"

周衍照笑起来，他笑得挺开心似的，露出最里面尖尖的虎牙，说："不懂了吧，她要是听见这么含混的说法，心里不知道又要拐多少念头多少弯。那句话怎么说来着？我不杀谁，谁因我而死？反正是我的债，我认了得了。"

"你就不怕她真恨你？"

"她都恨我这两年了，还能怎么样？"周衍照重新点上一支烟，"再说了，当年是我给她妈一枪，无论如何，这账我赖不过去。"

面条煮好了，周衍照端上去的时候，周小萌却睡着了。她失血过多，更兼担惊受怕，所以总是容易昏睡。周衍照将面碗放在一旁，自己在沙发里坐下来，本来想抽一支烟，可是最后还是忍住了，只是看着周小萌。已经输了两袋血，她的脸仍旧没有多少血色，透着蜡黄。

周小萌只睡了短短片刻就惊醒了，醒的时候还在哭。周衍照将她搂进怀里，哄了一会儿了，她渐渐地镇定下来，抓着他的衣襟，仍旧觉得心酸。

周衍照知道她是做了噩梦，因为听到她在梦里哭喊，声音很小，挣扎得却很用力。也许是梦到可怕的事情，他却不忍心问。

周小萌的睫毛还是湿的，因为哭过。她的脸几乎又小了一圈，下巴搁在他胸口，几乎都觉得硌人了。她小声问："我们什么时候走？"

"还有三五天。"周衍照说，"得等这阵子风声过去，现在警察盯得太牢了，没办法出城。"

"以后永远也不回来了。"

"好。"

周小萌听到他的承诺，大约是放心了，好一阵子都没有说话。周衍照低头看的时候，她已经又睡着了。她睡着之后还皱着眉，眉尖颦起，细嫩的肌肤就像绸缎被揉过，有了褶皱。她的呼吸很轻，有他熟悉的香味，像是米花糖，微带甜润的气息。

周衍照抱着她不敢移动，怕她又醒过来。时间仿佛停滞，又仿佛过得飞快，到最后他也睡着了。

早晨是小光进来叫醒他的，窄窄的病床上，和衣睡了一夜，他连胳膊都是酸的。好在臂弯里的周小萌仍旧沉沉睡着，半夜输完血浆，又睡了一晚，她的脸色好了许多。

他活动发麻的手臂，悄悄地走到屋子外面，随手带上门。

小光说："萧思致来了，在楼下。"

"走吧。"

萧思致打包了不少早餐来，有河粉有粥还有虾饺，几个人沉默地吃着。周衍照没多少胃口，吃了几勺粥就放下了。萧思致问："小萌还好么？"

"还没醒。"周衍照说，"要不你上去看看。"

"好。"萧思致说，"给她买了肠粉，她最喜欢吃这个。"

那一份肠粉是单独打包的，萧思致拎上去了。周衍照点燃一支烟，小光看了他一眼，问："真不动他？"

"都要走了，还动他干什么？"

萧思致上楼之后，才发现周小萌已经醒了。她没有穿鞋，赤脚坐在窗台上，身上的衣服还有斑斑的血迹，手腕虽然缝合过了，但又被纱布缠了很多圈，更显得触目惊心。萧思致昨天见到她的时候，她躺在病床上，他只仓促地看了几眼，今天见到她坐在晨曦里，沐浴着秋日的朝阳，更显得憔悴。

听到脚步声，她一动也没有动，将头靠在玻璃上，仿佛在出神。

"饿了没？"萧思致打开餐盒，"肠粉。"

周小萌仍旧没有动弹，对他说："外边有一只麻雀。"

萧思致走到窗边，正看到那只灰蒙蒙的小鸟拍拍翅膀飞走。他低声说："老板问，你需要什么吗？"

周小萌终于转过脸来，目光落在他脸上，笑容浅浅："不需要。"

"以后别再做这样冒险的事了。"萧思致看着她手腕上的纱布，"有事可以找我，多一个人出主意总是好的。"

周小萌散漫地应了一声，从窗台上跳下来，扶起筷子吃肠粉，吃了两口就说："你下去吧，不然我哥哥该生疑了。"

萧思致笑着说："你受了这么重的伤，我这个男朋友多待一会儿，他才不会生疑吧？"

周小萌于是没有再说话，只是也没什么食欲似的，拿那筷子戳着肠粉。屋子里静得很，萧思致看她眼圈发青，显然是没有睡好，而且形容憔悴，怎么也想不到昨天她有那样决绝的勇气和狠劲。他不动声色地打量着，这时候小光却上来了，问：

"二小姐，还要不要吃点别的？"

"我嗓子发干，有粥么？"

"有的，我拿上来。"

"不用了，我下去吃。"

一连三四天，几个人都足不出户。周衍照虽然蛰伏，却对外界的动静一清二楚，只是他从来不当着周小萌的面说什么，周小萌也什么都不问。

这几天来，她总觉得时光格外漫长，又格外短暂。有时候坐在院子里，看着天上云彩慢慢地飘过去，仿佛就可以永远坐在那里，一直到地老天荒。有时候又觉得只是一瞬间，刚刚吃过早饭不久，就又要吃晚饭了，一天就那样过去了。

她只是养伤，所以没什么事情做，这样过了两天，突然起兴要下厨，说："你们还没吃过我煮的菜吧？今天午饭我来试试。"

周衍照倒罢了，小光跟几个保镖都面面相觑。末了还是顺着二小姐的心意，让人买了一些菜回来，洗的洗摘的摘，鱼肉之类都是菜市里打理好的，周小萌独自在厨房里鼓捣了一中午。小光一直担心她会不会失手把厨房烧掉，谁知最后竟然也做出来五六道菜，还有一道汤。

味道自然就不用说了，不过所有人都给面子吃完了，只有周衍照尝了两口就搁了筷子，皱着眉头说："这也太难吃了。"

周小萌难得没有回嘴，反倒笑眯眯地看着他。

等周小萌收拾碗筷去厨房，小光进去给她帮忙，说："其实也不错，就是有两个菜酱油搁多了一点。"

"我妈妈说，女孩子不会煮饭，多少有点遗憾，因为为了喜欢的人洗手做羹汤，是容易却也是最难获得的幸福。"周小萌脸上的表情淡淡的，"真可惜，她会烧一手好菜，我却一点也没学会。"

小光低头刷着碗，却说："其实太太的事，真不能怪十哥。要怪，就怪周先生当年，是做得过分了一点……"

"他是我爸爸。"周小萌的声音里透着凉意，"一个人总没有办法选择父母。"

"可是一个人总可以选自己的路怎么样走。"小光抬起眼睛来看她，"这么多年，你还没有看明白吗？"

周小萌怔怔地看了他一会儿，终于低下头："我会怕……你总觉得我对哥哥不好，你总怕我欺负他，你为什么不觉得我会怕？我什么都没有，就只有他。他对我好，我也只有他；他对我不好，我也只有他。爸爸那样喜欢妈妈，最后还不是往她牛奶里头搁药，他那样是对她好吗？妈妈最后都快疯了，她什么都不说，可是我知道，她快疯了。爸爸的爱太霸道了，妈妈最后差一点都快被他逼死了。我一直在想，我会不会落到妈妈那个地步，哥哥会不会每天也派人盯着我，监听我的电话，往我的饮食里头下药，让我永远也不能离开他，一步也离不开他。"

小光说："十哥跟周先生是两样的人，他不会。"

周小萌笑了笑，转头去看窗外悠远的树影，她说："现在不会，将来也很难说。他也许会把我嫁给别人，可是最后他又忍不住会杀掉那个人，因为他嫉妒。爸爸当年，不就是这么干的吗？"

小光十分认真地说："你可以嫁给我，他要杀掉我的话，顾虑会比较多。"

周小萌愣了一下，过了片刻，浅笑才渐渐爬上她的嘴角，她笑着说："是啊，哥哥打不过你。"

"也不见得。"小光的表情仍旧认真，"我们总有好几年没有切磋过了。早几年他确实不是我的对手，现在真不知道了。"

"不如下午比试一场看看？"

门口的人终于出声，手里还端着一杯茶，仿佛只是偶尔路过。

小光打量了一下周衍照，说："好啊！"

"我做评委。"周小萌笑得阳光灿烂，"谁输了谁晚上煮饭。"

周衍照问："那要是平手呢？"

小光说："那就评委煮饭。"

周衍照皱着眉头："评委煮饭太难吃了，要是平手的话，就评委请客，我们叫外卖。"

周小萌赌气似的说："我没钱。"

周衍照走进厨房，随手将茶杯搁在桌子上，弯腰打开壁橱，将最底下三个抽屉都抽出来。三个抽屉里全部是码得整整齐齐的粉红色钞票，满满当当，总有好几百万的样子。周小萌没想到这么多现金就这样放在厨房抽屉里，一时语塞，过了片刻才说："这又不是我的钱。"

"现在是你的了。"周衍照淡淡地说，"楼上还有几箱现金，你爱拿多少拿多少。"

周小萌说："我不要你的钱。"

"这些钱本来就是你的。"周衍照说，"公司每年的分红，本来有你一份，一直没有给你。这次出了事，我就全提出来了。"

"反正我不要。"周小萌搁下洗到一半的碗，转身就走了。

小光继续低着头洗碗，周衍照点上一支烟，问："你真想娶我妹妹？"

小光没说话。

周衍照说："你说她有什么好？除了长得好看点之外，一点女孩子的温柔劲都没有。脾气又大，性子又古怪，一句话不对，她就蹬鼻子上脸，成天给你气受。"

小光将刷碗的刷子一扔，冷着脸说："你真想比画是吗？咱们到院子里去。"

"好啊！"周衍照扔掉烟头，"我知道你憋着一口气呢！"

小光"哼"了一声，重新捡起刷子，说："我才不跟一个肩胛骨都被打穿了的人动手，传出去我嫌丢脸！"

周小萌晚上睡得早，半夜突然醒过来，才发现周衍照不知道什么时候进来了，正坐在角落的沙发里抽烟。看她醒来翻身，他才把烟给拧了，周小萌很大方地将床让给他一半。床窄，他又重，躺上来的时候整张床似乎都微微往下一沉。他伸出一只胳膊搂着她，另一只手一直没动，大约是肩膀上有伤，于是她主动伸出手抱住他，将脸贴在他的脖子上，颈间脉搏跳动的声音几乎清晰可闻，让她觉得安心。她问：

“怎么又抽烟？”

“明天晚上咱们就走了。”周衍照像在讲一件寻常事。周小萌突然打了个寒噤似的，喃喃地问：“以后都不回来了？”

“三五年内，还是别回来。”

“怎么突然这么急？”

“船都安排好了，明天是个机会，据说明天警察都有事要忙，趁这个机会走掉。”

周小萌没有说话，只是抬起头来寻找他的嘴唇，周衍照虽然被她吻着，却有点心不在焉似的。周小萌停下来，问：“怎么了？”

“你妈妈还在殡仪馆，你要不要去看看？”

在黑暗里，周小萌看不清他脸上的神色，不过黑暗可以隐藏很多东西。她听到自己的声音喃喃地问：“会不会很危险？”

“要看怎么安排……警察也不见得成天盯在殡仪馆里。”周衍照下了什么决心似的，说，“明天我陪你去吧。”

“不，我自己去就行了。”

“姓蒋的那边还没死心，还是我陪你去吧。”周衍照安抚似的拍了拍她的背，“没事，别怕。”

周小萌将他抱得很紧，他都觉得有点难受了，于是吻着她的额头，又说了一遍：“没事，别怕。”

在黑暗里，周小萌的眼睛也是亮的，像是有泪光似的，她的声音很轻：“哥哥……”

“嗯？”

“我喜欢你。”周小萌的声音就在他的胸前，暖暖的，带着呼吸的香，"我一直就喜欢你。其实我也闹不明白，为什么你做了这么多混蛋事，我还是喜欢你。"

周衍照无声地微笑，他什么都没有说。

周小萌说："蒋庆诚手里的东西，要是拿不回来，就毁掉吧，我不在乎。我现在都有点后悔了，应该让别人都知道，你不是爸爸的儿子，我才是爸爸的女儿。"

"瞎说。"周衍照安抚似的，箍紧了她，"我是爸爸的儿子，你不是他女儿，所有债是我的，人情是我欠的，有仇的，有怨的，都该冲我来。"

周小萌再没有说什么，只是用嘴唇封住他的嘴。她吻得十分缠绵，周衍照都觉得她几乎从来没有这般温柔过，就像是水一样，要将人溺毙其中。

夜风这样温柔，秋月的淡淡光晕隔着窗子映进来，周小萌将头搁在周衍照的胸口，他已经睡着了，一只手还握着她的手，将她大半个人环抱在怀中。她想起很久很久以前，两个人决心逃走的前夜，他半夜翻窗到她的屋子里来，她睁开眼睛的时候，他就坐在黑暗里看着她发呆。

"你怎么不睡啊？"周小萌娇嗔，"明天早上的飞机，你不是说要比我更早溜出门，好去机场等我吗？"

"我睡不着。"他笑起来，牙齿在淡淡的月色里一闪，说，"一想到要跟你过一辈子，我就睡不着。"

"你不睡我可睡了。"周小萌脸红了，掀起被子蒙住头。其实她也没睡着，他翻窗进来的时候，她心跳得都快从嘴里蹦出来了。

那时候在想什么呢？他会不会俯身吻一吻自己？又甜蜜又

盼望又觉得羞愧……一辈子啊，明天就在一起了，一辈子。那么他吻一吻自己，也是不要紧的吧？可是最后周衍照还是老老实实坐在沙发里，竟然就那样坐了一夜。

那一夜的心情她或许永远也不会忘记，既盼着天亮，可是又盼着天永远不要亮，那是他们破天荒地独处一夜。两个人的眼睛里都是血丝，可是黎明来的时候，他踏树而去，最后回首冲她一笑。

这世上所有人都不会知道，周衍照还有笑得那么傻、那么开心的时候，就像全世界所有的宝，都捧到他的面前，他笑得简直见牙不见眼。那时候周小萌就想，真可惜啊，没有把他的这个笑容拍下来，等到八十岁的时候拿给儿孙看，也会觉得有趣吧？

不过她想，还好，来日方长。来日方长，有大把的时间和机会，再逗得他那样开心地笑，愿意让她拍照。

那时候他们都不知道，命运会突然迎面痛击。那时候他们都不知道，等待他们的，原来并不是来日方长，而是朝夕妄想。

【十二】

第二天他们两个人出门很小心，小光都没有跟着，周衍照穿了件卫衣，又是牛仔裤波板鞋，打扮得跟学生似的。周小萌倒把刘海梳下来了，厚厚的一层遮掉额头，又化了一脸的大浓妆。周衍照看她寸许长的假睫毛都觉得好笑，说："非主流？"

周小萌有些着恼似的，说："你才非主流！你们全家非主流！"

周衍照也不恼，反倒笑了："我全家不就是你全家吗？"

外面的街市就像往常一样热闹，因为要开国际展览，所以街上的人和车都比平常多。大量警力去了展览馆附近，地铁等人流集中的地方也加强了安保。他们两个在公交站等车去郊区。是这个城市最好的季节，空气里有着秋的醇厚与香气，路旁的水果摊上还在卖凉茶，各种各样鲜亮的水果摆得整整齐齐。周小萌买了一杯甘蔗汁，插上两根吸管，两个人站在街头喝完，亲亲热热，真的好似一对小情侣。周衍照想起少年时放学，总能看到周小萌嘴馋吃零食，后来他总记得给她带一份肠粉，现在那家小店早就已经关张了吧？如果将来有机会，真应该去找一找。

公交车上人多，周小萌靠窗站着，周衍照就站在她身边，刹车的时候总会有很多人挤过来，他的胳膊搂着她的肩，替她将人潮挡住。周小萌的头发很香，他忍了好久才趁人不注意吻了一吻她的发顶。大约是痒，她抬头瞥了他一眼。

换了三趟公交才到殡仪馆附近，商店里卖花圈与金锭，周小萌掏钱买了一束白菊花。周衍照一直觉得她会哭，但大约是叶思容卧病的时间实在太久了，久到周小萌已经被动地接受了现实，进入殡仪馆之后，她神色肃穆，眼圈发红，但是一直没有哭。

叶思容的遗体在六号厅里，旁边的五号厅在开追悼会，有不少人。他们装作是来吊唁的亲友，混在人堆里站了一会儿。周衍照仔细地观察，觉得没什么异样，于是轻轻地拉了拉周小萌的衣角。

周小萌跟着他进了六号厅，六号是个小厅，里面没有开灯，光线很暗，也只有一具冷冻棺搁在那里，孤零零的。周小萌刚刚把白菊花都放在了五号厅，只留了一枝，拢在袖子里悄悄带过来。她抽出那枝花搁在棺盖上，就手理一理花瓣，微润的凉，冷冻棺里的叶思容就像在病床上一样，安静地，没有声息地，隔着玻璃罩，沉睡着。

周小萌趴在棺盖上，眼泪终于流了下来。从很小的时候她朦胧就知道，爸爸不在了，死了，死了就是永远也不会回来了。后来再有周彬礼，虽然待她很好，但心里总觉得那到底是不一样的。这世上离她最近最亲密的亲人仍旧是妈妈，叶思容出事的时候她号啕大哭，到现在周衍照的身上还留着当时她抓出来的伤痕，她当时就像只小豹子一样，扑过去就咬，咬得他拉都拉不开她。只是几年过去，伤疤淡去，痛苦却丝毫没有减退。她哭得将额头抵在棺盖上，全身都在发抖。

人在最痛苦的时候，其实是发不出任何声音的。周衍照听到她手机在振动，可是她伏在棺上，一动不动，只是任由眼泪狂奔。

他弯腰想要安慰她两句，又觉得说什么都不太合适。只是他刚刚一俯身，突然听到周小萌的声音，几乎微不可闻，他简直是从她的唇形里分辨出她说的是："快走！"

他怔了一下，几乎是电光石火的瞬间，突然明白过来。他伸手抓住她的胳膊："走！"

周小萌很顺从地被他拉起来，但是太迟了，他们还没有冲到门口，五号厅和六号厅之间的墙突然爆裂，那是专业的工具爆破才会达到的效果，冒着浓烟的催泪弹滚进来，瞬间让人觉得呼吸困难。周衍照反应很快，一脚踹开旁边的窗子，拉着周小萌越窗而出。周小萌被呛得咳不停，子弹"嗖嗖"地从身边掠过，火力太猛，几乎织成一张无形的弹网，他们被重新逼回了屋子里。周小萌被熏得什么都看不见，但听到周衍照开枪还击。他身上总是带着武器，这么多年来谨小慎微，到底最后派上了用场。周衍照拉起她的衣领捂住她的嘴鼻，周小萌觉得窒息，可是又没有办法，紧接着觉得身上一冷，不知道被推进什么里。气味很冷很干，刺眼的浓烟也没有了，她睁开眼才发现自己竟然被推进了棺材里。棺材外四处都是浓烟，什么都看不到，叶思容就躺在她身边，冰冷的脸庞熟悉而陌生。周小萌大哭起来，捶打着棺盖，可是周衍照不知道在上头压了什么重物，她拼命也推不开。

手机还在振动，她一边哭一边接电话，萧思致的声音里透着焦虑："为什么不按计划先出来？"

"我要跟哥哥一起！"

"你……"萧思致大约觉得匪夷所思，一时竟然连话都说不出了。

周小萌把电话挂断了，手机还在拼命地振动，枪声隔着玻璃罩，响得沉闷而悠远。她用力捶着棺盖，一下比一下用力，但那冷冻棺都是有机玻璃，又厚又硬，她捶得手上青了，紫了，流血了，棺盖还是纹丝不动。周小萌哭得上气不接下气，最开始叫"哥哥"，后来就叫"周衍照"，一遍遍地叫"周衍照"。

她从来没有用力地呼唤过，呼唤过这个名字，可是没有人应她，枪声渐渐地稀疏下去，只有她自己凄厉的声音回荡在棺材里。她嗓子哑了，再没有力气了，只是双手在棺盖上乱抓。棺内的空气十分有限，她折腾了这么久，氧气渐渐耗尽，她在缓慢的动作中逐渐昏厥，最后的印象是自己仍旧死死抠着棺盖，两只手上的指甲都抠掉了，指头上全是血，可是她终于不能动了。

　　也许没过多久，也许过了很久，她终于醒过来，眩晕里只看到刺眼的灯光，周遭的一切都在微微晃动，氧气面罩箍得她脸生疼生疼，旁边除了医生护士，还有穿警服的萧思致。她还是第一次看到萧思致穿警服，陌生得就像不认识一样。

　　手上已经缠了纱布，好在没有被手铐拷上，她被送进急诊室，急诊医生剪开她的衣服，一边询问一边清楚而大声地描述她的伤势："面部擦伤！左手臂有擦伤！四肢没有骨折！手部有轻微外伤已经处理……"

　　她在经过检查后被送到观察室，两个警察就守在门外，只有萧思致进来跟她谈话。但无论问什么，她都是沉默，最后才问："哥哥呢？"

　　萧思致最初的意外已经退去，他似乎早就料到她有这么一问，说："他受了点伤，还在做手术。"

　　周小萌盯着他的眼睛，萧思致说："我知道你想帮他，那么就把你知道的一切说出来。最开始也是你主动要求跟我们合作的，现在主犯已经归案，其他人也在抓捕中，你好好考虑一下口供。"

周小萌仍旧抿着嘴，到最后，她才说："我什么都不知道，你去问周衍照吧。"

萧思致觉得她就像变了一个人似的，那种表情说不上来，透着一种冷淡的嘲弄和藐视，就像从前她的主动合作，到现在都成了一种笑话。萧思致曾经下过功夫研究犯罪心理学，倒也没强求。到晚上的时候萧思致又来了一趟，对周小萌说："周衍照的情况不太好，你去看看吧。"

周衍照的病房外头重重把守，全是荷枪实弹的警察，进去的时候一层层核对身份，连医护人员都必须得取下口罩确认。主治医生在病床前等他们，对他们说："大致的情况，下午的时候我已向你们专案组的领导汇报过了。开放性颅脑外伤，子弹穿过颅骨造成硬脑膜破损并伤及脑干，目前脑干死亡，医学上讲，没有复苏的希望。当然，目前我国的临床标准，并不是以脑死亡来判定……"

周小萌一句话都没有听进去，她全部的注意力都放在了病床上。周衍照全身插满管子，头发也已经全部剃掉，这样子她都觉得认不出来了。他从来没有这样乖乖地、安静地躺着，有时候睡觉的时候，还非得用胳膊压着她，半夜她常常被压醒，透不过来气。可是这样安静的周衍照，却是陌生的，让她觉得，都不是真的。

"目前病人没有自主呼吸，我们主要是想听一下警方和家属的意见，现在抢救已经结束，病人这样子，是没有再恢复意识的希望了。如果现在拔掉维生系统，病人呼吸停止，心跳停止，就可以宣布死亡了……"

萧思致到底年轻，虽然是警校毕业的高才生，但也觉得心里有点异样。他看了一眼周小萌，问："其实下午的时候，我们领导就开会商量过了，事情到了这样，他虽然是嫌犯，但毕竟也是应该尊重家属意见的。所以……你要不要……回去考虑一下？"

"不用考虑。"周小萌说，"关掉吧。"

"什么？"

"关掉维生系统吧。"周小萌的语气非常平静，平静得像在说一件小事，"哥哥原来早就跟我说过，如果有一天，他跟我妈一样躺在床上成了植物人，什么都听不见，什么都不知道，也一动不能动，还不如死呢。他跟我说过，万一他哪天真落到那种地步，让我狠狠心，一定要把他的氧气拔掉，让他好好地走，有尊严地死。"

萧思致有些震动地看着她，她的情绪简直平静得毫无波澜，只是说："我只有一个要求，让我自己关掉他的维生系统。"

萧思致打电话请示了一下，最后同意了。

主治医生将维生系统的开关指给她看，周小萌走过去关掉开关，所有的仪器恢复平静，病床上周衍照的胸腔停止了起伏。离得近，周小萌可以看见他的眼睫毛，温润的，仿佛还带着湿意似的，似乎随时能够睁开。

在众人错愕的目光中，她的嘴唇落在他犹带温热的唇上，她低声说："我关掉开关，你放心吧……周衍照，我最想的一件事，其实是把自己的心装一个开关，随时可以打开或关上。这样，我想爱你的时候就爱你，不想爱你的时候，就真的不爱了……"

眼泪落在他脸上，周小萌想起来，很早很早的时候，有人对她说："我死的时候你可不要哭啊，眼泪落在脸上，下辈子会变胎记，好难看。"

可是这样子，下辈子她才认得出来是他啊。

她直起身子来，一边吸气一边咳嗽，最后甚至笑了笑："萧警官，谢谢你带我来看他。"

萧思致突然明白过来，猛然扑过去将她压倒在地上，反扭住她的双手。可是太迟了，她手腕上那只手表的后盖不知什么时候已经弹开，她全身痉挛了一下，整个世界都在渐渐模糊远去，像是有风，她断续听到主治医生的惊叫："氰化物……来不及了……"

剧毒致死是瞬间发生的事，只是短短十几秒钟，萧思致和主治医生都在，甚至都来不及做任何抢救，主治医生拿着大量的生理盐水扑过来，大声叫护士准备洗胃，但周小萌已经瞳孔放大，停止呼吸。萧思致不是没有见过死亡，可是没有见过有人这样微笑着死亡，周小萌最后的笑容温暖而甜蜜，好像面对的并不是死神，而是一个约会。

尾声

一生相伴

萧思致受了处分，周衍照死后，周小萌已经是重要的证人，但就在周衍照的病房中自杀。专案组的领导叹息："小萧，我知道你也没料到，但纪律如此。"

"是我疏忽。"

领导拍了拍他的肩，说："去吧，休息一阵子。或者，见心理医生聊一聊。"

这是他第一次执行卧底任务，可以说是完败。但是领导很理解，年轻人初出茅庐，何况各方面资料一直强调周家兄妹关系僵持，当初又是周小萌主动找上来要求跟警方合作，谁也没想到最后关头她来这么一招。

蒋庆诚早就暗中自首跟警方合作，蒋泽也被顺利收押。蒋庆诚提供了不少周衍照的证据，可惜的是收网的时候几个重要人物或死或逃。一些更确凿的证据，一些周家公司的内幕和物证，都落了空。

萧思致在休息期间，听到一些闲言碎语，对周衍照的死因，说什么的都有。萧思致什么也没有说，周衍照是怎么死的，他最清楚。

当时突击队冲进去的时候，周衍照就坐在棺材上。他手上滴答滴答滴着血，拎着枪，显然子弹已经打完了。腿上也淌着血，身上不知道有多少伤，整个人就像是从血海里头捞出来的。萧思致是戴着防毒面具冲进去的，隔着镜片看他似乎是嘴角上扬笑了笑，然后就突然举起枪来，对着自己脑袋扣动了扳机。

枪"砰"一声响，当时突击队都没想到他还有子弹，他身子一歪倒下去，沉闷地倒在那具棺材上。等确认安全之后给他戴上手铐，突击队员七手八脚把他挪开，才发现棺材里不仅有叶思容，还有几近窒息的周小萌。

后来从周衍照身上发现还有满满两袋子弹，有突击队员就想不明白："这还没有弹尽粮绝呢，他怎么就自杀了？按说这种狠角色，不到最后一刻，不以一拼十，怎么也不会甘心的。"

等周小萌火化的那天，萧思致突然就想明白了，当时周衍照如果不自杀，枪战再持续一会儿，可能棺材里的周小萌就得活活闷死了。

这两个人的爱，浓密到这世上任何事物都插不进去，都不能分开，经历过许多许多的事，却仍旧是深爱。或许有一个瞬间周衍照是希望周小萌好好活下去的，可是周小萌最后还是选了同生共死。

所以他也明白过来，为什么周小萌主动要求和警方合作，那时候她就已经打定主意了吧？在很早很早以前。

专案组仍旧在工作，周衍照的办公室被查封，一些重要的人证物证没有追查到。于小光仍旧下落不明，有人说他早就已经上船逃到越南去了。专案组的侦破工作缓慢推进，幸好边缘人物不断落网，渐渐形成完整的证据链。就在这时候，羁押所里的蒋泽突然自杀，羁押所管理十分严格，这样的人犯都是单独关押，二十四小时监控，可是偏偏他就割脉死在了床上，拿被子盖着，第二天早上才发现，那时候尸体都已经僵了。专案组承受了巨大的压力，人人都说是蒋庆诚发话，蒋泽才会死在牢里。但是蒋庆诚听到这件事时，只说了一句话："小光回来了。"

也许于小光压根就没有离开过南阅，他是本地人，脉络深广，周衍照出事之后，他就像泥牛入海，再无踪影。但是蒋泽的死给专案组带来新的震动，无论如何，于小光是要犯，一定要逮捕归案。

全国的通缉令发下去，全城重新拉网式大搜查，但是于小光就像消失在空气里，再也不见踪影。蒋庆诚虽然积极自首，获得减刑，但数罪并罚，最后被判了十五年有期徒刑。轰轰烈烈的南阅大案终于公诸在世人面前，一时间引起非常大的轰动，蒋庆诚是南阅有名的"黑势力"，在许多刑事案中都有他的操纵，但警方一直缺乏证据，这次主动投案，并且协助警方一举打掉另一个黑势力集团，记者开始长篇累牍地报道，电视台也专门做了一个专题。

从宣判的法院出来，记者们意犹未尽，追着拍摄蒋庆诚被押上警车的镜头。突然间一声响，就像放爆竹一样，所有人都没回过神来，只有经验最丰富的警察大叫："趴下！"

狙击手只开了一枪，准确无误地击中目标，蒋庆诚倒在血泊里，现场一片大乱。萧思致当时刚刚销假上班，并没有去法庭现场，在电视新闻里看到这一幕时，他的心沉到最底。有好几个同事看着屏幕发愣，还有同事大骂："太嚣张了！"

萧思致突然抓起车钥匙出门，同事问："你去哪儿？"

"去看一个朋友！"

黄昏时分他才到了墓园。周家的财产被没收，周彬礼被送到了养老院，因为没有家属，所以周衍照和周小萌的骨灰，最后是民政部门安放在这里的。

暮色中的陵园里，一个人也没有，只有一排排青松被风吹得摇动，伴随着整齐的墓碑。天色渐晚，有倦鸟归林，更显苍凉冷寂。

墓地的位置很狭小，周衍照和周小萌的墓穴相邻，因为挨得近，两块碑几乎快要凑成了一块。墓碑前放着一盆葱，葱长得很好，叶尖上还有水珠，仿佛刚刚浇过水。旁边还有两块木头，萧思致弯腰将那两块木头拿起来，看了半天才看出来，原来是双木鞋，做得很精致，不知道为什么被电钻钻得到处是孔。两只鞋底都有字，也快要磨光了，他费了老大的劲，才认出来，原来是"一生相伴"。

萧思致不知道自己在想什么，他看着墓碑上周小萌的照片，明眸皓齿，笑得鲜妍如花。而周衍照的照片却略微皱着眉，是他最常见的表情，赫赫有名的南阅"十哥"，不怒自威。

一生相伴，最后还是做到了。

天色终于全黑下来，萧思致借着手机屏幕的一点光，慢慢往山下走。终于可以看到停车场了，朦胧可以看见自己开来的警车停在那里，旁边却似乎有人影一晃。

萧思致什么都来不及反应，听到一阵机车的引擎声，飞快地咆哮远去，机车的尾灯就像是闪电一般，稍纵即逝。

萧思致冲到警车边，抓起对讲机，呼叫所有的人支援拦截。陵园出去到市区只有一条公路，但他知道是拦不住的，于小光甚至是故意让他看到。他开车追上去，一边追一边用对讲机呼叫，沿途的警察纷纷出动。天幕低垂，细密的星光撒在天上，萧思致有两次甚至已经看到了机车的尾灯，他加大油门追上去，但是引擎声若隐若现，最后远去，消失在茫茫夜色中。

风从耳畔掠过，没有戴头盔，所以耳郭都被风刮得隐隐作痛。小光将机车停下来，点燃一支烟。不远处的公路上，几辆警车鸣着警笛疾驰而去。机车的龙头上本来插着一朵玫瑰花，被风吹得掉了不少花瓣，小光将花取下来，用手指理了理柔软的花瓣。这朵花他本来是想放在墓碑前的，最后还是只放下了那盆葱。

他郑重地，小心翼翼地，吻了吻那朵半凋的玫瑰，就像很多很多年前，他内心深处，真正渴望做的那样。

【全文终】

图书在版编目（ＣＩＰ）数据

爱情的开关 / 匪我思存著. -- 南京 : 江苏凤凰文
艺出版社，2018.7
ISBN 978-7-5594-0261-5

Ⅰ. ①爱… Ⅱ. ①匪… Ⅲ. ①长篇小说－中国－当代
Ⅳ. ①I247.5

中国版本图书馆CIP数据核字(2017)第085388号

书　　　名	爱情的开关	
作　　　者	匪我思存	
选 题 策 划	北京记忆坊文化	
责 任 编 辑	姚　丽	
策 划 编 辑	单诗杰	
责 任 监 制	刘　巍　江伟明	
封 面 绘 图	三　乖	
封 面 设 计	80零·小贾	
版 式 设 计	段文婷	
出 版 发 行	江苏凤凰文艺出版社	
出版社地址	南京市中央路165号，邮编：210009	
出版社网址	http://www.jswenyi.com	
印　　　刷	环球东方（北京）印务有限公司	
开　　　本	880毫米×1230毫米　1/32	
字　　　数	211千字	
印　　　张	9	
版　　　次	2018年7月第1版，2018年7月第1次印刷	
标 准 书 号	ISBN 978-7-5594-0261-5	
定　　　价	38.00元	

影视版权抢订热线　　010-57194853
江苏凤凰文艺版图书凡印刷、装订错误可随时向承印厂调换